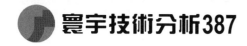寰宇技術分析387

雙動能投資

高報酬低風險策略

Dual Momentum Investing

An Innovative Strategy for Higher Returns with Lower Risk

Gary Antonacci 著

黃嘉斌 譯

寰宇出版股份有限公司

雙動能投資 高報酬低風險策略
Dual Momentum Investing
An Innovative Strategy for Higher Returns with Lower Risk

Contents

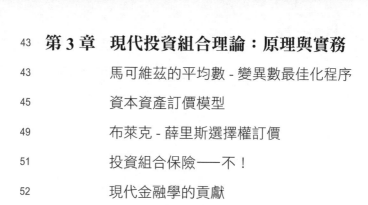

Contents

Contents

前 言

尤金·法馬（Eugene Fama，2013 年諾貝爾經濟獎得主與效率市場理論之父）曾經把動能描述為「動能無所不在」。法馬博士可不是個隨便說話的人。動能雖然無所不在，但很奇怪的是，它卻普遍被投資人所誤解。很幸運的是，現在有了蓋瑞·安東納奇（Gary Antonacci）來填補這個空缺。蓋瑞的《雙動能投資：高報酬低風險策略》可說是「跨越學術與實務界」的經典之作，它銜接了學術專家與實務業者之間的鴻溝，前者在浩瀚學術期刊上，呈現他們對於動能異常現象的微妙理論探索，後者則直接運用他們對於動能的模糊知識而賺取超額報酬。蓋瑞運用他在這兩個領域的專才，創造了以動能為基礎的資產配置策略，非常紮實、簡單而可行，而歷史紀錄也顯示，這套策略可獲得相當不錯的風險調整後報酬績效。

關於蓋瑞的雙動能投資哲學，各位如果有疑慮的話，那完全是可以理解的，因為我自己也曾經是如此。有關動能的掌握，我們畢竟看過太多二流、甚至完全無效的運用。任何務實的研究者，都會告訴你：「你可以選擇相信，但一定要去驗證。」經過我們廣泛而嚴格的審視，各種證據清楚顯示，蓋瑞這套簡單、符合直覺而全方位的模型，絕對值得大家花點工夫去瞭解。

我有位好朋友，他曾經在全球規模最大的新興債務市場擔任造市者，現在雖然還在精壯之年的 40 歲，但他靠著自己的能力，如今已決定退休搬到邁阿密。他曾經告訴我：「上漲價格吸引買方，下跌價格吸引賣方。」我這位朋友所說的，就是很多人所謂的「動能」。蓋瑞把動能現象——每位交易者都憑直覺就能瞭解和使用——帶領到更高層次，而且是所有投資人都能接受的。

像《雙動能投資：高報酬低風險策略》這樣的書，為何要花那麼大工夫才能問世呢？答案很明顯：這種書需要特別的作者，而蓋瑞只有一個。

在動能世界裡，他是個特立獨行者。我跟蓋瑞之間的關係，就如同我跟很多迷人傢伙的往來管道一樣，來自於一段「部落格羅曼史」。我當時正想幫 TurnkeyAnalyst.com（某個致力於推廣計量投資方法的部落格）找一份有關動能的著作，而蓋瑞的論文「絕對動能：一種以法則為基礎的簡單策略，以及普遍適用的順勢操作輔助策略」（Absolute Momentum: A Simple Rule-Based Strategy and Universal Trend-Following Overlay）剛好擺在我桌上。我當時的直覺想法是：「不行的，又來了——又一個假裝是嚴肅學術研究學者的實務門外漢。」可是，等到真正閱讀了蓋瑞的文章，我便開始蕭然起敬了。這篇論文寫得很好，簡單俐落，結構符合邏輯，而且比較像適合刊載在學術期刊上的論文。我不瞭解這位作者為何沒有受聘任教於大學。我必須深入瞭解。

　　經過電話和電子郵件的多次溝通，我決定親自跟蓋瑞見面。如同很多部落格羅曼史描述的，我們安排了一個「怪咖約會」，準備在 2013 年太浩湖（Lake Tahoe）舉辦的「美西金融協會年會」碰頭。我坐在凱悅酒店的大廳等著，看著一群群著名（以及不著名）的學者，往來穿梭於各個會場；不久，有位滿頭卷髮、穿著牛仔褲和短袖有領便服的低調男士，通過華麗的旋轉門，很有信心地步入大廳。他並沒有故意假裝那種學術格調：身著粗呢外套，手上拿著可樂罐。我指著他的方向，問：「蓋瑞？是你嗎？」蓋瑞滿臉笑開地回答：「魏斯嗎？嗨，我們要趕快才來得及參加有關報酬相關的推論套利資本研討會！」然後，我們這段部落格關係，就開始綻放為豔麗的羅曼史花朵。

　　我們已經有點遲了，所以我們跑出大廳，直奔湖邊，金融研討會已經開始。到達的時候，滿頭大汗，氣喘如牛，似乎不適合直闖會議廳，讓 50 多位金融學教授盯著我們看。於是，我建議：「蓋瑞，讓我們稍微涼快一下，去找杯咖啡，等到下一場專題講座才參加。」當時完全沒料想到，我即將聽到一場講座，遠勝過那些會議室裡正在舉行的專題講座。

　　蓋瑞和我拿著咖啡，慢慢走到外面，開始談他的背景。「所以我參加了美國陸軍，想當個戰鬥醫療士兵…。」我打斷他的話：「等等，你是越戰退伍軍人？我曾經是美國海軍陸戰隊的上尉，伊拉克戰爭退伍軍人。」我們彼此相望，覺得這種意外巧合蠻有意思。我知道，軍事背景經常會形成某種讓人們更適合生存於投資世界的人格特質。接著，蓋瑞繼續描述他的獨特故事：「沒錯，我幹過許多很酷的事。我在印度住了幾年，有一陣子擔任喜劇魔術師，曾經是得獎藝人，我還有哈佛商學院的 MBA 學位。」我因為覺得有點迷惑，不得不打斷他：「你說什麼？」

　　大約過了一小時，我聽著他敘述這些年來的各種冒險經歷，我的頭腦不再打轉，情不自禁地問他：「蓋瑞，聽起來你好像從來沒想找個真正的工作——你為什麼不進入學術界呢？你絕對適合！」哦，如同我原本應該預料到的，他回答：「魏斯，你會這麼問，真有意思，我在你這個年紀的時候，差點就走上這條路。我曾經申請芝加哥大學金融博士班的課程，而且被錄取了。我當時真想成為學術研究者。」一切變得合理了。我問：「後來怎麼了？」對於所有的問題，蓋瑞好像都已經準備好答案了：「我幾乎接受這個機會，但我當時交易選擇權賺了很多錢。而且，我也不相信效率市場理論，我擔心自己上了博士班，就必須放棄賺錢，因為他們說市場是不可能被擊敗的！」我琢磨著蓋瑞的回答，想著我如果面臨相同的機會，是否會做出相同的決定。

　　所以，這段故事帶來什麼啟示呢？我為什麼要花那麼多工夫描述我跟蓋瑞的關係和經驗？我希望讀者能夠如同我一樣體認，蓋瑞是個具有特殊才華的特殊人士。蓋瑞有能力整合各種不同的研究領域，然後透過最簡潔的方式表達，使得我這種對於動能概念似懂非懂的半個門外漢，也能搞清楚究竟是怎麼回事。千萬不要誤會，蓋瑞所做的，是一樁極具挑戰性的工作。這需要廣泛的知識，而且要有能力銜接多個不同領域。我之所以知道，是因為我自己也曾經試過。我自己對於價值投資與行為金融學的研究，讓我有機會跟別人合作寫了一本有關價值投資的書《Quantitative Value》（計量價值）。我的結論跟蓋瑞一樣。我的書提醒自己：（1）我絕不會成為巴菲特，（2）歷史證據告訴我們，結合一套系統性決策程序與一套健全投資哲學，才是長期累積財富的明智之道。蓋瑞的書也提醒我：（1）我絕對沒辦法像蓋瑞一樣寫得如此簡潔，（2）動能投資是最重要的異常現象，甚至比價值異常現象更重要。我覺得自己都有點感到嫉妒了。

我很想知道，人們對於蓋瑞這本有關動能投資的著作會有什麼想法。價值投資這個領域已經有太多所謂的「經典」了，但動能投資卻不存在真稱得上「經典」的著述。蓋瑞的著作，可能立即就會成為經典。我相信，蓋瑞的這本《雙動能投資：高報酬低風險策略》應該擺在每個人動能書架上的首位。希望大家都能跟我一樣，喜歡這本書，更重要的是，也希望各位將來能夠因此變成更棒的投資者。

——魏斯里·R·葛雷博士

Wesley R. Gray, PhD

Empiritrage 執行管理委員

《Quantitative Value》（計量價值）作者

序言

股票市場的獲利，就像是妖精的寶藏；
有時候，它是紅寶石，有時候又變成煤炭；
有時候是鑽石，有時候又變成鵝卵石。
有時候，它是曙光女神留在甜蜜綠葉上的淚珠，有時候又只是眼淚而已。

——José de la Vega, Confusion of Confusions, 1688

　　根據可敬的金融經濟學家安德魯·羅（Andrew Lo）所言：「買進-持有策略已經不再適用。價格波動實在太嚴重，幾乎任何資產都有可能會突然變得風險太高[1]。」甚至華倫·巴菲特的波克夏·海瑟威公司（Berkshire Hathaway, Inc.）都曾經在 1998 年之後，價值兩度減少將近 50 。

　　PIMCO 的前任老闆默罕莫德·艾爾阿利安（Mohamed El-Erian）說：「單是靠分散投資（diversification）已經不足以緩和風險，你需要仰賴更多工具來管理風險。」分散投資長久以來一直被視為投資活動唯一的免費午餐。現在，有人必須支付午餐費用了。由於金融市場彼此之間的整合程度愈來愈高，相關性也愈來愈強，多種資產的分散投資再也無法保障市場不會發生嚴重損失。這種程度的損失，可能會導致投資人過份反應，並因此決定永久性地結束其投資，結果把原本屬於暫時的挫敗，轉變為永久的損失。

　　我們現在需要的是一種新的典範，能夠針對市場風險進行動態調整，保障我們的安全，免受當今波動劇烈、變幻莫測的市場行情傷害。我們需要透過某種方法，賺取高於市場水準的長期報酬，但又要能夠侷限下檔風險。本書將證明動能投資如何能夠實現這個目標。

---

1. 「買進-持有策略為何不再有用」（Why Buy and Hold Doesn't Work Anymore），Money Magazine, March 2012。

　　動能（momentum）——績效的持續性——過去 20 年來一直是備受重視的研究領域。學術研究顯示，從 1800 年代以來，直到目前為止，動能都是一種有效的策略，而且適用於幾乎所有的資產類別。經過多年的嚴謹探索，學術界終於承認動能是能夠創造風險調整後穩定高報酬的「重要例外」[2]（premier anomaly）。

　　對於主流投資人來說，動能大體上還是個未經開發的處女地。我寫這本書的主要目的，就是要跨越學術界與投資界之間的鴻溝，因為學術界對於動能的研究已經相當深入而廣泛，但投資界的這方面運用仍然非常有限。

　　本書的第一個目標，是要解釋動能原理，讓讀者能夠輕鬆瞭解與體認。我將簡單敘述動能投資的歷史，協助讀者快速掌握現代金融理論，提出動能之所以能夠有效運作的幾種可能理由。然後，我們觀察各種資產選擇，以及替代性投資方法。最後，我會說明雙動能（dual momentum）——結合相對強度與順勢操作方法——為什麼是最理想的投資方法。

　　我發展設計出一種易於瞭解而單純的雙動能運用方法，我稱其為「全球股票動能」（Global Equities Momentum，簡稱 GEM）。我只採用一種美國股價指數、一種不包含美國的全球股價指數，以及一種綜合債券指數，透過 GEM 投資方法，我所創造的長期投資報酬，可以是世界股票市場過去 40 年報酬的兩倍，而且還可以避開空頭市場的損失。

　　我發現，人們花費許多時間與精力試圖累積財富，卻沒有用相同認真的態度，去研究與尋找某種保障與創造財富的最佳方法。華倫‧巴菲特認為，風險來自於我們不知道自己在做什麼。本書試圖協助糾正這種情況，將投資導往正確方向。

2.　Fama 和 French（2008）。

　　我儘可能嘗試讓絕大多數讀者覺得本書有趣而有用。本書納入相當尖端的材料,讓想要深入瞭解這個主題的讀者能夠滿意,但也儘量讓本書內容保持簡單易懂,方便於一般讀者閱讀。本書最後提供一份有關現代金融學使用術語的名詞解釋。好了,讓我們開始吧!

謝　詞

我如果能看得更遠，那是因為我站在巨人的肩膀上。

——牛頓

如果沒有過去 80 多年來許多致力於動能研究前輩們的努力，我絕不可能完成這本書。我要特別感謝 Alfred Cowles III 與 Herbert E. Jones，他們辛苦地透過手工計算，然後在 1937 年出版第一份有關動能計量研究的資料。當今的從業者——包括我在內——仍然在運用 Cowles 與 Jones 當初使用的動能方法。

我要感謝魏斯・葛雷，他鼓勵我把這些概念付諸文字。魏斯和他的同事大衛・傅爾克（David Foulke）針對本書內容提供了許多珍貴的意見。

我要謝謝湯尼・古柏（Tony Cooper）對於本書提供的精闢評論與貢獻，也要感謝 Cheryl Becwar、Riccardo Ronco、Charles W. (Bill) White 與 John Hardin 等人提供的有用建議。最後，我要感謝協助我完成本書的編輯團隊 Jonathan Lobatto、Dr. Stephen Miller、Larry Pell 與 Kyra Kitrts，感謝他們的熱誠協助。

1 全球第一家指數型基金

永遠不要相信專家。

——約翰・甘迺迪

　　指數型基金——現在已經成為眾所周知的投資工具了。很多人認為，當時任職於富國（Wells Fargo，後來的巴克萊全球投資人〔Barclay Global Investors〕）的約翰・麥克鄺（John McQuown）與比爾・福斯（Bill Fouse）在 1971 年首創指數型基金，他們幫 Samsonite 退休基金投資紐約證交所的全部掛牌股票。可是，這個說法並不正確。讓我告訴各位實際上發生的故事[3]。

　　1976，我服務於史密斯邦尼（Smith Barney），一次偶然機會裡，我發現了真正的第一家指數型基金。當時，史密斯邦尼是備受推崇的投資銀行和機構經紀商，有點像是高盛（Goldman Sachs）、所羅門兄弟（Salomon Brothers）和第一波士頓（First Boston）等機構。如同當時華爾街其他業者的情況一樣，史密斯邦尼希望爭取更多的零售經營管道，所以購併了一家零售導向的經紀商 Harris Upham。購併之後，當然也做了例行的整頓，裁減原來的冗額。可是，Harris Upham 的店頭市場（OTC）部門非常強，由鮑伯・托普（Bob Topol）領導，他主管所有的 OTC 業務。

　　當時還沒有電子市場。為了要買賣店頭市場證券，你必須打電話到經紀商到處詢問，查核每個造市者的報價和碼差。頂尖的 OTC 造市者可以成為

---

3. 有關第一個指數型基金的更詳細資料，請參考 John Bogle 的文章 http://www.vanguard.com/bogle_site/lib/sp19970401.html。

公司最賺錢的核心之一。這不只是因為 OTC 證券的買／賣價差有時候拉得很開，其距離甚至足以讓一輛小車子通過。頂尖 OTC 造市者之所以能幫公司賺錢，也因為他們擅長於管理 OTC 存貨。他們可以調整買／賣報價，使得他們喜歡的證券部位得以累積，而讓不喜歡的部位變小或轉為空頭部位。鮑伯是業界最頂尖的選股好手。一些最優秀的機構投資人都喜歡跟他往來，藉以探聽他對於某些股票的看法，而且鮑伯也能夠協助他們透過其管理的高流動性存貨進行大額交易。

史密斯邦尼能夠找到鮑伯加入，覺得非常榮幸和驕傲。公司經常派他到各地的辦公室，讓大家有機會跟鮑伯學習，熟習他經營業務的方式。公司合併之後不久，鮑伯來到我們辦公室，向我們說明他能夠幫我們做些什麼。可是，真的讓我大開眼界的，並不是鮑伯本身或他的作為，而是他告訴我們的故事。

鮑伯來的時候，大約是午餐前一小時，他向我們解釋 OTC 造市的一些竅門。大家都清楚，這方面知識正是鮑伯受到推崇和尊敬的理由。某位同事恭維鮑伯傑出的交易技巧和獲利能力。鮑伯謝謝他，回到座位上，停了一會兒，然後不經意地說：「沒錯，我做得還算不錯，但各位想聽聽還有人做得比我好嗎？事實上，這個人做得比我認識的任何人都好。」

我們很快都坐了下來。鮑伯完全掌握了我們的情緒和注意力。我們帶著詢問的眼神瞪著他，鮑伯緊跟著說：「我所認識的這位最棒投資人——她的表現超越我認識的所有專業經理人——就是我的太太迪依。你們想聽聽她是怎麼辦到的嗎？」

這個時候，即使有個野人走進房間，大概也沒人會注意。鮑伯——這位業內最頂尖的交易員與造市者，他通常都與全球最棒的基金經理人往來，卻認為他太太比所有這些專家都更棒！現在，他準備告訴我們，她是怎麼辦到的。此時就像某些人說的，你幾乎可以聽到細針掉到地上的聲音。

　　沒理會我們這群瞠目結舌的人，鮑伯繼續說：「迪依一向都很愛國。於是，幾年前，她決定買進所有公司名稱有 U.S. 或『美國』（American）的股票，譬如：U.S. Steel、U.S. Shoe、U.S. Gypsum、U.S. Silica、American Airlines、American Brands、American Can、American Cyanamid、American Electric Power、American Express、American Greetings、American Home Products、American Hospital Supply、American International Group、American Locomotive、American Motors、American South African、American Telephone & Telegraph、British American Tobacco、North American Aviation、Pan American …等，還有很多小企業。」

　　我們有些人開始笑了。我們不知道鮑伯是認真的，還是在耍我們。可是，鮑伯看起來蠻嚴肅的，他繼續說：「迪依的這種做法相當有效。幾年後，她想要再買些股票。由於她很欣賞艾森豪將軍和麥克阿瑟將軍，於是決定要買進名稱裡有 General 的股票：General Dynamics、General Electric、General Mills、General Motors、General Maritime、General Steel、General Telephone、Dollar General、Mercury General、Media General、Portland General Electric…等。從這個時候開始，迪依的投資組合表現就一直優於我認識的其他任何人，這是如假包換的真話。」

　　聽了這段故事，大家都覺得蠻有趣的，然後我們就休息，外出午餐。可是，隨後的幾天，甚至幾個禮拜，我都一直想著迪依。迪依本身有著投資方面的背景，她不僅跟鮑伯結婚將近 30 年，迪依的父親也擁有一家 OTC 造市機構。我不斷問自己，迪依憑什麼能夠運用如此幼稚的策略而勝過全球最頂尖的基金經理人。只是因為運氣好嗎？經過幾個禮拜，我慢慢找到答案了。

成功的理由

　　首先，迪依的投資組合並沒有涉及什麼交易成本。她買進股票之後，就一直持有。當時，佣金費率相當高，這方面的成本影響很大。另外，迪依持有的永久性投資組合，不會因為行情起伏所造成的情緒干擾而做出不正確的買賣決策。稍後我們就會看到，這經常會顯著拖累投資報酬。

　　投資組合不做周轉，而且決策程序不受情緒干擾，這並不能說明全部的故事。迪依也不需支付任何管理費用。相較於共同基金或其他管理計畫的投資人，這起碼每年可以幫她節省 1%。

　　最後，迪依的投資組合非常分散。當時，大多數投資組合的情況並非如此。一般投資人多少都會有某種投資風格方面的偏好，譬如：防禦型、成長型、大型股…等。當時，類似如雅芳、可口可樂、迪士尼、IBM、柯達、麥當勞、默克藥廠、拍立得與全錄等大型「熱門股」，經常受到市場追捧。這些當代所謂的「50 大熱門股」（Nifty-Fifty），本益比通常很高。舉例來說，1970 年代，麥當勞的本益比為 68 倍，嬌生為 62 倍，可口可樂為 48 倍。如此偏高的本益比如果要有存在的理由，除非這些企業的成長率能夠長期保持，使得——譬如說——雅芳的目前市值將超越某些國家的 GDP。著名經濟學家肯尼斯・鮑定（Kenneth Boulding）曾經說過：「任何人如果認為穩定的成長率能夠永遠保持下去，那麼他不是瘋子，就是經濟學家[4]。」

　　迪依隨機建構投資組合，沒有特殊的投資風格或偏好。就如同市場本身一樣——非常均衡地由小型股、大型股、價值型、成長型或任何其他分類的股票構成。事實上，迪依的投資組合，甚至比 S & P 500 指數均衡，因為後者明顯偏向大型成長股。不知不覺的情況下，迪依創立了第一個指數型基金，而且成效相當不錯。她這麼做，完全不需仰賴經紀人、基金經理人或任何幫助，除了一本字典。

---

4. 那種無以為繼之成長率的假設——譬如金融泡沫現象所呈現的狀況——挑戰了效率市場假說所主張的理性預期。

啟示

迪依之所以會成功的理由，對於我來說，可以稱得上是改變人生看法的重大啟示。以下是我從迪依成功過程歸納出來的結論：

- 必須儘可能降低成本。這是賺取風險調整後超額報酬（alpha）的最簡單辦法。

- 應該做廣泛的分散投資，而不只是挑選性質類似的不同公司。不論是公司規模、投資風格、產業集中程度或其他條件等，都必須做分散投資。

- 擊敗市場並不容易。很少投資人辦得到這點。複製市場投資組合或許是樁好事。

有了這些結論，我決定辭掉經紀商的工作。對於我來說，做個股票掮客，把過度集中的投資組合推銷給客戶，讓他們承擔過高成本，然後試圖擊敗其他股票掮客處理的類似帳戶，奔向那虛無縹緲的終點線——這一切都顯得沒有意義。

關於專業投資管理，我覺得自己只剩下兩種選擇。第一是成為效率市場家，聽起來就像是成為「米老鼠俱樂部」（Mickey Mouseketeer）的一員，而且據我看來也差不多蠢。我一向都把效率市場看成是托勒密（Ptolemy）天文學，兩者基本上都建立在先驗假設之上。至於第二個選擇，則是成為當時金融學術界的唐吉軻德，揮舞著長矛指向效率市場理論的風車。

效率市場

1970 年代中期，效率市場假說 (efficient market hypothesis，簡稱 EMH) 席捲學術界，征服了一群原本相當理智的人。EMH 相信股票價格已經充分反映所有可供運用的公開資訊。這也意味著，沒有人可以穩定擊敗市場。

我有一陣子想試試 EMH 的想法。我曾經申請芝加哥大學金融博士班課程，並且被錄取了。當時，芝加哥大學可以說是 EMH 的最堅強堡壘。可是，我最終決定不去，因為我害怕在芝加哥大學被視為異端，甚至被灑上柏油、沾上羽毛。

效率市場的概念，實際上是源自 1800 年代，當時查爾斯‧道（Charles Dow，道瓊公司與《華爾街日報》的創辦人）把市場評論為資訊的效率處理器：「事實上，市場歸納了涵蓋國內與國外之所有金融知識的冷酷裁決。因此，價格走勢代表每個人知道、期望、相信與預期的每件事。」在 1889 年的文章「倫敦、巴黎與紐約的股票市場」（The Stock Markets of London, Paris, and New York）中，喬治‧吉普森（George Gibson）寫道：「股票在公開市場上市。股票具備的價值，被視為是關於它們的最明智評價。」後來，EMH 信徒們宣稱，這就是他們的想法：價格反映所有可供運用的公開資訊。

至於更實質的 EMH 原理，則是出現在路易‧巴舍利耶（Louis Bachelier）於 1900 年發表的博士論文。巴舍利耶把股票市場買賣行為，比喻為液體懸浮粒子的隨機運動。巴舍利耶認為，股票價格走勢是隨機的，因此無法預測。更早之前的 1863 年，朱利‧荷紐（Jules Regnault）運用隨機模型而主張，股票價格的偏離程度是跟時間的平方根成正比。可是，巴舍利耶是第一個提出精確隨機程序模型的人。這種程序被稱為「布朗運動」（Brownian motion），用以紀念蘇格蘭植物學家羅伯‧布朗（Robert Brown），他在 1826 年首先發現水中懸浮花粉所呈現的隨機運動。人們雖然認定是愛因斯坦在 1905 年透過數學方式解釋布朗運動，但巴舍利耶實際上在更早的五年之前就在博士論文內寫了。關於機率理論的研究，巴舍利耶永遠超越他的時代[5]。

---

5. 在巴舍利耶的著作裡，我們發現有關連續隨機程序的 Chapman-Kolmogorov-Smoluchowski 方程式，還有 Einstein-Wiener 布朗運動程序的推演，也認定這個程序是熱傳導偏微分方程式的解。巴舍利耶也發展馬可夫性質的原理、Fokker-Planck 方程式、Ito calculus，還有 Doob 的「鞅」（martingales）。

1900 年，巴舍利耶把他的博士論文出版成書，書名是《The Theory of Speculation》（投機理論）。但這本書並沒有引起太多注意，直到統計學家里納・吉米・薩維奇（Leonard Jimmy Savage）研究機率歷史時，才重新發現這部著作。薩維奇驚嘆巴舍利耶對於投機市場方面的前驅研究，於是在 1950 年代中期，寄了明信片將相關事蹟介紹給十幾位他認識的經濟學家。

保羅・薩繆爾遜（Paul Samuelson）當時也正在做類似研究。他很高興薩維奇發現了巴舍利耶的研究。這讓薩繆爾遜得以根據巴舍利耶的研究，把所有資料整合成為均衡的架構。1965 年，薩繆爾遜引用巴舍利耶的概念，出版了有關效率市場的論文，而且提出自己的證明。

薩繆爾遜後來編寫了一本有史以來最暢銷的經濟學教科書，並且在書中熱忱地幫 EMH 背書。薩繆爾遜是第一位獲頒諾貝爾經濟學獎的美國人。當時是 1970 年，而他也是該獎項成立以來的第二位獲獎人。

我雖然對於 EMH 有興趣，但我也讀了很多有關投資方面的實務書籍，譬如：葛拉罕和陶德（Graham 和 Dodd，1951）、達瓦斯（Darvas，1960）、索普與卡索夫（Thorp 和 Kassouf，1967），以及李維（Levy，1968）等人的著作。（下一章，我會更詳細談論達瓦斯與李維的研究，他們運用相對強度動能於投資。）

我也認識一些備受推崇的共同基金經理人，譬如：John Neff、William Ruane、Walter Schlosss 與 Max Heine，而且還有一位傑出的避險基金經理人是我的客戶。他們這些人的投資績效都穩定勝過市場先生。我不相信這些傑出人士所展現的超越市場績效，完全都是運氣或偶然。這些投資者所表現的，顯然跟學術界的主張彼此衝突。學術界雖然大力倡導 EMH，但前述這些實務界人士卻告訴我們截然不同的故事，而且非常成功。

安德魯・羅（Andrew Lo）是徹底觀察市場訂價異常現象的先驅經濟學家，他多年前曾經深入研究技術分析，並提出其看法。他發現股票價格蘊含著可供預測的型態，對於當時學術界來說，這等於是巫毒魔法。當羅氏把這方面令人鼓舞的結論，提供給麻省理工學院的某位同事參考時，他的同事卻表示：「你的資料一定錯了[6]。」

根據所謂的「聯合假設」（joint hypothesis），就某均衡報酬模型而言，我們只能說某市場是有效率的，或沒有效率的。如果這套模型能夠預測該市場，那只有兩種可能：模型錯誤，或市場沒有效率。所以，羅氏的研究一定相當成功，所以他的同事才會提出第三種可能：資料錯誤。容我套用德國哲學家尼采的話：「相較於謊言，信念是真理的更危險敵人。」EMH 成為一套信仰系統，擁有許多忠誠的信徒，幾乎跟宗教沒什麼兩樣。喬治‧索羅斯（Geoge Soros，2003）是全球最成功的避險基金經理人，曾經賺進 $396 億財富，他把 EMH 稱為「市場基本教義主義」。哈利路亞！在整個 1970 年代和 1980 年代，EMH 主導一切。

華倫‧巴菲特（Warren Buffett）在 1988 年的波克夏‧海瑟威董事長信函寫道：「很神奇的是，EMH 不只得到學術界的擁戴，也受到許多投資專業者和企業經理人的支持。在正確觀察之下，我們知道市場經常是有效率的，但這些人卻進一步推論市場永遠是有效率的。這兩種主張之間的差異，就好比是白天與晚上[7]。」

還有很多其他現象也顯示完美效率市場是不存在的，也沒有所謂的投資人絕對理性，譬如說，封閉型基金存在溢價，政府擔保房地產抵押證券存在套利機會，還有無所不在的市場泡沫，這些例子都在在說明價格可以長時間偏離價值。

---

6. 羅氏後來與他人共同寫了一本書，書名是《非隨機漫步華爾街》（A Non-Random Walk Down Wall Street），藉以回應 Burton Malkiel 鼓吹效率市場假說的暢銷書《隨機漫步華爾街》（A Random Walk Down Wall Street）。

7. 參閱 http://berkshirehathaway.com/letters/1988.html。

被動型投資的替代

　　雖然知道很難擊敗市場，但我相信也不是全然不可能。不論是好或是壞，我還是決定擔起這椿艱難的任務，試著辨識與利用真正的市場異常現象與無效率。

　　1970 年代末期，我有個構想，想要經營一家衍生性避險基金，這是遠在長期資本管理公司（LTCM）成立之前。當時還沒有哪家機構專門提供資料饋送的服務，所以我僱用了一位電機工程師拆掉一台報價機，把資料載入微處理器，然後轉送到我辦公室的小型電腦。我和所有選擇權交易所的場內造市者成立合夥事業，剛開始幹得很不錯，但不久也遭遇後來導致 LTCM 倒閉的事件。最主要還是因為信用過度擴張，再加上發生一些相當不尋常的事件。可是，我還沒有達到「套利限制」（limits of arbitrage），因此還不需要聯邦銀行進行干涉，防止我摧毀世界金融體系 [8]。我試著從這段經驗汲取教訓，然後繼續前進，但我仍然相信市場上存在可供運用的異常現象。

　　1980 年代初期，我又有個不錯的想法，想要成立商品基金，運用我自己的貝氏（Bayesian-based）投資組合最佳化模型，把資本配置給全球最頂尖的幾位交易者，譬如：保羅・都鐸・瓊斯（Paul Tudor Jones）、路易・貝肯（Louis Bacon）、理查・丹尼斯（Richard Dennis）、約翰・亨利（John W. Henry）、艾爾・魏斯（Al Weiss）、湯姆・包德溫（Tom Baldwin）與吉姆・賽門斯（Jim Simons）等人。這些交易者的操作不只非常成功，而且績效彼此不相關，因為他們採用截然不同的操作方法，投資組合相當分散。這種情況非常適合投資組合最佳化，因此，我的投資機構很成功，生意也相當興旺。

---

8. 紐約聯邦準備銀行籌措了 $36.2 億資金支援 LTCM，防止華爾街因為該事件而崩潰。《天才殞落》（When Genius Failed）一書裡，作者羅恩史坦（Lowenstein）暢談 LTCM 遽起暴落的有趣故事。這家公司的創辦者包含兩位諾貝爾獎得主。

看到保羅‧都鐸‧瓊斯幫我們做交易，我總算毋庸置疑地相信自己應該反對 EMH。我全然認為自己應該支持效率市場理論之外的觀點，但我並不知道自己是否還能找到另一個如此高報酬的機會。

雖然如此，我仍然有繼續尋找的動機。商品交易在規模上存在著限制。某些最頂尖的交易者，最後不得不把資金退還給投資人，大體上只交易自己的帳戶。我所聘用的交易者，有幾位都是如此。另外，1970 年代到 1980 年代之間，投機客經常享有顯著的商品風險溢價，這種情況到了 2000 年代之後，大概都不復存在了。目前，由於投機客的參與愈來愈熱絡，因此大家能夠分享的風險溢價也就很有限了。所以，現在只能另尋他途。我當時並不知道，我竟然要花費將近 20 年的時間，才找到另一個可以運用市場趨勢的機會，而且所採用的方法基本上相同——系統性價格動能。

潮水開始轉向

到了 1990 年代，行為金融學開始趨於流行，其主張挑戰著理性預期與 EMH。諾貝爾獎得主羅伯‧席勒（Robert Shiller，1992）寫道：「效率市場假說的論述，可以說是經濟思想史上最顯著的錯誤之一。錯誤之所以顯著，在於邏輯錯誤的顯而易見，以及其結論的影響程度與範圍。」

在此之前，著名經濟學家有時候會躲在積極管理型投資的壁櫃裡。查理‧孟格（Charlie Munger，華倫‧巴菲特的主要助手）寫道：「有位全球最著名的經濟學家之一，他是波克夏‧海瑟威的重要股東，而且長期以來都是如此。他在教科書裡告訴人們，股票市場具備完美效率，沒有人可以擊敗市場。可是，他自己的資金則流向波克夏‧海瑟威，幫他賺取財富[9]。」

---

9. 請參考 C. Munger 寫的「啟示：有關投資管理與商務的基本世俗智慧」（A Lesson on Elementary Worldly Wisdom as Its Relates to Investment Management and Business）。南加州大學馬歇爾商學院講授課程，1994 年。

根據《財富雜誌》（Fortune）報導，經濟學家保羅‧薩繆爾遜也是如此，他的暢銷教科書大力鼓吹效率市場理論，並發表學術論證支持 EMH[10]。

薩繆爾遜在 1974 年發表的論文「判斷力的挑戰」（Challenge to Judgement），據說鼓勵了先鋒基金（Vanguard）的約翰‧伯格（John Bogle）在 1976 年成立第一家掛牌指數型基金。後來，薩繆爾遜又寫了一些經常被視為太過火而顯得有點蠢的評論：「我認為伯格的這項發明，貢獻等同於發明輪子、字母、印刷機、葡萄酒與乳酪；共同基金從來沒有讓伯格致富，但提升了共同基金投資人的長期報酬。這算得上是太陽之下的新奇事物[11]。」

所以，薩繆爾遜鼓勵伯格成立第一家公開掛牌指數型基金，然後又將其捧上天，而薩繆爾遜自己的資金卻由華倫‧巴菲特幫他積極做管理。所以，照他這麼說的話，輪子、字母與印刷機應該也不是什麼了不起的發明。

動能異常現象

隨著更多人們開始質疑 EMH 的正統性，學術文獻也出現頗耐人尋味的發展。快速竄起的行為金融學，引導某些人質疑投資人行為是否永遠符合理性，是否永遠照顧自己的最大利益。人們的情緒性與非理性行為，會造成價格——透過某些可預測方式——系統性地偏離基本面價值。市場說不定是可以被擊敗的，因為非理性投資人允許異常現象持續存在。由於存在這方面可能性，1990 年代初期左右，動能開始受到學術界的注意。動能的很多性質，都可以由行為因素解釋。

包括 EMH 主要創始人尤金‧法馬與肯尼斯‧法蘭西（Kenneth French）在內的許多學術界人士，研究動能多年之後，開始注意到他們所謂

10. 請參考 D. Sutton 寫的「波克夏幫眾」（The Berkshire Bunch, Fortune, October, 1998）。
11. 波士頓證券分析師協會的演講，2005 年，11 月 15 日。

「主要異常現象」（premier anomaly）的動能[12]。動能力量強大，長期持續，而且不能被已知的常見風險因子解釋。

動能研究不僅受惠於 EMH 在現代金融學上的地位流失，而且動能研究發現所顯著增添的知識，其本身也與效率市場假說起了衝突。

下列章節準備說明我如何結合學術界動能研究的最佳成份，配合我自己的某些點子，提出一套既簡單、又實用的方法，不只可以創造優異的報酬，而且風險還小於動能。另外，我也要說明各位如何把這套方法運用於大型的高流動性市場，同樣可以創造出優異的長期期望報酬。

可是，在此之前，我要先介紹動能理論的歷史，協助各位瞭解與體會動能的歷史效力與悠久性。我也要說明動能如何融入現代金融這個奇怪而神秘的世界。然後，我們要探討動能背後的根本邏輯，協助各位更深入瞭解動能如何運作，以及為何能夠運作的理由。接著，我們將觀察資產選擇，以及替代性投資機會。到了這個時候，我才會提出一套簡單而有用的動能模型，供各位使用。

---

12. 參見 Fama 和 French (2008)。

2 凡是上升者… 持續保持上升

賽跑的勝利者未必是跑得最快的人，戰鬥的贏家也未必是最強壯者，但這卻是下注的依據。

——達蒙・魯尼恩（Damon Runyon）

所以，動能究竟是什麼？動能就是投資持續維持其績效的趨勢。表現好的投資，會持續有好的表現，表現差的投資，會持續有差的表現。

古典概念

動能投資的歷史悠久而特別。我打算帶領讀者瞭解其演化。動能概念起源於牛頓第一運動定律：處於均速運動狀態的物體，將繼續保持該運動狀態。當牛頓提出這條定律時，想的應該不是投資。否則的話，當他看到蘋果從樹上掉下來，想到的應該是：凡是上升者，終究會下降。1718 ～ 1721 年發生的南海股票泡沫事件，牛頓由於進場太遲、持有部位太久而遭逢重大損失。後來，牛頓表示：「我可以計算星體運動，卻無法衡量人類瘋狂的程度。」嗯！牛頓顯然並不是這方面的唯一受害者。

藉由投資術語表達動能論述的第一位著名人士，應該是偉大的古典經濟學家大衛・李嘉圖（David Ricardo）。1838 年，李嘉圖說：「迅速認賠，讓你的獲利持續發展，」顯示他很明智地同時考慮了下檔和上檔動能。李嘉圖奉行他自己的建議，在 42 歲退休，累積的財富相當於今天的 ＄6,500 萬。

20 世紀初期的動能

20 世紀初期，我們看到某些紀律嚴明的投資風格，蘊含著顯著的動能概念。新聞記者愛德溫・勒斐爾（Edwin Lefevre，2010）的經典著作《股票作手回憶錄》（Reminiscence of a Stock Operator，寰宇出版），最早是在 1923 年出版，書中包含很多動能概念。這本書描述傳奇交易者傑西・李佛摩（Jesse Livermor）的想法與故事。李佛摩曾經說過：「大錢不是來自於個股波動，而是整個市場與其趨勢的上漲。」順勢操作屬於動能投資的形式之一。李佛摩談到，股票創新高價而買進的行為，此處蘊含的即是動能概念。他說：「買進永遠不嫌股價高，賣出永遠不嫌股價低。」這句話充分顯示了動能投資的風格。

理查・懷可夫（Richard Wyckoff）在 1920 年代初期寫的書，也強調動能原理。在 1924 年出版的《How I Trade in Stocks and Bonds: Being Some Methods Evolved and Adapted During My Thirty-Three Years Experience in Wall Street》（我如何交易股票與債券），他主張買進表現最強勁的股票，這些股票不只屬於表現最強勁的類股，而且其所屬股價指數的走勢也最強勁，處於承接 / 出貨循環的上升階段。懷可夫引用這種概念在股票市場上操作，累積了龐大財富，然後退休到漢普頓 9.5 英畝的莊園，隔壁就住著通用汽車傳奇總裁亞佛雷德・史洛恩（Alfred P. Sloan）。

喬治・希曼斯（George Seamans，1939）在其暢銷書《The Seven Pillars of Stock Market Success》（股票市場成功的七根支柱）建議交易者在上升趨勢發展過程買進最強勢的股票，在下降趨勢發展過程放空最弱勢的股票，這完全符合相對強度動能投資的概念。

在計量操作方面，從 1920 年代末期開始，阿諾・伯恩哈特（Arnold Bernhard，價值線投資調查的創始人），成功運用相對強度價格動能，同時配合盈餘成長動能。根據價值線網站的資料顯示，第 1 群股票是由去年價格表現最好、盈餘加速成長最快的股票所構成。從 1965 年到 2012 年，第 1

群股票的平均年度報酬為 12.9％（不計股息），Ｓ＆Ｐ 500 指數的同期表現則為 6.1％。第 5 群股票的年度虧損為 -9.8％。價值線目前仍然採用的價格動能因子，計算公式是股票最近 10 週平均相對價格表現，除以 52 週平均相對價格。

1920 年代，迦特利（H.M. Gartley）設計了以動能為基礎的相對速度評等。道瓊理論家羅伯・李（Robert Rhea，1932）隨後在其著作《道氏理論》（The Dow Theory）引用了這種評等。迦特利（1945）自己也在《金融分析師雜誌》（Financial Analysts Journal）發表一篇論文，標題是「相對速度統計量：在投資組合分析的應用」（Relative Velocity Statistics: Their Application in Portfolio Analysis）。迦特利在文章裡表示：「除了一般的價值衡量方法之外，分析師應該考慮股價速度。速度統計量是股票價格波動的技術因子，衡量的是股價漲跌相對於大盤指數的百分率。」這也是相對強度價格動能的另一種說法。

迦特利在 1935 年的著作《Profits in the Stock Markets》（股票市場獲利）中，引進了順勢操作移動平均。迦特利和伯恩哈特都是以計量、法則為基礎之動能策略的早期倡導者。

至於有關動能的第一份真正科學研究與學術論文，則是由亞佛雷德・考利斯三世（Alfred Cowles III）與賀伯特・瓊斯（Herbert E. Jones）在 1937 年提出。考利斯是個傑出的經濟學家，他成立考利斯經濟研究基金，最初設立於芝加哥大學，現在則設立於耶魯大學。當時還沒有電腦，所以考利斯和瓊斯只能透過手工方式，辛苦地彙整 1920 年到 1935 年的績效統計資料。在當時，這是很了不起的成就。考利斯與瓊斯發現，前一年表現最好的股票，它們在隨後一年裡，表現通常也很好。以他們自己的話來說：「從 1920 年到 1935 年，若以一年為績效衡量單位，那些表現優於中位數的股票，它們在隔年也優於中位數的趨勢非常明顯。」目前，相對強度動能投資方法也具備相同概念，考利斯和瓊斯在 1937 年提出的的結論，如今也同樣適用。

20 世紀中期的動能

1950 年代，喬治・切斯納特（George Chestnutt）發行的投資快訊，針對個別股票與產業提出相對強度動能評等。對於投資快訊訂閱客戶，切斯納特提供了一些建議：

最佳策略是什麼？究竟是買進最強勢的領導股，還是應該到處尋找冬眠股與落後股，期待這些股票出現補漲行情？以我們觀察了數以千計案例和統計資料來看，答案顯然可從機率來判斷。從實際的結果來看，買進領導股、賣出弱勢股的做法，明顯更容易獲得比較好的結果。看來股票市場就如同人生的很多其他層面一樣，強者恆強，弱者恆弱。

切斯納特（1961）也寫了一本有關相對強度投資的著作，並運用這種方法管理美國投資人基金（American Investors Fund），表現相當成功。從 1958 年 1 月到 1964 年 3 月，這家基金的累積報酬為 160.5%，道瓊工業指數的同期表現則為 82.6%。

切斯納特從來沒有成為真正的知名人物，但相同時代的另一位動能投資者與共同基金經理人，卻相當知名。他是傑克・德雷法斯（Jack Dreyfus），又被稱為「華爾街之獅」（the Lion of Wall Street）。

德雷法斯初創業時，手頭上只有 $ 20,000 貸款，退休時卻是億萬富豪。關於投資哲學，他自己描述：「如果看到一部電梯正在往上走，你最好賭這部電梯會繼續往上走，而不是賭電梯會往下走。」德雷法斯只買進那些從健全底部向上突破而創新高價的股票。1953 年到 1964 年之間，他管理的德雷法斯基金成長 604%，道瓊工業指數的同期表現則為 346%。

富達（Fidelity）的兩個小型基金開始模仿德雷法斯的投資技巧。兩家基金的經理人分別為愛德華・奈特・約翰生二世（Edward Ned Johnson II），以及吉拉・蔡（Gerald Tsai），前者在 1946 年創立富達管理與研究

機構（Fidelity Management & Research），後者負責管理富達資本基金
（Fidelity Capital Fund）。蔡氏是個相當多采多姿的人，他不只成功運用動
能投資，而且積極推廣動能投資方法，因此讓他成為第一個受到媒體高度推
崇的共同基金經理人。1965 年，當他成立曼哈頓基金（Manhattan Fund）時，
第一年原本打算募集資本＄2,500 萬，結果在第一天就吸引了＄2 億 7,500
萬。

　　德雷法斯也影響了威廉·歐尼爾（William O'Neil），也就是《投資人
經濟日報》（Investor's Business Daily）的創辦人。歐尼爾的座右銘是：「買
強賣弱」。歐尼爾的著名選股準則 CAN SLIM，其中一項準則就是：買進
表現最佳的股票，賣出表現最差的股票。這完全呼應動能投資的概念。歐尼
爾表示：「那些看起來價格太高、太危險的股票，絕大多數繼續走高，而那
些看起來價格低的便宜股票，通常繼續下跌[13]。」歐尼爾談論 CAN SLIM 投
資方法的暢銷書《笑傲股市：歐尼爾投資致富經典》（How to Make Money
in Stocks），自從 1988 年以來已經大賣 200 萬本。

　　1960 年代，尼古拉·達瓦斯（Nicolas Darvas，1960）寫了幾本頗具啟
發性和娛樂性的書，其中包括了暢銷書《一生做對一次投資：散戶也能賺大
錢》（How I Made $2,000,000 in Stock Market）。這本書敘述他身為專業
舞者在世界各地表演，仍然得以發電報指示經紀人買賣股票。達瓦斯總是買
進價格創新高的股票，繼續持有，直到動能轉弱為止，然後換股操作。

　　吉伯特·霍勒（Gilbert Haller，1965）在他的著作《The Haller Theory
of Stock Market Trends》（股票市場趨勢霍勒理論）也鼓吹類似的「最強
勢股票」策略。1960 年代與 1970 年代，喬治·索羅斯（George Soros，
2003）運用動能的某種變形方法──正向回饋「反射」（positive feedback
reflexivity）──操作某些大型股票與房地產投資基金（REIT），累積了龐

13. 參考 O'Neil（2009），第 174 頁。

大的財富。根據索羅斯的說法,買進導致進一步買進,是一種自我強化的程序。本書第 4 章將談到,因為行為因素而產生的正性回饋交易,是動能的主要性質之一。

動能始終是投機性商品交易的驅動引擎。理查·董詮(Richard Donchian)在 1949 年成立了第一家管理期貨基金。董詮認為,股票與商品價格總是呈現過度樂觀或悲觀的走勢,因為這些走勢反映了交易者的情緒。他相信,順勢操作者可以藉由這類過度延伸的價格走勢而獲利。

1960 年,董詮開始發行商品投資週刊,包含他的 5 天和 20 天移動平均順勢操作系統。他著名的 4 週通道突破系統,啟發了很多偉大的交易者,例如:艾迪·塞柯塔(Ed Seykota)與理查·丹尼斯(Richard Dennis)。丹尼斯把董詮的通道突破系統,傳授給他的龜族交易者,這些交易者有些後來成為著名的商品交易顧問[14]。塞柯塔也訓練了一群非常成功的交易者,譬如:麥可·馬可仕(Michael Marcus)與大衛·德魯茲(David Druz),並發展出第一套大規模商品電腦化交易系統。傑克·史瓦格(Jack Schwager)在第一本《金融怪傑》(Market Wizards,寰宇出版)曾經談到塞柯塔:「塞柯塔管理的帳戶展現出令人瞠目結舌的優異報酬…我不知道有任何交易者曾經在相同期間創下類似績效[15]。」塞柯塔後來發起他的「艾迪六步驟規劃」(Ed's Six Step Program)協助其他趨勢交易者[16]。

1970 年代與 1980 年代,動能投資火炬傳遞到某些成功的避險基金經理人,但這些人經常不樂意針對其活動發表意見。可是,有位傑出的動能投資者卻是十分坦誠,他就慈善家與共同基金經理人理查·崔浩斯(Richard Driehaus)。

---

14. 參考 Covel(2007),《海龜交易特訓班》(The Complete Turtle Trader: How 23 Novice Investors Became Overnight Millionaires)。

15. 參考 Schwager(2012),第 151 ～ 152 頁。

16. 參考「反覆之歌」("The Whipsaw Song"),https://www.youtube.com/。

　　崔浩斯在 1968 年開始開創其投資事業。他管理的基金，資產規模超過＄100 億，採用的動能策略與達瓦斯、切斯納特與霍勒等人相當類似。1970年，《巴隆雜誌》提名崔浩斯為其「全世紀」（All Century）的 25 名代表人物之一，認為他是共同基金產業過去 100 年內最具影響力的人。傑克・史瓦格（2008）在《新金融怪傑》（The New Market Wizards，寰宇出版）曾經訪問崔浩斯，還有彼得・戴若斯（Peter Tanous）的《Investment Gurus》（投資大師）也曾經對他做過專訪。以下引用崔浩斯的一些評論，用以說明他的動能投資方法：

　　買低 - 賣高可能是最著名的投資模式。可是，我相信，買高而賣更高⋯應該可以賺更多錢。我試圖買進那些已經展現理想價格走勢的股票，那些股價已經創新高，那些呈現正數相對強度的股票⋯。我永遠尋找當時最具績效潛能的股票。即使我認為我的持股還會上漲，但如果我相信另一支股票在這段期間會有更好的表現，我就會換股操作。

　　即使是在 1990 年代積極展開嚴肅的學術研究之前，我們也很難漠視相對強度動能投資的實務價值和優異績效。

現代的動能

　　羅伯・李維（Robert A. Levy，1967）是首先運用電腦方法研究動能的人。李維創造了「相對強度」（relative strength）一詞，相當生動地表達了這種投資風格的性質。學術界後來把這種系統性計量方法，重新命名為「動能」，但實務業者則將此術語視為更一般性的用詞，泛指買進強勢股。1990年代，網路上一些自由心證型（discretionary）的交易者，也經常被稱為動能玩家（這些「快槍俠」認為應該順著馬匹的奔馳方向上馬）。即使是今天，以法則為基礎的系統性動能交易，以及憑著直覺的自由心證型動能交易，兩者之間仍然呈現著某種程度的混淆。李維所稱呼的「相對強度」，雖然可以更精準描述這種以法則為基礎的計量動能，但李維的研究成果出現在學術界開始正視動能之前。當學術界注意到動能時，他們可能並不希望自己的研究工作跟李維扯上關係。他們寧可把「相對強度」改名為「動能」，也不願承認自己偷竊。他們可能不清楚「動能」這個名詞早就被實務業者使用，其意義雖然類似，但不全然相同──或者這些人根本就不在乎。

李維最初的研究，採用 NYSE 的 625 支掛牌股票，涵蓋 5 年的資料。李維（1965）後來將此研究擴充，出版了一本有關相對強度投資的書。李維表示：

歷史績效排序前 10％ 的最強勢股票，隨後 26 週的平均價格漲幅為 9.6％。反之，歷史績效排序最弱 10％ 的股票，隨後 26 週的平均漲幅只有 2.9％。

某著名學術界人士麥可‧簡森（Michael Jensen）批評李維忽略了交易成本和風險因素。

稍後，Akemann 和 Keller（1977）藉由 1967 年到 1975 年的 S＆P 類股資料，證明即使考慮了交易成本，相對強度仍然會有優異的績效。Bohan（1981）將相對強度動能套用到 11 年的 S＆P 類股資料中，結果也顯示相對強度動能的優異表現。Brush 和 Boles（1983）引用相對強度動能方法於 18 年的股票資料，而且根據交易成本與風險因素進行調整，結果仍然顯示超額報酬。雖然愈來愈多的證據顯示動能投資具備異常獲利能力，甚至是在考慮成本與風險因素之後仍然如此，但還是無法引起學術界的興趣。

這段期間，學術界仍然相信效率市場假說，這也是動能難以獲得應有地位和尊敬的主要原因。很多學術界人士仍然認為，股票市場報酬呈現類似布朗運動的隨機漫步程序，由於市場參與者的積極競爭，試圖運用任何具備預測能力的型態，結果終將導致價格呈現隨機走勢而不可預測。可是，如同我們經常聽到的，如果槌子是唯一的工具，那麼任何東西看起來都像是釘子。學術界用力猛搥動能，直到它幾乎無法引起任何注意為止。

　　1980 年代，情況開始發生變化。諾貝爾獎得主羅伯‧席勒發表論文（Robert Shiller，1981）「股價走勢是否太大而不能被隨後的股息變動合理解釋？」（Do Stock Prices Move Too Much to Be Justified by Subsequent Changes in Dividends?）。這篇論文顯示，歷史股價波動十分劇烈，而不是呈現出絕對理性投資行為應該表現出來的現象。Keim 和 Stambaugh（1986）提出證據顯示，股票報酬包含可資預測的成份。1987 年，當股票價格在單日之內暴跌超過 20％，更進一步提出證據顯示，股票價格可能顯著偏離其合理價值。這次的單日崩盤，更壓縮了理性的極限。學術界也開始提出一些資料，顯示股票價格存在正值序列相關（positive serial correlation），顯然違反了股票價格走勢的隨機漫步理論 [17]。De Bondt 和 Thaler（1985）發現，投資人修正其超額價值高估或價值低估的過程，使股票呈現長期反轉效應。這一切都引發人們質疑市場的完美效率。

　　關於如何解釋愈來愈多的市場異常現象，譬如：價格動能與回歸均值（mean reversion）的現象，而行為金融學也開始吸引人們的注意。學術界逐漸甦醒，注意到周遭的發展。行為金融學是研究心理因素對於投資人行為的影響，以及其對於市場所造成的效應。乖離行為得以協助解釋金融理論與現實之間日益嚴重的分歧現象。本書第 4 章會討論動能的理性和行為層面，包括它們如何協助解釋動能之所以有效的理由，以及動能將來為何能夠持續有效的理由。

動能學術研究

　　行為金融學已經成為合理解釋動能的工具，再加上傑格蒂旭與迪德曼（Jegadeesh 和 Titman，1993）發表的論文「返回買進贏家，賣出輸家：股票市場效率的意涵」（Returns to Buying Winners and Selling Losers: Implications for Stock Market Efficiency），使得動能研究大步向前邁進。

---

17. 參考 Fama 和 French（1988）、Lo 和 MacKinlay（1988）與 Jagadeesh（1990）。

運用 1965 年到 1989 年的資料，他們發現，NYSE 與美國證交所（AMEX）過去 6～12 個月的贏家，在隨後 6～12 個月之內，其表現將繼續勝過輸家，績效差別大約是每個月 1％，而且其他風險因素造成的報酬差異都已經做過調整。這方面的績效差異，基本上跟考利斯和瓊斯在 30 年前的發現相同。1993 年文章發表之後的第八年，傑格蒂旭與迪德曼又在 2001 年發表後續期間 1990 年到 1998 年的研究資料，仍然顯示過去的贏家，績效勝過過去的輸家，差異同樣是每個月大約 1％。這兩篇論文，還有隨後很多其他的動能研究，基本上排除了動能獲利能力是源自資料探勘偏差（data mining biases）的疑慮。

在計量研究的協助之下，動能得以從自由心證型的操作方式，轉移成為以法則為基礎的操作方法。傑格蒂旭與迪德曼的研究清楚顯示，過去 3 到 12 個月回顧期間表現最強勁的股票，未來對照期間的表現也最強勁。這種現象對於 6 到 12 個月的回顧期間，特別顯著。

其他動能研究

傑格蒂旭與迪德曼的研究不只嚴謹，而且可複製，也因此鼓舞了很多其他的動能研究。事實上，過去 20 年，動能已經成為最經常被研究的金融議題。自從傑格蒂旭與迪德曼以來，學術界大約發表了 300 篇有關動能的論文，包括最近 5 年的 150 多篇。這方面研究大多集中在四個領域：

- 決定不同資產類別的動能效應
- 動能報酬的統計性質
- 動能效應的理論解釋
- 以動能為基礎的策略之提升

後續研究顯示，動能異常現象普遍存在於幾乎每個市場，包括美國與海外股票、產業類股、股價指數、全球公債、公司債、商品、外匯與住宅房地產[18]。動能現象涵蓋十多個資產類別，超過 40 多個國家[19]。

不論就時間或不同市場來說，動能效應都很穩定。Chabot、Ghysels 和 Jagannathan（2009）的研究顯示動能有效運作於英國股票，而且可以回溯到維多利亞時代。Geczy 和 Samonov (2012 的研究) 顯示，對於美國股票樣本外的所有資料測試，動能仍然有效，甚至可以回溯到 1801 年。針對這 212 年歷史期間，根據價格動能排序的等權數前三分之一股票，其績效顯著優於排序後三分之一的股票，表現差異大約是每個月 0.4%，t 統計量高達 5.7。

1990 年代，Schwert（1993）針對各種不同獲利機會——譬如：價值、規模、行曆效應與動能等——研究市場異常報酬。結果，他發現，除了動能造成的異常報酬之外，其他獲利機會一旦普遍被市場認知之後，就會消失。所以，動能是唯一持續存在的。

傑格蒂旭與迪德曼提出研究論文之後，隨後 20 年的樣本外期間，動能仍然有效運作。這也就難怪法馬與法蘭西（2008）認為動能是「近年來異常現象的中心舞台」。他們進一步解釋：

動能是最重要的市場異常現象。過去幾年來呈現低報酬的股票，未來幾個月仍然會呈現低報酬，過去呈現高報酬的股票，則通常會繼續呈現高報酬[20]。

---

18. 對於美國股票，請參考 Fama 和 French（2008），關於已開發國家市場，請參考 Rouwenhorst（1998），Chan、Hameed 和 Tong（2000），以及 Griffen、Ji 和 Martin（2005）；關於新興市場，請參考 Rouwenhorst（1999）；關於產業，請參考 Moskowitz 和 Grinblat（1999），以及 Asness、Porter 和 Stevens（2000）；關於股價指數，請參考 Asness、Liew 和 Stevens（1997）；關於全球公債，請參考 Asness、Moskowitz 和 Pedersen（2013）；關於公司債，請參考 Jostova 等人（2013）；關於商品，請參考 Pirrong（2005），以及 Miffre 和 Rallis（2007）；關於外匯，請參考 Menkoff 等人（2011），以及 Okunev 和 White（2000）；關於房地產，請參考 Beracha 和 Skiba（2011）。

19. 請參考 Antonacci（2012），Asness 等人（2013），以及 King、Silver 和 Guo（2002）。

20. 請參考參考 Fama 和 French（2008）。

讀者只要仔細閱讀本書提到的一些重要學術論文，想必就會信服動能的效力。關於這些論文，各位可以上網搜尋文章標題或作者人名，或者透過社會科學研究網站（Social Science Research Network，SSRN）直接下載[21]。至於其他額外資訊，請造訪我的網站與相關部落格：http://optimalmomentum.com。

動能目前運用狀況

Dorsey、Wright 和 Associates（DWA）在 2007 年推出第一個可供公開運用的系統性動能相關規劃。DWA 運用專屬方法——藉由相對強度動能篩選 100 支個別股票（或 200 支小型股）——管理 2 個共同基金，以及 4 個集中市場掛牌的廣泛型基金。DWA 管理的廣泛型基金，涵蓋美國大型股／中型股、美國小型股、已開發市場，以及新興市場。DWA 每季都會重新評估，並以動能為基礎對投資組合進行調整。

2009 年，AQR 資本管理公司（AQR Capital Management，AQR）成立了三種以動能為基礎的共同基金，分別涵蓋美國大型股／中型股、美國小型股，以及國際股票。AQR 的基金藉由動能來衡量，選擇過去 12 個月回顧期間內表現最好的三分之一股票（但不含最近一個月）。AQR 通常是每季重新調整投資組合。本書第 9 章會提到 AQR 的美國大型股／中型股相對動能指數從成立以來的績效表現。

貝萊德（BlackRock）的 iShares 是最近推出市場可供大眾運用的通俗動能產品。2013 年，iShares 引進摩根史坦利資本國際（MSCI）指數為基準的集中市場掛牌基金（ETF）。美國動能指數（USA Momentum Index）是運用 6 個月與 12 個月綜合回顧期的 100 ～ 150 支成份股所構成。該基金是根據價格波動率調整部位的權數，然後每半年重新調整一次。

---

21. 請參考 http://papers.ssrn.com/sol3/DisplayAbstractSearch.cfm。

　　所有這些可供大眾運用的產品，其相對強度動能都是用之於個別股票。所以，這些產品也因此失去了跨資產分散投資可提供的降低風險效益。另外，運用動能於個別股票──而不是廣泛的資產類別或指數──也會造成交易成本顯著提高。舉例來說，根據 AQR 的估計，美國動能指數的交易成本每年為 70 個基點。

　　另外，請注意，相對強度動能雖然能夠提升報酬績效，但無助於降低價格波動或最大帳戶淨值耗損。相較於運用非動能、買進 - 持有策略建構的投資組合，這類操作的風險可能反而提高。

　　本書第 7 章會討論絕對動能，這種工具能夠提升期望報酬，效果就如同相對動能一樣。可是，不同於相對動能的是，絕對動能也會降低「只做多投資」（long-only investing）的極端下檔曝險。絕對動能的目標，是要擊敗市場而避免失敗。本書第 8 章，我們會利用雙動能──同時採用相對與絕對動能──建構簡單而實用的投資模型。

3　現代投資組合理論：原理與實務

有一個物理學家、一個化學家和一個經濟學家漂流到孤島上，沒有東西可吃。看到有個罐頭漂到岸邊。物理學家說：「可以在岩石上敲破罐頭。」化學家說：「讓我們先生火把罐頭加熱。」經濟學家說：「讓我們先假定有個開罐器⋯。」

—— 喬治・古德溫（George Goodwin，"Adam Smith"）

本章[22] 準備概略介紹現代金融理論，並說明其與雙動能之間的關係[23]。另外，我也想趁此機會跟各位談談，我們有時候為什麼要懷疑「專家」。讓我們看看瓊恩・羅賓森（Joan Robinson）這位備受推崇的經濟學家怎麼說：「學習經濟學的目的，不是針對經濟問題取得一組現成可用的答案，而是學習如何不至於被經濟學家騙了。」本章稍後，我們將看到，適當的懷疑如何可以讓我們避免被推銷一大堆實際上並不需要的投資。

馬可維茲的平均數-變異數最佳化程序

1952 年，芝加哥大學經濟系某年輕學生哈利・馬可維茲（Harry Markowitz）提出一種非常具有創意的方法，用以建構效率投資組合，其解可以在任何特定風險水準（價格波動率）下，提供最高的期望報酬，或者是在特定期望報酬水準下，提供最低的風險。馬可維茲是借用作業研究（operation research，二次方規劃）的概念，建構一種最佳化運算方法，用以映射這些效率投資組合的「前緣」（frontier）。在此之前，沒有任何計量方法可以同時運用期望報酬（expected return）、價格波動率（volatility）

---

22. 本章和下一章的內容可能有點書呆子氣。有些讀者可能會想直接跳到第 5 章。
23. 有關現代金融理論的更深入資訊，請參考 Ilmanen（2011）與 Meucci（2009）。

與相關（correlation）而決定最佳投資組合。馬可維茲稱這套方法為平均數 -
變異數最佳化程序（mean-variance optimization，MVO）。

進行博士論文的口頭測試時，馬可維茲接受密爾頓‧佛雷德曼（Milton
Friedman）的挑戰，答辯超過 1 個小時。佛雷德曼認為，馬可維茲的研究不
屬於經濟學、商業管理，甚至不屬於數學領域。雖然如此，馬可維茲還是拿
到博士學位，並成為現代投資組合理論之父。後來，他還贏得諾貝爾經濟學
獎，主要還是因為這篇博士論文的貢獻。

可是，在 MVO 的實務運作方面，相當有問題。這是很多經濟模型共同
的麻煩，MVO 採用的假設顯然跟現實世界不太符合[24]。當互變異數（相關
與價格波動率）矩陣的條件不佳時，譬如：資產性質相當類似的話，MVO
的結果就很不穩定。另外，MVO 對於輸入變數也非常敏感。這些因素導致
結果相當不可靠，因為 MVO 會把這些輸入變數的估計誤差最大化。輸入變
數如果出現些許差別，就可能導致輸出的重大差異。這讓 MVO 造成錯誤最
大化的投資組合。

MVO 的使用者經常必須調整輸入變數，做某些限制藉以降低抽樣誤差，
或納入既有資訊而讓估計值能夠回到較合理的數值。報酬輸入變數特別不
可靠，某些 MVO 使用者乾脆完全忽略它們，而改用最小變異數投資組合。
DeMiguel、Garlappi 和 Uppal（2009）的研究顯示，最佳化分散投資所帶
來的任何效益，經常完全被估計錯誤所抵銷。MVO 會產生極端權數，這些
權數會隨著時間經過而顯著波動，而且樣本外的表現很差[25]。就實務運用上
來說，相等投資組合權數通常優於 MVO[26]。MVO 理論看起來雖然很漂亮，

---

24. 這些假設包括：投資組合報酬呈現常態分佈，投資人擁有二次效用函數（quadratic utility
function）。二次效用函數蘊含著不切實際的性質，使得絕對風險嫌惡程度會增加，也就
是說隨著投資人財富增加，他會愈來愈嫌惡風險。常用的夏普率也仰賴相同的假設。
25. 參考 Ang（2012），以及 Jacobs、Muller 和 Weber（2014）。
26. 當有人問馬可維茲，他自己如何做投資。馬可維茲表示，半數投資指數型基金，半數投資
債券。

令人印象深刻，但就如同很多其他現代金融模型一樣，很難在現實世界裡運用。可是，在 MVO 發展的早期，研究者並不瞭解這點。

1950 年代，電腦運算能力相當有限，而 MVO 對於電腦計算能力的要求很高。MVO 需要計算涉及數千種資產報酬與互變異數的逆矩陣。舉例來說，對於 1,000 種資產的投資組合，就需要計算 550,000 個互變異數。

因此，到了 1960 年代中期，很多獨立運作的學術研究者，發展出一種取代 MVO 的簡化替代品，稱為資本資產訂價模型[27]（capital asset pricing model，CAPM）。

資本資產訂價模型

早期的 CAPM 是針對資產（或資產投資組合）的超額報酬（報酬減掉無風險報酬）與市場指數的超額報酬做線性迴歸分析。線性迴歸決定兩個或以上變數之間的關係，並提供一種衡量值，用以決定這種關係的精確性。

CAPM 迴歸方程式的 β（貝他）係數，將顯示市場超額報酬發生變動，對於資產超額報酬造成影響的敏感程度。換言之，β 係數將顯示市場走勢對於投資報酬的影響。CAPM 也會告訴你，任何證券的期望報酬是跟該證券之風險（由其 β 係數衡量）成比例關係。

α（阿爾法）代表迴歸方程式的截距。這也是方程式移除 β 之後剩餘的部分。α 代表不尋常利益。這就是你承擔市場風險而賺取的超額報酬。

運用 CAPM，你只需要有關股票投資組合與市場指數的資訊，不需要運用數千種輸入變數來建構最佳化投資組合。如果你分散投資許多不同產業的很多股票，則可以藉由設定股票平均 β 標的值，因此而決定投資組合所

---

27. 包括 Jack Treynor、William Sharpe、John Lintner、Jon Mossin，以及後來的 Fischer Black。

具備的目標期望報酬與價格波動率。另外，從學術觀點來說，你可以運用 CAPM 協助決定企業的資本成本，並衡量風險調整後的投資績效。每年 1% 的 α，代表你的風險調整後超額報酬是每年 1%。運用 CAPM，只要追蹤投資組合 α，就可以評估企業的投資管理技巧。經濟學家也很樂於見到，他們可以透過 t 統計量與機率值，掌握 α 與 β 的相關統計顯著性。

據說有兩種方法可以取得正值期望報酬。第一是承擔已知的風險因子（β）。第二是智勝其他人（α）。

CAPM 只有一個問題；實際測試的結果不太好。高 β 投資組合的報酬太低，低 β 投資組合的報酬太高。期望報酬的變動，大部分跟投資組合 β 無關。

1980 年代初期，在一次偶然機會裡，我曾經見過一篇學術論文，試圖藉由單一因子的 CAPM 解釋商品報酬。這篇論文實際運用於柏克萊金融研究院的課程。當時，我心中琢磨著：「股票市場表現跟中國茶葉價格之間能有什麼關係？或跟其他任何商品價格之間又能有什麼關係？」我當時也已經知道有關 CAPM 的一些統計問題。一般來說，金融市場報酬違背了標準迴歸分析對於分佈的假設：獨立而一致的分佈 [28]。

CAPM 忽略了太多風險。馬克吐溫據說曾經說過：「造成麻煩的，不是我們不知道的東西，而是我們自以為徹底清楚而實際上不然的東西。」費雪・布萊克（Fischer Black）說過：「最終，一套理論之所以被接受，並不是因為獲得傳統實證檢定的確認，而是因為研究者彼此說服對方相信該理論正確而切題。」

---

28. 現在已經有穩健的方法可以修正自身相關（autocorrelation）與不等變異性（hetreroscedasticity）等問題，請參考 Newey 和 West（1987）。

　　到了 1990 年代，學術界有愈來愈多的證據顯示 CAPM 的運作並不好。低本益比、低帳面價值 - 股價比率、小型股的未來報酬，顯然高於 β（貝他）預測值。這方面事實也促使法馬與法蘭西發表 1992 年的論文，把 CAPM 由單一因子擴充為三個因子的模型，增添了價值與規模風險因子。根據這篇著名的研究資料顯示，相較於單一市場因子，帳面價值 - 股價比率與資本市值更能夠解釋股票平均報酬的剖面變動。所以，我們現在有了三個因子，而不只是單一因子。又過了不久，Carhart（1997）又增添第四個因子，代表剖面動能。

　　學術界因此對於因子覺得滿意了。至少有 82 篇論文發表於主要學術期刊。費盡心思搜尋解釋因子，這種情況有點類似希臘神話裡的普克拉提斯（Procrustes），他聲稱有張適合所有人的床。為了滿足這項宣稱，所有不符合該床的訪客，都要被他拉長或截短。

　　專注於異常現象，可能導致資料探勘偏差。Harvey、Liu 和 Zhu（2014），套用各種市場風險因子之後，結果導致資料探勘偏差顯著的收縮調整：「…金融學領域發現的許多因子，很可能都是謬誤的發現…這呼應著醫療文獻最近一項令人不安的結論，我們認為，金融經濟學所宣稱的研究發現，大多可能都是錯誤的 [29]。」

　　CAPM 實在不太可靠。對於 CAPM 的運用者來說，現實世界變成惱人的特殊案例。實證檢定顯示，高 β 與高價格波動率股票，並沒有具備三個或四個 CAPM 認為它們該有的報酬優勢。法馬與法蘭西於是提出 2004 年的論文，認為 CAPM「在實證上是空洞、無意義的」。他們表示：「模型問題所反映的，不論是理論或實證執行上的缺失，都意味著模型的大部分運用是無效的。」

---

29. 這篇文章的主要作者 Campbell Harvey，曾經是著名期刊《金融雜誌》（Journal of Finance）的編輯，這篇文章的標題是「…與剖面期望報酬」（…and the Cross-Section of Expected Returns），很多投稿該雜誌的論文，都虛情假意地提到這個標題做為參考資料，包括 Fama 和 French（1992）的學術論文在內，該文引發整個模型的研究。

CAPM 不只有實證上的問題。事實上，CAPM 跟其他現代金融模型一樣，也存在理論上的問題。金融模型普遍採用兩種主要假設。第一，市場價格呈現常態分佈或對數常態分佈[30]。第二，現代金融學假設價格彼此獨立。昨天價格對於今天價格不該有影響。

曼德博（Mandelbrot，2004）勇敢地挑戰這兩個假設。他證明市場價格並不呈現常態分佈，而是變異數不穩定，而且尾部較肥厚（極端事件發生頻率較高）的分佈。曼德博稱此為 Cauchy 分佈。另一些人稱其為穩定 Paretian 分佈，或 Pareto-Levy，或 Levy-Mandelbrot 分佈。不論如何稱呼，這樣的分佈都意味著災難性股價下跌的發生頻率，顯著高於常態分佈。

關於價格獨立性的問題，曼德博認為，即使價格沒有自身相關，其價格波動在時間上也是相關的。這意味著重大價格擺動經常會聚集在一起，股價可能會出現平均水準以上的走勢，即使我們不知道走勢方向。根據曼德博的看法，由於現代金融學的這兩個假設有瑕疵，所以類似如 CAPM 等相關模型也都存在瑕疵。這些模型低估了市場風險，也低估了資本金融機構為了抵擋市場風險所應該有的準備程度。

不幸的是，很多學術人士一旦體認到，曼德博的概念已經挑戰了金融模型平常採用的根本假設，也就不再理會其影響。另外，曼德博提出的不受限、無限變異數計算，實際運作上也太過困難[31]。

雖然存在著很多實證上和理論上的挑戰，但線性因素模型多少能夠告訴我們有關風險和期望報酬之間的關係。研究者還是經常採用三個或四個因素的線性模型，藉以衡量投資策略的績效和統計顯著性。做為策略強度與顯著性的一般性指引，因素模型確實有存在的價值。因此，本書第 8 章也會運用它們，藉以確認我們動能模型的結果。

---

30. 相較於常態分佈，對數常態分佈的尾部比較肥厚，因此也比較符合真正的股價分佈，後者的左側尾部肥厚，而且偏態（skew）為負數。

31. 除了金融學之外，曼德博對於碎形幾何學（fractal geometry）的貢獻也很大。

　　華倫‧巴菲特——他或許可以媲美尤吉‧貝拉（Yogi Berra），他們兩人都是說話最經常被引用的人——曾經說過：「請特別留意那些看起來很有學問的公式。」如果要說能發展出一套能夠精確解釋、並成功處理現實世界問題的模型，金融經濟學家大概算不上成功。研究者雖然繼續嘗試提供修正，譬如 MVO 的再抽樣調整，以及增添許多複雜因子的 CAPM，但結果仍然令人存疑。讓我們看看 Robert Haugen（2010）是怎麼說的：

　　我們可以發展極新穎的理論，幫助我們瞭解我們在資料裡看到的現象，並因此向前進步。或者，我們可以走回頭路，否認那些現在對於多數人來說都已經是很明顯的東西，透過某種複雜程序來扭曲資料，直到它們符合我們的偏見為止。

布萊克 - 薛里斯選擇權訂價

　　有關於現代金融學的運作，還有其他金融模型或許能夠提供一些額外的啟示。選擇權訂價理論起自 1900 年，巴舍利耶（Bachelier）看到選擇權能夠控制風險，因此試圖尋找其訂價方法。巴舍利耶認為，選擇權如果是「公平賭注」（fair bet），那就該有個公平價值。他對於選擇權公平價值的計算：「雖不中，亦不遠矣」。選擇權訂價隨後所做的努力與研究，過程相當複雜，甚至有點笨拙，經常取決於個人的風險偏好。

　　自從厄文‧費雪（Irving Fisher）以來，經濟學家一直迷戀著有條不紊的均衡模型。在巴舍利耶隨機漫步構想的啟發之下，Thorp 和 Kassouf（1967）提出以均衡為基礎的選擇權模型，但他們的研究並沒有把選擇權折現回至到期日的期望值。

　　第一套以均衡為基礎的完整選擇權訂價模型，是由費雪‧布萊克（Fischer Black）和麥隆‧薛里斯（Myron Scholes）提出。這讓他們兩人獲得諾貝爾獎，因為經濟學術界喜歡以均衡為基礎的模型。布萊克 - 薛里斯訂價模型（BS 模型）也因此成為金融經濟學家最喜歡的展示品。

選擇權訂價模型可以協助使用者透過衍生性產品轉移風險。投資人很快就體會到這點。1970 年，當時幾乎還沒有任何有關金融衍生性產品的交易，但到了 2004 年，在外流通的衍生性產品契約，總價值竟然高達＄273 兆。

除了衍生性產品日益普及之外，訂價模型也讓使用者產生了錯誤的安全感。如同本書第 4 章將看到的，我們經常會高估我們的技巧與知識，因此而產生得以控制的錯覺，也低估了不幸事件與不利後果發生的可能性。

1998 年，全球金融體系幾乎因為長期資本管理公司（LTCM）倒閉而瓦解。除此之外，衍生性產品也導致美國加州橘郡破產、霸菱銀行倒閉，當然還有 2007 ～ 2008 年的全球金融危機。華倫‧巴菲特把衍生性產品形容為「大規模毀滅性金融武器」。

機構投資人從錯誤之中汲取教訓的速度很慢。自從 LTCM 在 1998 年倒閉以來，美林證券（Merrill Lych）提出警告，強調數學風險模型「或許提供了超乎必要的安全感；因此，對於這些模型的仰賴必須受到限制[32]。」可是，當時沒人聽得進去這類的警告。

可是，我們也不能把責任都歸咎於工具本身，而不去責怪工具使用者。我們甚至可以主張，這些金融危機之所以發生，主要是因為衍生性產品的使用機構，缺乏適當判斷，沒有充分瞭解真實的風險。那些購買結構複雜的房地產抵押債務衍生性產品的人，實在應該聽從諾貝爾獎得主喬治‧阿克洛夫（George Akerlof）的警告：「在市場上，如果有人要賣給你一些你並不懂的東西，你應該認為這些都是騙人的玩意兒。」

相較於其他金融模型，BS 模型另外具備了某種特質。當有人說：「嘿，金融學不是甚麼高深的火箭科學，」金融經濟學家現在可以回答說：「哦，當然是高深的火箭科學！」羅伯‧莫頓（Robert Merton，工程數學家出身

---

32. 請參考 Lowenstein（2000），第 236 頁。

的諾貝爾獎得主）把伊藤輔助定理（Ito's lemma）引進 BS 模型。火箭科學家運用伊藤微積分（Ito calculus），把連續時間分解為無限多個片段，使其成為連續狀，藉此追蹤火箭軌跡。BS 模型不僅讓經濟學看起來像是科學，而且是高深的火箭科學。諾貝爾獎得主保羅·克魯曼（Paul Krugman）對於經濟學的評論，也可以套用到金融經濟學家身上：「如同我看到的，經濟學專業已經走入歧途，因為經濟學家──披上看似威嚴的數學斗篷──普遍誤把美麗視為真理。」羅伯·海爾伯羅納（Robert Heilbroner）則說：「數學讓經濟學變得更嚴格，但──很可嘆的是──也使之成為殭屍[33]。」

BS 模型的最大問題，在於處理極端價格走勢的精確性。BS 模型假設價格呈現對數常態分佈，如此將低估風險事件的發生機率，程度可能高達 10 倍。

長久以來，選擇權業者已經普遍使用更切合實際的二項式訂價模型，用以取代 BS 模型，但學術界仍然視 BS 模型為現代金融學的偉大發現。容我們引用諾貝爾獎得主羅伯·席勒的話：「經濟學所闡述的故事，是我們認為大概符合實際的故事，但我們卻被自己的故事弄迷失了。」

投資組合保險──不！

投資組合保險（portfolio insurance）是現代金融學另一項引以為傲的發明。這個概念是由幾位金融學教授發展出來的，他們認為，當行情快速上漲時，投資人應該增加多頭部位曝險；行情快速下跌時，則應該減少多頭部位曝險。這種做法是要創造類似於衍生性產品的避險效果。可是，任何具備充分實務經驗的人，都可以看出這並不是個好主意，因為市場在短期之內會回歸均值。正常情況下，市場對於資訊會有過度反應，然後發生反轉。

---

33. 海爾伯羅納（Heilbroner）是《俗世哲學家：改變歷史的經濟學家》（The Worldly Philosophers: The Lives, Times, and Ideas of the Great Economic Thinkers）的作者，這本書是銷售量僅次於薩繆爾遜（Samuelson）《經濟學》（Economics）的經濟教科書。

投資大眾經常會有不正確的反應，他們趁著跌勢賣出，趁著漲勢買進。投資組合保險的做法也相同。專業報價商與場內交易員成為能夠提供短期市場流動性與價格穩定的人，他們的操作方向剛好跟投資組合保險相反，藉由跟一般投資大眾對作而大賺一筆。

1987 年 10 月 19 日，股票市場創下有史以來最大的單日跌幅。S ＆ P 500 指數當天下跌 22％。投資組合保險導致了這波的賣壓。1988 年總統特派小組有關市場機制的報告，也就是所謂的布萊迪報告（Brady Report），顯示當天的賣壓有三分之一是來自投資組合保險。投資組合保險讓原本的行情修正，演變為大規模恐慌。這場市場崩盤之後，投資組合保險者捲起鋪蓋走人，然後市場就反彈了（也就是所謂的「回歸均值」），導致重大的行情反覆損失。

這個事件顯然無助於增進效率市場理論，因為價格竟然可以在相隔一天之內變動 20％。不管從哪一天的立場，我們都很難說「價格是正確的」。

關於 2007 ～ 2008 年發生的全球金融危機，某種程度上或許可以歸咎於我們對於自我調整、理性市場的信念。如同保羅‧沃克（Paul Volcker）說的：「近年來之所以發生金融危機，一方面是因為我們在沒有充分根據的情況下，相信理性解釋與市場效率。」另一些人則責怪效率市場假說冷漠對待「非理性繁榮」，對於習慣性低估資產泡沫崩解的危險，也顯得漠不關心。最近這次金融危機發生之後，保羅‧沃克說，過去 20 多年來，唯一值得推崇的金融創新，大概只有自動櫃臺機；他的這個說法，或許不無道理。

現代金融學的貢獻

持平而論，過去 75 年來，金融市場也有一些正面的發展。首先是持有股票時，為了顯著降低企業本身所蘊含的風險，投資組合至少應該包含 25 ～ 30 支分散性股票，藉此降低分散性風險。這可能是投資者能夠享有免費午餐的最接近方式。這方面體認有助於共同基金與其他類似投資產品的快速發展。根據投資公司協會（Investment Company Institute）的資料顯示，1965 年大約只有 170 家共同基金，總管理資產為 $ 350 億。到了 2012 年，基金家數成長為 7,596 家，管理資產超過 $ 13 兆 [34]。

　　現代金融學的第二項重要發現，是讓人們更瞭解到，專業投資管理機構收取了高額的費用。一般來說，這方面收費經常無法產生相對應的效益。而現代金融理論與實證檢定成果，直接導致指數型基金產品的發展，進而造福了指數型基金的使用者。

　　現代金融理論的第三項重要發展，是來自心理學領域。行為金融學可以解釋金融理論與實務之間的許多矛盾。這也得以協助投資人更瞭解某些不當的心理癖好，進而培養更明智的行為。

　　現代金融學的第四項正面發現，是考利斯與瓊斯在 1937 年首度把動能透過系統性方式呈現。從此之後，學術界陸續發表數百篇研究報告證明動能的效用。當學術界正忙著建構更複雜的金融市場模型時，簡單的動能卻歷經時間考驗，成為最主要的市場異常現象。

---

34. 請造訪 http://icifactbook.org。

4 動能的理性與不怎麼理性的解釋

一套理論，其前提愈單純，關連的不同事物愈多，運用的領域愈廣泛，則該理論愈令人欽佩。」

——愛因斯坦

　　如果你問學術界人士有關動能的效用，大多數人會告訴你，動能運作得很好。可是，你如果問他們，動能為何能夠有效運作的理由，他們大概就只能直楞楞地瞪著你看。如果要說我們真的不知道動能為何能有效運作的理由，那麼本章篇幅恐怕就很短了。所以，我打算藉此機會，提出一些可能的理由，試著解釋動能為何能夠有效運作，雖然我們還不確定知道這些答案。

　　我們為什麼要試著瞭解動能運作的方式，以及得以運作的理由呢？原因有幾點。第一，有了這方面的瞭解，對於動能的運用，將更有信心。

　　其次，清楚動能運作的方式與理由，將協助我們瞭解市場的一般功能。這或許也有助於我們瞭解那些影響整體投資人行為的心理癖好，以及我們本身的投資行為和動機。

　　第三，瞭解動能的根本原理，將協助我們發展相關模型，更有效利用動能異常現象。最後，瞭解動能運作的方式，可以讓我們更清楚瞭解動能效益是否能夠繼續運作於將來。根據 1900 年代初以來所做的研究顯示，動能是唯一得以持續存在的異常現象。我們如果能夠找到有關動能的根深蒂固行為力量，或許就有理由相信動能效益會持續運作於未來。

動能得以有效運作的理由

關於動能為何能夠有效運作的理由，大概有兩派說法。第一，高動能利益是為了彌補投資人承擔的較大風險。這是從理性層面所提供的解釋，也就是說明因與果之間的關係。投資人承擔更大風險，自然就應該取得更多報酬做為彌補。這種觀點顯然符合理性為基礎的效率市場。可是，由於常見的風險因素——譬如：規模與價值等——並不能解釋動能效益，所以我們還是需要找出那些尚未被發現的新風險因子。

第二派說法認為，異常的動能效益之所以存在，並非彌補風險，而是因為投資人透過系統性與可預測的方式，呈現不可預期的非理性行為。行為金融學主張，市場未必始終呈現效率。驅動市場的力量，是投資人的行為，而非市場參與者普遍分享的資訊。價格未必會反映所有的既有資訊，因為行為偏差有可能會導致價格長期偏高或偏低。

我會分別從理性與行為的立場，解釋動能存在的理由。可是，事情未必這麼單純，有些專家認為，動能效益的性質，有可能同時存在理性與非理性因素。如同我們在本書第 3 章看到的，現實世界未必會乖乖遵從我們所設計的模型。

動能的理性依據

有關以風險為基礎的動能解釋，Conrad 和 Kaul（1998）首先做了嘗試。他們主張，個別股票期望報酬的剖面變動，可以用來解釋動能效益。可是，Jegadeesh 和 Titman（2001）發現 Conrad 和 Kaul 的研究存在估計誤差。另外，Jagadeesh 和 Titman 認為，動能持有期間之後發生的行情反轉，跟動能效益來自於期望報酬變動的主張，兩者顯然不符。Grundy 和 Martin（2001）的研究也顯示，由時間變動風險因子產生的期望報酬，並不能解釋動能效益。

以風險為基礎的動能模型

　　Chordia 和 Shivakumar（2002）發現一些其他風險因素，他們希望能夠用來解釋動能效益。這些都是跟經濟循環有關的總體經濟落後變數。其他用以解釋的風險因素，還有隨機與偶發的成長衝擊，這是由 Johnson（2012）提出。然後是跟產業因素有關的非參數隨機風險，這是由 Ahn、Conrad 和 Dittmar（2003）提出，還有 Pastor 和 Stambaugh（2003）提出的整體流動性波動。Bansal、Dittmar 和 Lundbland（2005）發現蘊含於現金流量的消費風險，而 Sagi 和 Seasholes（2007）則把動能效益歸因於特定企業相關的因素，譬如：偏高的股價 - 帳面價值比率、偏高的收益波動率、偏低的銷貨成本等。Liu 和 Zhang（2008）則把動能效益關連到工業生產成長率。

　　Griffin、Ji 和 Martin（2003）則不主張採用額外的風險因子，他們認為，總體經濟風險變數並不能解釋動能效益。Avramov 和 Chordia（2006）發現證據顯示，時間變動的總體經濟變數與流動性，並不是動能的解釋變數。如同我們將在第 9 章將看到的，資料探勘與過度套入（overfitting）偏差也強烈反對搜尋其他因素而從理性立場來解釋動能。

動能的行為依據

　　法馬（1998）表示，行為偏差有可能受制於「模型疏浚」（model dredging），人們可能會根據事實需要而尋找偏差因子。他猜想，這將導致行為模型遍地開花，紛紛試圖解釋動能效益。這種情況並沒有發生。事實上，當時大約只有五、六種左右的行為解釋模型，而目前的情況仍然是如此。反而是效率市場理論的支持者，持續尋找額外的風險因素，希望能夠從理性立場解釋動能效益。這些嘗試很類似某些研究者持續尋找額外的風險因子，試圖解決第 3 章談論的那些問題叢生的線性因子模型。

早期的行為模型

社會心理學始終跟股票市場投資之間存在強烈的關連。1912 年，薛爾頓（Selden）出版《股市心理操控術》（Psychology of the Stock Market），他秉持著「一種信念，認為集中市場價格走勢很大成份內是取決於投資大眾的心態。」根據 Graham 和 Dodd（1951）的說法：「普通股價格並不是精細計算的想法，而是各種複雜人性反應的結果。」

備受推崇的經濟期刊 Econometrica 裡，最經常被引用的一篇論文是兩位心理學家卡尼曼和特沃斯基（Kahneman 和 Tversky，1979）的「展望理論：風險狀況下的決策分析」（Prospect Theory: An Analysis of Decision Under Risk）。卡尼曼在 2002 年獲頒諾貝爾經濟學獎，並在 2013 年獲頒總統自由勳章獎（特沃斯基太早過世）。這兩位作者的劃時代論文，挑戰了傳統的效用最大化行為（utility-maximizing behavior）。展望理論認為，人們對於利益和損失的價值衡量方式並不相同。相較於獲利，投資人對於虧損比較敏感，這種現象稱為「厭惡損失」（loss aversion）。展望理論可以協助解釋個人決策為何會偏離理性決策。

卡尼曼與特沃斯基的研究可以做為基礎，用以辨識其他系統性行為偏差：

- 定錨效應（anchoring），不充分調整（insufficient adjustment），反應不足（underreaction）
- 確認偏差（confirmation bias）
- 群居行為（herding），回饋交易（feedback trading），過度反應（overreaction）
- 守舊性（conservatism），代表性（representativeness）
- 過度自信（overconfidence），自我歸因（self-attribution））

- 資訊緩慢傳播（slow diffusion of information）
- 處置效應（disposition effect）

定錨效應與反應不足

定錨效應是指我們對於最初得知的資訊，往往會過度強調其重要性。Tversky 和 Kahneman（1974）證明，人們定錨於過去資料的觀點，不願意根據新資訊做調整。根據 Meub 和 Proeger（2014）的研究，定錨效應除了會出現在個人層面上，也可能出現在社會層面上。社會定錨效應會迫使人們遵從、接受現狀。

不論哪種類型的定錨，都會產生慣性。這會造成投資人對於新聞事件的反應不足，使得價格停留在合理價值之下。等到價格趨勢最後發展開來，強勁趨勢則會保持相當期間，直到價格追上合理價值為止。

確認偏差

確認偏差跟定錨效應有著密切關連：對於那些可以確認我們觀點的資訊，我們經常會有過份強調其重要性的趨勢。確認偏差可能是最早為人所知的行為偏差。英國哲學家法蘭西斯・培根（Francis Bacon）在 1620 年就曾經談到確認偏差：

人們一旦採納了某種觀點（不論是取自他人的觀點，或是自身所認同的觀點），都會進一步吸引各方面的支持與認同。即使有很多或更重要的相反證據，它們還是會被忽略、輕視，或擱置在旁而被拒絕；人們為了維繫先前結論的權威性，保持該結論不被侵犯，往往會形成一種重大而有害的預設立場。

喬治・奧威爾（George Orwell）說過：「人們可以預見未來，那只是因為一切符合他們的希望，否則的話，即使是最明顯的事實也會被忽略。」

Wason（1960），以及 Tversky 和 Kahneman（1974）透過某些方式證明，人們會尋找那些得以確認既有信念的訊息，至於不符合既有信念的訊息，通常會被忽略。

受制於確認偏差，投資人往往把最近的走勢，看成是將來的代表性走勢，因此會積極投資最近表現好的證券，盡可能少投資最近表現差的證券。如此會強化最近的價格趨勢，導致趨勢持續發展。Friesen、Weller 和 Dunham（2009）發展了一套確認偏差模型，解釋如何運用過去的價格型態，建構成功的技術交易法則。

群居行為，回饋交易，以及過度反應

DeLong 等人（1990）發展出第一套正式的行為模型，解釋動能的效用。他們的研究發現，採納正性回饋策略的交易者，會在價格上漲時買進，價格下跌時賣出。這導致價格過度反應，並因此產生動能效益。除了這種效應之外，Garleanu 和 Pedersen（2007）發現運用過去價格的風險管理規劃（譬如停損單），會造成在下降趨勢發展過程賣出，在上升趨勢發展過程買進的情況，而這也會確認和強化價格的趨勢。

Bikhchandani、Hirshleifer 和 Welch（1992）描述非正式的串連事件，促使交易者隨著群眾起舞，群居效應同樣因此自我強化。群居效應同樣存在於股票分析師的推薦與預測（Welch，2000），還有投資快訊（Graham，1999），以及機構投資人之間（Grinblatt、Titman 和 Wermers，1995）。經濟學大師凱因斯（John Maynard Keynes）也發現群居效應，他說投資經理人的最高指導原則，就是保住自己的工作。為了辦到這點，他們絕對不允許自己做和別人不同的事卻出差錯，結果造成專業投資經理人之間的群居行為。

查爾斯·馬凱（Charles MacKay）1941 年的經典著作《異常流行幻象與群眾瘋狂》（Extraordinary Popular Delusions and the Madness of

Crowds）提到：「說得好，人們如果是由群居立場思考；他們會隨著群眾迷失而瘋狂，但如果要清醒過來，只能一個一個慢慢來。」群居效應存在著顯著的生理和心理基礎。這關連到荷爾蒙釋放，以及信賴和安全感的正面感受。反之，處在離群的孤獨狀態時，則會刺激杏仁核而引發不戰鬥便逃逸的反應，完全壓過解析思考[35]。

群居效應是一種原始傾向。當動物群居在一起時，就會呈現這種效應，藉以降低被攻擊的風險。群居效應已經深植入我們大腦的化學成份與 DNA 之中。

有證據顯示，市場活動本身可以刺激生理變動，並因此而創造出額外的行為變動。Kandasamy 等人（2014）的研究顯示，當市場價格波動轉趨劇烈時，投資人釋放的皮質醇會增加，使得他們更厭惡風險。生理因素所引發的風險偏好變動，可能是人們評估市場不穩定性所經常忽略的因素。這或許可以協助解釋很多個人投資者為何會跟著群眾而經常賣在市場底部附近，也有助於我們更瞭解回饋相關行為的基礎。稍後章節，我們將看到絕對與相對動能如何協助我們排除投資組合內持續下跌的資產，避免我們因為承受過高壓力而開始產生有害於本身財務幸福的行為。

守舊性與代表性

還有一些其他理論，說明投資人遵循正性回饋策略，為何會產生群居行為。Barberis、Shleifer 和 Vishny（1998）認為，投資人最初因為守舊偏差而對於新聞事件反應不足，隨後則因為代表性偏差而長期呈現過度反應。所謂的代表性偏差，如同 Tversky 和 Kahneman（1974）所彰顯的，當你看到熟悉的事物時，經常會把不相同的事物關連在一起。就投資人來說，如果看到最近價格出現強勁走勢，可能就會因此假定這是未來經濟狀況即將好轉的前兆。

---

35. 包括去甲腎上腺素（norepinephrine）與皮質醇（cortisol）都會刺激身體而對危險產生不戰鬥便逃逸的反應。進一步資訊，請參考 Zweig（2007）。

過度自信與自我歸因

Daniel、Hirshleifer 和 Subrahmanyam（1998）提出一套納入投資人過度自信與自我歸因偏差的回饋模型。過度自信是實證心理學最明確的發現之一。Kahneman（2011）提到：「我們經常會高估自己對於世界的瞭解，卻低估事件偶發的程度。」過度自信可能會導致次佳結局。溺死者經常是游泳健將。

過度自信也會引發後見之明的偏差（hindsight bias），還有自我歸因的偏差。後見之明的偏差，是指人們往往到了事後，才認為過去的事件是可預測的（但其實不然）。自我歸因的偏差，是指投資人往往把成功歸因於自己的技巧，失敗則歸因於外在因素或壞運氣。於是，投資人過度自信地買進，推升價格走高。他們隨後可能針對任何確認新聞事件產生過度反應，更強化價格趨勢，維持正性動能。

資訊緩慢傳播

Barberis 等人（1998）與 Daniel 等人（1998）是藉由投資人行為時所引發的市場缺乏效率來解釋動能效益。反之，Hong 和 Stein（1999）則把動能效益歸因於市場不完美。他們認為，市場包含兩類交易者。第一類是新聞觀察者，他們看著新聞事件逐漸傳播。這導致價格走勢最初產生短期的反應不足。第二類交易者是動能使用者，他們會利用新聞觀察者所遺留下來的獲利潛能。動能一旦啟動，他們就會順著動能起舞，藉由資訊持續傳播而獲利。這說明了最初的反應不足，隨後為什麼會因為投資人追逐報酬而產生延後的過度反應。

Duffine（2010）把價格走勢緩慢歸因於投資人缺乏注意，而不是新聞傳遞緩慢。Chan、Jegadeesh 和 Lokonishok（2012）認為，相對強度動能在 6～12 個月期間內運作得最好，理由是因為分析師需要花費這麼久的時間，才能針對新資訊做調整。Mitchell、Pedersen 和 Pulvino（2007）認為，市場摩擦與套利資本移動緩慢會妨礙價格發現程序，導致價格先跌後反彈的走勢。

處置效應

處置效應這個名詞是由 Shefrin 和 Statman（1985）創造出來的，而這種效應也獲得了 Grinblatt 和 Han（2005）的確認。處置效應是指投資人經常為了鎖定獲利而過早賣出成功部位，為了期待反敗為勝的機會，導致虧損部位持有過久。兩位作者把這種效應歸因於心理盤算（帳面損失造成的痛苦程度少於實現虧損）、厭惡懊悔（擔心做錯事）、缺乏自我控制（放棄自己的規定）以及節稅考量。

Frazzini（2006）認為，處置效應導致共同基金經理人對於新聞事件的反應不足。由於好消息會引發過早的賣出，所以資產價格不會立即上漲到合理價值。同理，當壞消息發生時，機構投資人不願意賣出，結果使得價格下跌不足。這兩種行為都會延遲價格發現程序，後者會促使價格朝基本面價值發展而引發動能效應。

Odean（1998）觀察 10,000 個個人交易者在 1980 年代的交易紀錄，發現投資人獲利了結賣出股票的頻率，較認賠結束部位高出 50%。根據作者估計，處置效應造成投資人年度報酬平均減少 4.4%。

綜合考量

從行為角度解釋動能，關鍵在於人性情緒偏差，這些偏差最初導致市場反應不足，跟著出現延後的過度反應。處置效應則因為過早賣出或買進慣性而妨礙資產價格上漲到真實價值。定錨效應與確認偏差可能導致價格不能反映真實價值。

　　長期而言，隨後會產生追趕的程序，透過群居行為與從眾效應（bandwagon effect）而產生過度反應。所以，群居效應／定錨效應／確認偏差與處置效應將產生互補的效果，而呈現出一種統一的、以行為為基礎的概念，促使市場呈現出動能的行為。

　　現在，如果有人問你動能為何能夠有效運作，你可能還是只能直楞楞地瞪著他看。你可能不知道怎麼解釋，但你至少知道動能不只是歷經 212 年的曇花一現。動能之所以能夠有效運作，背後是有理由的──事實上，理由還真不少。

　　就目前來說，某些理由看起來似乎有些晦澀或模糊。本書最後提供一份推薦讀物，方便讀者更深入探索行為金融學[36]。請記住，有人曾經問過理查・泰勒（Richard Thaler）有關效率市場概念與行為金融學之間的選擇，他回答：「這是明確錯誤與模糊正確之間的選擇[37]。」

　　你如果是在行為的基礎上接受動能，應該會很高興知道，行為偏差是根深蒂固存在於我們的生理組織和心理情緒，因此將來不太可能發生變化。各位也可能會很高興知道，動能將讓我們藉由行為偏差而獲利，而不是透過某種不良方式而讓我們受制於這些偏差。

　　現在，我們已經處理了根本理論，接下來要討論比較實務的東西。下一章準備探討我們動能投資組合可能考慮運用的資產。

---

36. 請參考 Barberis 和 Thaler（2002）的「行為金融學縱覽」（A Survey of Behavioral Finance）。

37. 請參考 Fox（2009），第 298 頁。

5 資產選擇：好的 - 壞的 - 醜陋的

分散投資是為了防範無知。唯有當投資人不知道自己在幹嘛時，才需要做廣泛的分散投資。

——華倫‧巴菲特

我們每個人都希望自己的投資能夠賺取最高的風險溢價，同時讓尾部風險或帳戶耗損最小化。風險溢價是我們採用買進 - 持有策略所承擔之風險而賺取的報酬。傑勒米‧席格（Jeremy Siegel，2014）在其經典著作《長線獲利之道：散戶投資正典》（Stocks for the Long Run）的序言裡談到：「長期而言，股票市場報酬不只超過所有其他金融資產，而且在考慮通貨膨脹之後，其報酬也遠較債券安全而可預期。」

從 1900 年到 2013 年，美國股票的平均年度化溢價報酬為 6.5％（超過無風險報酬的部分），而非美國股票則提供 4.5％的風險溢價[38]。過去 30 年的債券多頭市場期間，債券報酬大約只能跟上股票的步調。可是，情況未必始終如此。

債券？我們不需要臭不可聞的債券

從 1900 年到 2013 年，美國長期公債扣除通貨膨脹之後的平均年度化報酬只有 1.9％，顯著低於相同期間的美國股票平均年度化報酬 6.5％[39]。從 1940 年直到 1981 年，債券的實質報酬為負數。你如果在 1941 年購買美國長期公債，要等到 1991 年才能打平。

---

38. 請參考 Dimson、Marsh 和 Stauton（2014）。

39. 根據 Dimson 等人 (2014) 資料顯示，非美國長期公債的年度化實質報酬率為 1.6％，相較於非美國股票由 1900 年到 2013 年的對應報酬為 4.5％。

　　至於我們現在能夠合理期待的，目前的債券殖利率應該是我們將來能夠賺取收益的最佳衡量指標。約翰・伯格（John Bogle，先鋒集團的創辦人和前任總裁）指出，自從 1926 年以來，投資人如果持有美國 10 年期公債至到期，利息根據現行利率再投資，則其年度化報酬有 92％可以被美國 10 年期公債殖利率解釋。美國 10 年期公債目前的年度殖利率為 2.7％。這也就是我們猜測投資人持有美國中期公債所能期待賺取的報酬。

　　習慣上，投資人會利用債券分散股票投資組合的風險，降低投資組合的價值波動。投資人通常會挑選一些價格波動較低的資產，譬如債券，協助他們安然度過股票市場空頭行情。2007 ～ 2008 年的金融危機期間，債券的表現顯然優於股票。可是，情況未必始終是如此。自從 1973 年以來，大約有 70％的時間裡，股票與債券是呈現正相關的。它們之間存在著共通的風險因素，只有在某些狀況下，兩者才會呈現相反方向的價格走勢。圖 5.1 顯示 Ibbotson 美國長期公債指數與 S & P 500 自從 1931 年以來的 5 年期滾動式相關。各位可以看到，股票與公債之間的相關，大約有一半時間是大於零[40]。

圖 5.1 S&P 500 與美國公債的 5 年期相關（1931 ～ 2011）

---

40. 晨星公司提供的資料。

　　債券的穩定性也可能不如股票，同樣可能出現極端虧損。自從 1900 年以來，美國長期公債的最大淨值實質耗損為 68％，美國股票的對應數據為 73％。而 1807 年以來的每 5 年期間，股票的最糟表現（−11％）只稍差於國庫券與債券的最糟 5 年期表現。如果以 10 年持有期間來觀察，股票表現甚至還優於債券表現[41]！

　　讓我們看看過去 200 多年來的報酬，債券的實質報酬平均每年為 3.6％，股票的每年實質報酬為 6.6％[42]。圖 5.2 顯示這對於長期投資人的意義。我建議各位從這份圖形開始，直到你真正弄清楚為止。你的長期財務狀況可能會取決於此。相較於債券、國庫券、商品（黃金）來說，股票的長期累積報酬顯然是大贏家。

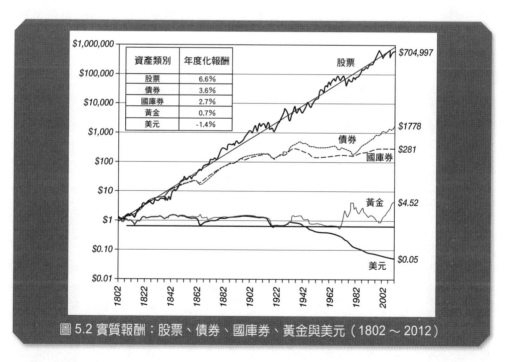

圖 5.2 實質報酬：股票、債券、國庫券、黃金與美元（1802 ～ 2012）

---

41. 參考 Siegel（2014）。

42. 參考 Dimson 等人 (2014)。

美國家庭大約只有半數持有股票，包括他們的退休資產在內。Bernartzi 和 Thaler（1995）發表的論文「短視的厭惡風險與股票溢價謎題」（Myopic Loss Aversion and the Equity Premium Puzzle）主張，相較於債券，投資人之所以不願持有更多股票，是因為他們太重視短期表現與價格波動，而不是長期績效目標。厭惡風險的心態，導致股票持有數量減少，股價偏低，股票的風險溢價提高。如果能夠更重視大方向，而且不執著於短期價格波動，就能從事更長期的投資，掌握較高的股票風險溢價。如同我們將在後續章節看到的，由於絕對與雙動能具備降低風險的性質，因此將有助於投資人達成前述目標。

由於過去 30 年來的債券表現很好，很多投資人因此忘掉前一次債券空頭市場是從 1946 年一直延續到 1981 年。當時，中期公債殖利率最終曾經上升到 15％。圖 5.3 顯示美國債券市場的長期歷史，以及我們目前所處的位置（資料取自羅伯・席勒的網站）[43]。

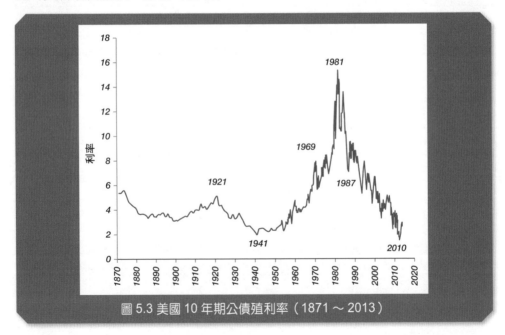

圖 5.3 美國 10 年期公債殖利率（1871～2013）

43. 請造訪 http://www.econ.yale.edu/~shiller/data.htm。

由於債券價格與利率之間是呈現反向變動關係，中期債券年度殖利率如果上升到長期平均水準 6.75％，則債券將喪失一半價值。請注意，目前的殖利率水準跟 1941 年很類似；不要忘掉 1941 年之後的 45 年期間裡，公債實質報酬是負數。

有關華倫・巴菲特對於固定收益投資的看法，請參考他在 2012 年寫給波克夏・海瑟威股東的信：

它們是最危險的資產之一。過去一世紀裡，這些投資工具在很多國家，曾經摧毀許多投資人的購買力，即使債券持有人仍然固定收取票息，並獲得本金清償…。現在，債券應該被貼上警示標籤。

現在的問題是：如果絕對（雙）動能可以降低股票投資組合的下檔風險，我們是否仍然應該永久性地配置資本到債券？絕對動能雖然會運用到債券，但唯有在股票表現差而債券表現好的時候才這麼做。舉例來說，債券在 2008 年表現很好，股票當時大跌。類似如絕對動能之類的動態資產配置方法，會利用股票或債券，但唯有在最適當的時機才會如此操作。如果能夠降低資本永久性配置到債券而造成的績效拖累，那就兩全其美了。

對於保守型投資人來說，譬如那些已經或即將退休的人，或非常厭惡風險的人，我稍後將說明，如何利用非常有限的債券配置資金，協助緩和雙動能投資組合的短期波動風險。我也會說明，如何把雙動能直接運用於債券市場本身，藉以提升債券報酬，降低其下檔風險。由於認知失衡與定錨偏差的緣故，投資人或許要實際歷經一波債券大空頭市場，才能讓他們徹底改變想法，長期投資組合不再永久性持有大量債券。

風險平價？真的嗎？

近年來，有些投資人甚至背其道而行，大量增加固定收益證券的曝險。市面上有很多所謂的「風險平價」（risk parity）投資規劃，投資組合持有債券的比例超過 75％，目的是要讓股票與債券的價格波動率相等[44]。由於債券報酬低於股票，這些投資規劃為了把期望報酬提升到可接受的水準，經常採用擴張信用的手段。這種手段運用於這個時候，恐怕不是好主意，因為利率目前幾乎是處在歷史最低水準。信用擴張的投資組合蘊含著各種層面的風險，譬如：峰態（kurtosis，報酬分佈尾部肥厚）、流動性不足、交易對手、傳染風險等。對於信用擴張投資組合來說，負值偏態（skewness，負數報酬水準大於對應的正數報酬）造成的傷害特別大。風險平價只不過是拿股票相關風險，交換其他形式的風險，而後者還是同樣有問題。

2013 年第二季，Invesco 規模 $235 億的平衡式風險配置策略（Balanced-Risk Allocation）下跌 5.5％。Bridgewater 規模 $790 億的全天候基金（All Weather Fund，最大型的風險平價規劃），其通貨膨脹關連債務的 $560 億投資，發生 8.4％的損失，迫使該基金重新評估是否太過於仰賴固定收益工具。反之，如果運用雙動能，「我們就不需要臭不可聞的債券」，除非雙動能告訴我們需要。我們會利用債券，但唯有在債券最適合用來增添投資組合價值的時候，而不會讓債券拖累我們的投資組合績效。

57 種分散投資

分散投資是個老舊的概念，甚至出現在 1,500 年前的《巴比倫法典》（Babylonian Talmud）：「人的財富永遠要把三分之一擺在土地，三分之一擺在商品，然後手頭上持有另外三分之一。」《聖經舊約傳道書》（Ecclesiastes 11：2）告訴我們：「分配為七份，或甚至八份，因為你不知道大地會發生什麼不幸。」莎士比亞在《威尼斯商人》（The Merchant of Venice）裡寫道：「我的買賣成敗並不完全寄託在一艘船上，更不倚賴著某

---

44. 請參考本書附錄 B 所轉載的論文「絕對動能：一種以法則為基礎的簡單策略，以及普遍適用的順勢操作輔助策略」（"Absolute Momentum: A Simple Rule-Based Strategy and Universal Trend-Following Overlay"），其中包含某風險平價投資，只運用 40％的永久性固定收益配置，這是因為使用絕對動能，所以才可能如此。

處地方，我的全部財產也不會因為這一年的盈虧而受到影響，所以我的貨物
並不會使我憂愁。」

　　2007 ～ 2008 年全球金融危機之後，由於各類資產都普遍發生嚴重損失，
人們因此要求更顯著的分散投資。市場流傳一種通俗說法，分散投資一直運
作得很好…直到出問題為止。市場一旦爆發危機，價格相關通常就會急遽攀
升，而這正是分散投資最需要發揮作用的時候。基於這個緣故，分散投資變
得更迫切了。

國際性分散

　　除了債券之外，美國股票曝險的最常見分散投資對象，就是持有海外股
票。自從 1960 年代以來，國際共同基金就可供美國投資人運用，美國機構
投資人從 1970 年代開始也開始積極從事國際性分散投資[45]。

　　從 1900 年到 2012 年之間，美國股票超過國庫券的年度風險溢價平均為
6.5％。對於 18 個非美國市場來說，前述平均數據為 4.5％[46]。所以，美國股
票的長期報酬，顯著優於非美國股票。近年來，美國股票與非美國股票之間
的相關逐漸上升。從 1971 年到 1999 年，S ＆ P 500 指數與 MSCI EAFE 指
數之間的平均 12 個月期相關為 0.42。其後，該平均相關上升為 0.83。就美
國 50 大企業觀察，中位企業有 57％的業務是發生在美國境外。美國與海外
股票的分散投資效益顯著下降。可是，由於不同市場經常各有表現，非美國
股票對於相對強度動能投資組合來說，仍然具有運用價值。這也是我們將其
納入雙動能投資組合的理由。

---

45. 非美國投資人通常比較會做普遍而廣泛的投資。

46. 參考 Dimson 等人 (2014)。

新興市場

　　為了尋求更多的分散投資機會，追求更高的潛在報酬，有些投資人運用新興市場股票，將其視為另一種資產類別。可是，新興市場涉及額外的風險。這些市場的價格歷史通常不足 30 年，有些市場的流動性不足，交易與管理成本都更高。另外，開發中國家使用的會計方法，未必符合已開發國家的標準。

　　由於新興市場很容易出現暴跌走勢，我們經常看到這些股票被整合成籃而成為交易單位。這是因為人們相信，整籃股票具有分散投資的效益，新興市場風險也可以降低。可是，整籃股票會產生傳染風險，導致股價齊漲齊跌。整合與傳染也可能造成流動性風險擴大。蘇聯爆發債務危機期間，新興市場即使遙遠如新加坡，也出現嚴重的資本外流和劇烈價格波動。

　　隨著全球化趨勢持續發展，新興市場彼此之間的價格相關也隨之升高，甚至新興市場與已開發市場之間的相關也是如此。圖 5.4 顯示新興市場與已開發市場之間 5 年期滾動式月份相關的情況。1990 年代，相關程度還低於0.30，但最近 3 年來，相關卻持續停留在 0.90 之上。

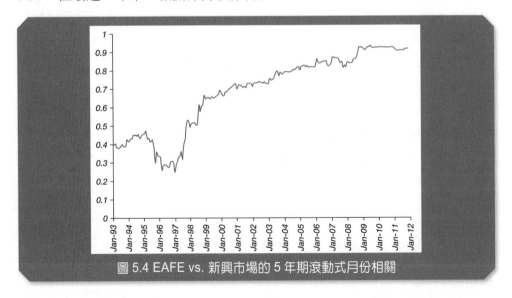

圖 5.4 EAFE vs. 新興市場的 5 年期滾動式月份相關

　　從分散投資的立場來看，新興市場的吸引力顯著降低。現在，這些市場所增添的，基本上只是價格波動與不確定性——都是投資人不想要的性質。我們把新興市場納入我們以雙動能為基礎的模型，主要是因為這些市場都屬於我們投資組合使用之非美國股價指數的構成部分。由於該指數屬於資本市值加權指數，新興市場大約只佔指數的 14％。事實上，這些新興市場很容易從我們的雙動能投資組合內剔除，結果也不至於產生顯著的稀釋效果。

被動型商品期貨

　　另一種價格波動劇烈的資產類別，最近頗受到重視，那就是商品期貨。這一方面是因為很多人相信商品能夠做為通貨膨脹的避險。但長期而言對於普通股來說，財政部通膨保障證券（Treasury Inflation-Protected Securities，TIPS），乃至於國庫券，都是能夠對抗通貨膨脹的工具。

　　如同外匯一樣，商品期貨的根本問題是，它們和股票或債券不同，並不被視為是一種資產類別[47]。資產類別指的是由同質資產所構成的投資組合，能夠提供超過無風險利率的正數長期超額報酬，而這樣的正數長期超額報酬是因為持有該資產必須承擔風險，因此擁有相應的「風險溢價」或報酬。

　　股票與債券都是籌措資本的工具。由於提供資本，投資人期待債券支付一系列款項，股票支付剩餘現金流量。可是，對於商品期貨多頭部位，我們通常不能期待它們產生類似如股票與債券一樣的超額報酬。

　　如果不考慮交易成本，商品期貨契約屬於零和遊戲，也就是說買、賣雙方發生的盈與虧彼此相等。根據 Erb 和 Harvey（2006）的說法：「個別商品期貨契約的平均超額報酬不顯著有別於零。」

---

47. 外匯反映的相對交換比率差異，程度超過買進 - 持有的溢價。

商品期貨屬於保險性質的市場，避險者與投機客針對風險進行交易。此處不能期待存在整體正值報酬。期貨契約一旦到期，就不復存在，相關交易並不會創造財富。由於期貨契約買、賣雙方發生的盈與虧彼此對稱，因此我們不能主張買方因為承擔價格波動風險而有權利賺取正值報酬，因為賣方也可以基於相同理由而主張享有合理報酬。然而可以確定的是，他們之一會發生虧損，另一者則會獲利。

商品避險者通常是放空者，他們需要轉移資本密集事業的未知風險。至於投機客，他們原本並沒有必要參與商品市場，他們之所以進行交易，通常是因為人們要把即將到期契約展延到較長期交割月份契約時，預期會有溢價可收取的緣故。

1980 年代，我管理一家大型的商品基金。當時，商品期貨買家享有一種由避險者支付給投機客的系統性正數報酬，稱為「展延收益」（roll yield）或「展延溢價」（roll premium）。避險者為了轉移他們不願或不能承擔的風險，因此而支付保險費給投機客。

可是，這種動態結構已經發生了變化。運用截至 2000 年初的資料顯示，整體商品已經成為一種相當正派的分散性投資組合，類似如 Gorton 和 Rouwenhorst（2006）等學術論文，鼓勵很多機構投資人持有被動型商品期貨的投資組合。高盛與其他指數型產品業者，積極促銷商品期貨，視其為適合機構投資人運用的新資產類別。

2002 年到 2007 年之間，商品投資組合價值成長 150％，從 2004 年到 2008 年之間，大約有 $ 1,000 億資金流入商品期貨市場。這導致所謂的商品「金融化」（financialization）。根據 JP 摩根商品研究機構的資料顯示，到了 2009 年底，投資人關連到高盛商品指數（Goldman Sachs Commodity Index，GSCI）的資金為 $ 550 億，關連到道瓊 -UBS 商品指數（Dow Jones-UBS Commodity Index，DJ-UBSCI）的資金有 $ 300 億。

　　從 2007 年 7 月的 ＄1,700 億到 2013 年 2 月的 ＄4,100 億，商品投資成長逾倍。捐贈基金、退休基金、避險基金、風險平價投資規劃，以及一般交易大眾紛紛加入行列，蜂擁買進只做多的商品指數期貨，目的就是為了分散投資組合的風險。

　　很多退休投資規劃現在都認為，他們的投資組合應該持有 5 ～ 10％的商品期貨契約。如同圖 5.5 顯示的，從 1990 年到 2012 年之間，非商業交易者持有的商品期貨契約未平倉量比率從 15％上升為 42％ [48]。

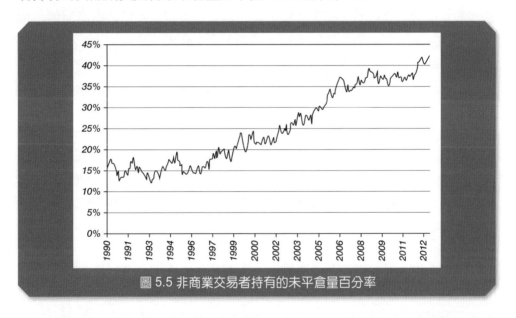

圖 5.5 非商業交易者持有的未平倉量百分率

　　不論價格如何，這群新投機客都會做多。隨著保險供應者（投機客）增加，而保險購買者（避險者）因此相對減少，展延收益也就消失了，甚至成為負數。從 1969 年到 1992 年，展延報酬平均每年為 11％。自從 2001 年以來，平均報酬已經成為 -6.6％ [49]。

---

48. 參考 Zaremba（2013）。

49. 參考 Inker（2010）。

截至 1970 年為止累積的展延收益，到了 2009 年底已經完全消失。被動型商品指數目前仍然低於 2008 年的高水位。目前的勝算似乎不站在那些只持有多頭商品期貨部位的那邊。可是，被動型商品仍然普遍被視為是值得持有的投資組合風險分散工具。

目前又推出幾種新的商品指數，譬如：德意志銀行流動性商品指數最佳收益（Deutsche Bank Liquid Commodity Index Optimum Yield）或 SummerHaven 的動態商品指數（Dynamic Indexes），它們試圖挑選期貨契約而設法降低展延收益，如果可能的話，甚至仍然提供正值的展延溢價。可是，不論展延溢價呈現的性質如何，被動型商品指數基金卻面臨另一種難以克服的障礙：由於這些商品期貨部位必須定期展延，因此而發生跑在前的成本（front-running costs）。這是因為其他交易者知道這些部位必須展延，因此而預先進場建立部位，隨後利用這些展延交易而獲利。

根據 Yiqun Mou（2011）的估計，從 2000 年 1 月到 2010 年 3 月，跑在前的成本每年為 3.6％。2009 年的 JP 摩根商品研究報告顯示，自從 1991 年以來，展延報酬導致商品指數報酬每年減少 3 ～ 4％。這些隱藏成本很快就會影響被動型商品指數期貨的買氣。

價格相關上升，是商品面臨的另一個問題。根據 Tang 和 Xiong（2012）的研究顯示，1990 年代與 2000 年代期間，指數商品的平均 1 年期滾動式相關相當穩定地處於 0.10 之下。到了 2009 年，相關已經攀升到 0.50。2008 年之前，GSCI 與 S＆P 500 指數之間的相關，大概都落在 -0.20 到 0.10 之間。可是，2008 年之後，相關就竄升到 0.50 之上，而且經常處在該區域[50]。

另外，不論是在 1929 年股市崩盤或 2008 年爆發金融危機期間，股票與商品之間的相關都巨幅攀升到 80％以上。換言之，當我們最需要分散投資的效益時，商品卻缺乏這方面的功能。根據國際清算銀行的 Lombardi 和

---

50. 另外參考 Li、Zhang 和 Du（2011）。

Ravazzolo（2012）研究顯示，一般認為商品應該被包含於投資組合做為避險工具的觀點，顯然已經不再成立[51]。

由於展延報酬下降，報酬相關上升，現在對於配置被動型商品期貨而產生的平均數 - 變異數分散風險效益，似乎已經顯得無關緊要。Daskalaki 和 Skiadopoulos（2011）一份標題為「投資人是否應該將商品納入投資組合？新證據」（Should Investors Include Commodities in Their Portfolio After All? New Evidence）的綜合性研究報告顯示，傳統股票 / 債券投資組合納入商品交易工具，已經不再對於效用最大化投資人提供效益。Blitz 和 Groot（2004）也發現，商品在股票 / 債券投資組合中，已經不足以扮演重要角色，雖然我們還有理由納入動能、持有和低價格波動商品市場風險因素。

1991 年是投資人實際上能夠納入被動型商品指數於投資組合的第一年。表 5.1 比較幾種指數的績效，包括：DJ-UBSCI、S & P 500、摩根史坦利資本國際的歐洲、澳洲與遠東指數（MSCI EAFE）、MSCI 新興市場指數（MSCI EM），以及巴克萊資本美國整體債券指數（AGG Bond），涵蓋期間從 1991 年到 2013 年[52]。這包括非常有利於商品的 2002 ～ 2007 年期間。圖 5.6 則比較 DJ-UBSCI 相對於 S & P500 的情況。

表 5.1 數種指數的績效比較（1991 ～ 2013）

	DJ-UBSCI	S & P 500	MSCI EAFE	MSCI EM	AGG Bond
年度報酬	4.1	9.9	6.5	10.3	6.4
年度標準差	18.2	18.6	20.2	35.5	5.1

---

51. 仍然可以考慮某些商品風險因子的曝險，如果能夠辨識、鎖定與運用它們的話。參考 Blitz 和 De Groot（2014）。

52. 我採用 DJ-UBSCI 而不是 GSCI，因為 DJ-UBSCI 限制每個商品類別不超過指數的三分之一，而 GSCI 能源類別的配置竟然高達 60 ～ 70％。

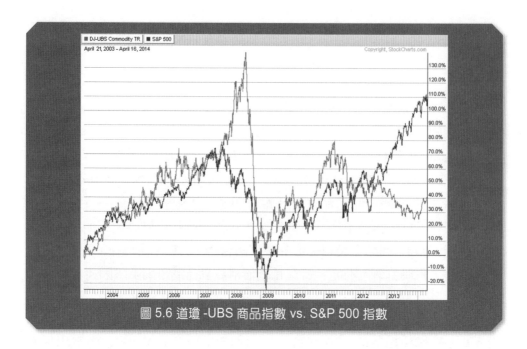

圖 5.6 道瓊 -UBS 商品指數 vs. S&P 500 指數

　　較長期而言，從 1975 年 1 月到 2011 年 12 月，GSCI（1991 年之前還沒有 DJ-BUSCI）的年度平均報酬為 6.1％，標準差為 19.3％，5 年期公債報酬為 7.7％，標準差為 4.3％。

管理型商品期貨

　　我對於被動型商品期貨所做的評論，基本上也適用於積極管理型商品期貨。管理型期貨通常採用順勢操作方法，同時參與商品期貨市場的多邊和空邊交易。可是，積極管理型期貨交易所賺取的任何超額報酬，仍然取決於如何取得商品避險者的風險溢價，或者來自於智勝其他避險者。

　　1980 年代，我相當成功地管理期貨基金；當時，投機客享有顯著的展延溢價，使得很多商品交易顧問得以生意興隆。可是，近年來，更多投機客進場，運用相同的順勢操作方法彼此競爭。因此，這個產業現在很難繼續賺取優異的風險調整後報酬。這種情況有點類似積極股票管理：擁有相同資訊的人，大家彼此競爭，試圖搶得優勢。可是，就股票來說，股價存在向上漂移趨勢，而且有著明確的風險溢價。不幸的是，商品並不具備這種條件。

　　雖然面對著這些殘酷事實，但根據巴克萊避險機構（Barclays Hedge）的資料顯示，管理型期貨的資產從 2007 年的＄509 億，成長為 2014 年的＄3,250 億，相當於佔整個避險基金產業的 15％。可是，特別令人訝異的是，管理期貨平均報酬自從 2007 年以來就一直是負數，年度展延報酬截至目前為止已經連續 21 個月呈現負數。

　　人們積極參與管理型期貨，這可能跟機構投資人近年來幾乎是在不顧後果的情況下，在這個領域積極從事分散投資有關。舉例來說，美國大學捐贈基金目前平均持有 54％的替代性投資，而美國股票投資只佔 15％。主權基金也同樣積極提高替代性投資的配置。我稱此為「大雜燴」投資法。自從大量資本流入之後，管理型期貨的情況究竟如何呢？

　　Bhardwaj、Gorton 和 Rouwenhorst（2013）發表一篇文章，標題取得很恰當：「始終愚弄某些人：商品交易顧問的無效率績效與持續性」（Fooling Some of the People All the Time: The Inefficient Performance and Persistence of Commodity Trading Advisors）。這篇文章運用李柏 - 塔斯資料庫（Lipper-TASS database）930 家商品交易顧問的相等權數績效，在經過存活者和回填偏差（survivorship and backfill bias）調整之後，發現 CTA 商品交易顧問（CTA）超過美國國庫券的超額報酬，在 1994 年到 2012 年之間平均每年只有 1.8％（請參考圖 5.7）[53]。這個數據並沒有明顯不同於零。

---

53. 名義年度報酬為 4.84％，標準差為 10.2％，夏普率為 0.16。

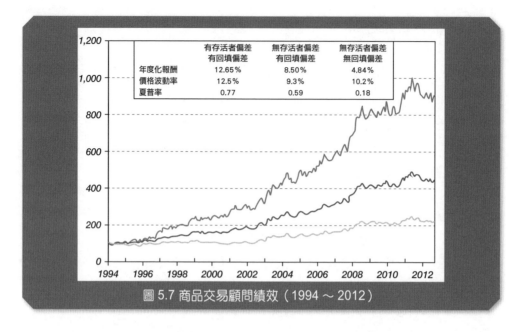

	有存活者偏差 有回填偏差	無存活者偏差 有回填偏差	無存活者偏差 無回填偏差
年度化報酬	12.65%	8.50%	4.84%
價格波動率	12.5%	9.3%	10.2%
夏普率	0.77	0.59	0.18

圖 5.7 商品交易顧問績效（1994 ～ 2012）

如同其他避險基金的情況一樣，CTA 費用通常為管理資產的 2%，每年績效獎金為 20%。這段期間裡，整體 CTA 費用平均每年為 4.3%，甚至還超過投資人收取報酬的兩倍。投資人賺取的報酬幾乎跟國庫券差不多，還要承擔等同於股票的價格波動。Bhardwaj 等人（2013）總結認為，人們對於管理型期貨的興趣一直都很高，是因為投資人普遍並不瞭解其績效不彰的狀況。投資人照說應該要瞭解這些狀況，但卻沒有人好好把事情說清楚。

對於 1980 年代中期以來實際期貨交易所做的研究顯示，運用計量時效策略的期貨交易缺乏獲利能力。Marshall、Cahan 和 Cahan（2008）引用 5 大類法則（濾網法則、移動平均、支撐與壓力、通道突破，以及量能潮 OBV）的 7,000 多個交易法則於 15 個主要商品市場，涵蓋期間從 1984 年到 2005 年。採用兩種自助抽樣方法（bootstrapping methodologies），並剔除資料探勘偏差，作者發現這些法則本身並不具獲利能力，雖然它們運用得很普遍。

　　管理型期貨在投資組合仍然佔有一席之地，主要是因為其分散效益。2008 年，瑞士信貸管理型期貨指數（Credit Suisse Managed Futures Index）上升 17.6％（這也是管理型期貨顯示獲利的最後一年），而瑞士信貸避險基金指數（Credit Suisse Hedge Fund Index）下跌 20.7％。這段期間裡，路透社 / CRB 商品指數下跌 23.7％，S ＆ P 500 指數下跌 38.4％，MSCI 世界指數下跌 42.1％，道瓊威爾夏房地產證券指數（Dow Jones Wilshire Real Estate Securities Index）下跌 43.1％。商品可以規避經濟供給面衝擊的風險，譬如 1973 ～ 1974 的石油禁運，但通常不能規避經濟整體性衝擊，譬如 1981 年和 2001 年的經濟衰退。

　　對於那些投資組合仍然想納入積極管理型期貨的人，有個替代辦法。Hurst、Ooi 和 Pedersen（2014）運用 1985 年 6 月到 2012 年 6 月期間 58 個高流動性期貨市場的資料，顯示某種類似於本書第 8 章討論之簡單順勢絕對動能策略，可以取得相當於扣除成本之前的 CTA 績效。運用這類簡單的順勢策略，那些想參與積極管理型商品期貨的人，可以避免承擔高額費用（而得以享有順勢操作的效益）。

避險基金

　　1930 年代初期，亞佛雷德‧溫斯羅‧瓊斯（Alfred Winslow Jones）是美國派駐柏林的外交官，他另外也秘密領導某反納粹地下組織。早年，他曾經跟海明威一起到處旅行、飲酒，後來他在哥倫比亞大學取得社會學博士學位。1940 年代初期，他加入《財富》雜誌編輯團隊。1948 年，他幫《財富》寫了一篇有關投資趨勢的文章，談到某種非常特別的風險管理概念，除了持有多頭部位之外，同時持有其他股票的空頭部位，然後透過信用擴張手段，提升投資組合報酬。1949 年，瓊斯當時 48 歲，他向四位朋友募集了 ＄ 60,000 資金，再加上他自己的 ＄ 40,000，創立了第一家他所謂的「避險基金」。

　　1952 年，瓊斯把基金開放給新投資人，並且把基金結構從原來的有限合夥，改變成為一般合夥。他又增添了 20％的績效獎金制度，做為自己管理基金的報酬。這種績效獎金制度是向古代腓尼基人學習的：保留航海獲利的五分之一做為報酬。所以，他的基金結合了多頭與空頭部位，信用擴張手段，通過與其他投資人分享風險的合夥機制，還有根據投資績效設定的報酬制度，瓊斯成為所有避險基金之父。

一直到 1966 年之前，避險基金產業並沒有真正開始發展，當時《財富》雜誌大幅報導瓊斯管理的這家默默無聞私募投資基金，如何在過去 5 年內，績效超越其他共同基金達到 2 位數字。截至 1965 年為止的 10 年期間內，瓊斯創造的報酬大約是最近競爭者的兩倍。《財富》雜誌登出這篇文章的兩年後，市場上的避險基金家數成長為 200 家左右。

為了追求最大報酬（還有績效獎金），很多基金都放棄瓊斯的多空兼做避險策略，但仍然保留擴張信用的操作手段。避險基金的發展，快速偏離康拉德·湯瑪斯（Conrad Tomas）1970 年代著作（該書擁有所有投資書籍之中最好的書名）《Hedgemanship: How to Make Money in Bear Markets, Bull Markets, and Chicken Markets While Confounding Professional Money Managers and Attracting a Better Class of Women》（避險功能：如何在空頭市場、多頭市場、軟弱市場中賺錢，同時混淆專業基金經理人，並吸引更漂亮的女人）闡述的主題。由於放棄避險基金的特色，導致嚴重虧損，很多避險基金在隨後的空頭市場關門大吉。根據研究機構 Tremont Partners Inc. 的資料顯示，1984 年只剩下 84 家避險基金。

這個產業持續保持此種狀況，相對平靜，直到 1986 年《機構投資人雜誌》（Institutional Investor）發表一篇文章，吹捧朱利安·羅伯森（Julian Roberston）管理之老虎基金（Tiger Fund）的兩位數字績效報酬。很快地，投資人又開始蜂擁追逐避險基金。受到 2％管理費和 20％績效獎金優渥報酬的吸引，很多知名基金經理人在 1990 年代紛紛離開共同基金產業，開始轉移陣地，試圖成為名利雙收的避險基金經理人。

1998 年，長期資本管理公司倒閉，這對於避險基金產業造成巨大衝擊，不過隨後羅伯森的老虎基金與 2000 年的量子基金（Quantum Fund）又引爆投機風潮。2002 年，著名基金經理人馬利奧‧格貝利（Mario Gabelli）把避險基金形容為「高度投機性工具，讓無辜肥貓和魯莽金融機構輸掉褲子。」

管理型基金只不過是避險基金的一種類型，其他還有 18 種，絕大部分都只持有多頭部位。為了提升績效，更廣泛分散投資，金融機構就像飛蛾撲火一樣，大量介入避險基金投資。到了 2011 年底，全球避險基金投資有 61％ 來自機構投資人。避險基金總資產從 1990 年的 ＄600 億，成長為 1999 年的 ＄2,000 億，而到了 2014 年第一季，則創下歷史紀錄的 ＄2.7 兆。

至於截至 2013 年 12 月為止的避險基金績效，彭博避險基金總體指數從 2007 年 7 月峰位下跌 1.8％。這意味著 60 / 40 平衡式股票 / 債券投資組合的績效，連續第 11 年擊敗避險基金產業。

自從 1995 年以來，避險基金的平均績效落後 S ＆ P 500 指數。對於那些實際從事避險的避險基金來說，這種情況或許可以接受，但大多數避險基金並非如此。Griffin 和 Xu（2009）研究 306 家只做多避險基金從 1986 年到 2000 年的報酬，結果顯示避險基金並沒有創造風險調整後正數超額報酬的特殊能力。從這個時候開始，避險基金的阿爾法（α）值就一直保持為負數。

基金中的基金（FOF），也就是持有其他避險基金的基金，情況也未必更好。Dewaele 等人（2011）研究李柏 - 塔斯資料庫內的 1,315 家 FOF，涵蓋期間從 1994 年到 2009 年 8 月。針對風險因素做過調整之後，作者發現只有 5.6％ 的 FOF，它們創造的風險調整後報酬超過避險基金指數，而且一般 FOF 與隨機挑選的避險基金，兩者之間的績效並沒有顯著差異。

2012 年出版的《The Hedge Fund Mirage》（避險基金幻象）作者賽門‧賴克（Simon Lack），他運用 BarclayHedgey 資料庫內從 1998 年到

2010 年的資料，計算資產加權報酬，這類似於內部報酬率。賴克認為，這種計算較一般的時間加權報酬計算合理，因為避險基金經理人可以控制何時接受或投入資本。運用這種資產加權報酬衡量方式，HFR 全球避險基金指數過去 12 年來提供的年度化報酬只有 1.2％。考慮存活者與回填偏差，並針對 FOF 收費調整之後，賴克估計投資人在 1998 年到 2010 年之間，集體損失為 ＄3,080 億，而避險基金產業收取的費用則高達 ＄3,240 億。根據賴克的估計，避險基金從 1998 年以來，剝削了投資人獲利的 84％，FOF 則剝削14％，只剩下 2％歸投資人所有。賴克進一步指出，投資於避險基金的所有資金，如果完全投資國庫券，投資人可以賺取兩倍的獲利。

Dichev 和 Yu（2009）運用 1980 年到 2008 年之間的金額加權避險基金報酬進行類似研究。他們發現，相較於買進 - 持有報酬，金額加權報酬低了 3 ～ 7％。藉由風險因素模型，他們發現，避險基金的真實阿爾法（α）值接近零。以絕對數據來衡量的話，加權避險基金的報酬，顯然低於 S ＆ P 500 指數。

避險基金不僅績效不彰，而且因為種種理由而導致風險過高，譬如：信用擴張操作、資訊不透明、流動性有限等。Castle Hall Alternative 是擁有避險基金詐欺和倒閉資料庫的一家機構，資料顯示過去十年內，有超過 300 件詐欺和內爆事件。避險基金的平均壽命大約只有 5 年。根據估計，2010 年總共有 7,200 家避險基金，其中有 775 家在 2011 年倒閉或關閉，2012 年有873 家，2013 年有 914 家。這三年期間內，大約有三分之一基金消失而被其他基金取代。

避險基金提供的分散風險效益也下降了。根據德意志銀行的資料顯示，避險基金與 S ＆ P 500 指數之間的平均相關（根據 4 年期月份滾動式報酬計算）已經從 1990 年代中期不足 0.50，上升到目前超過 0.80。18 種避險基金策略之中的 14 種，雖然表面上是運用於不同市場的不同策略，卻在 2008 年同時出現有史以來最糟的淨值耗損。

　　每年管理費 2％加上績效獎金 20％，避險基金應該是一種報酬制度，而不是資產類別。最頂尖的 25 家避險基金經理人，他們通常賺取的總報酬金額，超過 S & P 500 指數所有 500 家美國大企業執行長的總報酬。避險基金經理人集體取得全部或大部分的超額報酬，幾乎沒有任何剩餘留給投資人本身。如同華倫‧巴菲特說的：「避險基金是由一群精明的人經營的。可是，在很大成份內，他們所做的努力都彼此抵銷，他們的智商也不足以克服他們欺騙投資人所花費的成本。長期而言，一般投資人購買低成本的指數型基金，效益應該會更高。」

私募基金

　　私募基金（private equity）包含幾種流動性欠佳的長期投資策略。這等於是重塑 1980 年代之後的槓桿收購。私募基金也包括創業資本、私募成長資本、問題資本／特殊狀況。2012 年，私募基金管理的資產規模約為 2 兆，大約和避險基金相當。

　　收購基金承擔的風險顯著超過 S & P 500，以往賺取的超額報酬也顯著較高。可是，根據 Higson 和 Stucke（2012）的研究顯示，截至 2008 年為止的 28 年期間，收購基金的絕對報酬呈現下降趨勢。收購基金的超額報酬，主要是取決於這些基金內頂尖 10％業者的表現。可是，我們很難預先知道這些業者的表現將會如何。

　　過去 40 年，創業資本基金的年度獲利為 13.4％，S & P 500 的對應表現為 12.4％，S & P 小型股成長指數則為 14.4％。創業資本基金的價格波動較高，市場流動性欠佳，而且有生存風險。創業資本基金只有 60 ～ 75％業者得以存活超過 10 年。根據 Harris、Jenkinson 和 Kaplan（2013）的研究，自從 2000 年以來，創業資本基金的平均績效比公開市場差了 5％左右。

　　從 2001 年到 2010 年之間，美國退休基金每年從它們投資的私募基金平均賺取 4.5％報酬（扣除費用之後）。可是，這些退休基金平均每年支付管理費 4％，外加績效獎金 20％。這意味著管理費大約佔毛投資績效的 70％。私募基金對於投資資本通常有 5 ～ 7 年的閉鎖期規定。另外，投資人經常抱怨私募基金公佈的績效資訊不正確。

雖然收費偏高，流動性欠佳，績效差異大，私募基金截至目前為止仍然是耶魯大學捐增基金的最大資產配置類別。一般來說，捐贈基金是私募基金和避險基金的最主要投資者之一。如同避險基金一樣，私募基金最好還是留給那些具備勝任查證能力的機構投資人就好。即使是這些投資人，或許也應該重新考慮它們對於這些替代投資的承諾程度。Barber 和 Wang（2011）針對大學捐贈基金的表現做了一項長達 20 年的研究，從 1991 年到 2011 年。他們發現，對於一般捐贈基金來說，只包含股票與債券的因素模型，就能解釋基金報酬的時間序列差異，而且阿爾法（α）值幾乎為零。

積極管理型共同基金

我們已經看到，對於那些支付 2％管理費與 20％績效獎金的基金，譬如管理型期貨、避險基金與私募基金等，投資人都很難獲利。現在，我們觀察那些收費較低的積極管理型共同基金的情況。

持有共同基金的家庭超過 5,200 萬戶。目前，投資於共同基金的美國資產總額超過＄11.6 兆。根據投資公司協會（ICI）的資料顯示，國內股票共同基金有 17.4％屬於指數型基金，積極管理型股票基金則佔 82.6％。

自從 1960 年以來，有關積極管理型共同基金績效的研究就相當普遍。Jensen（1968）協助被動型管理產品立足市場，其研究顯示，從 1945 年到 1964 年之間，一般共同基金的績效並沒有勝過買進 - 持有策略。

在這方面的早期研究中，存活者偏差造成相當大的問題。截至 2012 年，存活期間超過 10 年的積極管理型共同基金只佔 51％。關於共同基金績效，Malkiel（1995）是第一個考慮存活者偏差的廣泛性研究。他發現，整體而言，共同基金在1971年到1991年之間，績效表現低於它們的基準投資組合，不論是在計算管理費用之前或之後都是如此。

法馬與法蘭西（2009）接著 Malkiel 做後續研究。他們運用 1984 年到 2006 年之間的共同基金資料，發現只有少數積極管理型共同基金所提供的基準調整後（benchmark-adjusted）報酬得以涵蓋其成本，而且很難判斷這些超額績效之所以產生，是因為技巧或運氣。唯一可以確定的是，收費高的積極管理型基金，表現不如收費低者，而此兩者的表現都不如收費最低的指數型基金。

另一份類似研究裡，Barras、Scaillet 和 Wermers（2010）觀察 1989 年到 2006 年之間的 2,076 家美國共同基金。經過資料探勘偏差調整後，他們提出結論認為，經理人具有技巧——所創造之積極報酬超過成本——的基金家數，數量在統計上不顯著有別於零[54]。他們又發現，高技巧經理人所佔的比率，從 1989 年的 14.4％，下降到 2006 年的 0.60％。三位作者把這種績效變異，歸因於無技巧經理人大量參與此行業，並收取高額費用。

根據晨星（Morningstar）的資料顯示，積極管理型共同基金的平均年度費用比率為 1.41％，相對於被動型管理基金的 0.20％。積極管理型基金的投資組合平均周轉率為 83％，因此每年的交易成本費用會額外增加 0.70％。另外，稅金處理缺乏效率，可能讓積極管理型基金的持有者每年平均承擔 1％額外成本。沒有考慮可能的負面稅金影響，晨星的資料顯示，截至 2012 年為止，經過存活者偏差調整之後，超過 80％的大型共同基金，其表現在過去 3 年、5 年、10 年與 15 年都不如其對照基準。

瑞士信貸的報告顯示，截至 2013 年的 20 年期間，S ＆ P 500 指數的年度總報酬為 9.3％。一般積極管理型共同基金的表現則較前述水準低了 1 ～ 1.5％，主要是因為費用比率與交易成本。至於一般投資人賺取的報酬，又

---

54. 他們發展出一種判斷錯誤發現率（false discovery rate）的方法，用以調整資料探勘偏差。

因為時機拿捏不當，還會減少 1 ～ 2％。過去 20 年，積極管理型基金投資人賺取的總報酬，比市場報酬少了 60 ～ 80％[55]。根據先鋒集團創辦人與前任執行者約翰‧伯格的說法（先鋒是目前規模最大的共同基金公司）：「想要挑選報酬顯著優於市場的基金，等於是尋找青春之泉，是註定失敗的嘗試，因為過去績效幾乎沒有預測價值。」

先鋒公司有個互動式的網站，你可以輸入積極管理型基金的費用比率，看看你的基金若按照 6％ 成長率將會如何發展，並跟費用比率 0.25％的指數型基金做比較[56]。如果我們輸入的是一般積極管理型基金的費用比率 1.41％，經過 50 年之後，所累積的獲利將不如低成本指數型基金的一半。

華倫‧巴菲特曾經說過：

不論是機構投資人或個人投資者，如果想投資普通股，最好的辦法就是購買費用最低的指數型基金。運用這種方式投資股票，絕對會勝過大多數頂尖專業投資者提供的淨結果（扣除管理費與費用之後）[57]。

巴菲特就是按照他自己的建議做的。巴菲特的波克夏‧海瑟威股票在他死後將捐給慈善機構。他指示他的遺產管理人，把 10％ 資產投資於短期公債，90％ 投資低成本的 S ＆ P 500 指數型基金。

長久以來，研究者不斷重複強調，積極管理型共同基金的績效，整體而言並不優於被動管理型指數基金。被動型指數基金在 1975 年時還不存在，現在則佔了投資基金市場的 30％ 左右。可是，積極管理型基金持有的資產規模，仍然是被動型基金的兩倍。

---

55. 參考 Dimson 等人 (2014)。

56. 請造訪 https://personal.vanguard.com/us/insights/investingtruths/investing-truth-about-cost。

57. 請參考 1996 年的波克夏‧海瑟威公司年度報告主席信函。

其他的積極管理型投資

相較於共同基金，其他積極管理型投資控制更多的資產。根據「退休基金與投資」（Pensions & Investment）的資料顯示，全球最頂尖 500 位資產經理人在 2011 年總共管理 $62 兆資產，而投資公司協會的資料則顯示，共同基金管理資產同年為 $23.8 兆。至於共同基金之外的積極管理型投資績效，可以參考 Busse、Goyal 和 Wahal（2011）的研究，這份報告研究 1,448 家投資管理公司在 1991 年到 2008 年管理的 4,617 種國內股票機構產品。他們發現，這些經理人的風險調整後報酬，在統計上並不顯著有別於零。積極管理型的收費，幾乎是一般被動型替代投資之額外報酬的 100％。尤金·法馬就批評說：「考慮了風險之後，你所看到的積極管理型投資是否能夠創造穩定的超額績效？幾乎每位從事這方面研究的經濟學家，都會很清楚的告訴你：『不！』」

不論是透過共同基金或管理帳戶，整體而言，承擔積極管理型投資的額外費用，並不能有效增添報酬。這是很合理的現象，因為所有積極管理型投資的經理人全都掌握相同的資訊，運用著相同的資訊在彼此競爭。由於競爭者的條件彼此類似，所以任何一個積極管理型經理人都很難享有競爭優勢。對於每位買方，賣方也同樣掌握充分資訊，雙方都認為自己的決策正確。多年前，班哲明·葛拉罕曾經對此現象做出傳神的評論：「股票市場像是一座龐大的洗衣機，機構法人彼此都持有對方的一大堆衣物 [58]。」

不做基金投資的個人

如果積極管理型投資與積極管理型共同基金的績效都不能勝過被動型指數基金，那麼個人投資者本身的表現又如何呢？波士頓的某分析機構

---

58. 請參考「與班哲明·葛拉罕的一段對話」（"A Conversation with Benjamin Graham"），
　　資料請上網查閱 http://www.bylo.org/bgraham76.html。

Dalbar, Inc. 每年都會發行「投資人行為計量分析」（Quantitative Analysis of Investor Behavior），根據 2014 年的報告顯示，一般美國股票投資人過去 20 年來賺取的年度化報酬為 5.02％，相較於 S ＆ P 500 的同期表現 9.22％，顯然少了 4.2％。至於最近 3 年的多頭市場，一般美國股票投資人平均每年賺取 10.87％，相較於 S ＆ P 500 的對照績效 16.18％也落後 5.31％。

過去 20 年，固定收益投資人平均賺取的年度化報酬只有 0.71％，相較於巴克萊整體債券指數的報酬 5.74％，前者少了 5.03％。不論是股票或固定收益證券，投資人的表現在過去 1 年、3 年、5 年、10 年或 20 年都不如市場。

我們已經知道，投資人績效不彰，主要是因為情緒受到行情干擾，時效決策拿捏不當。投資人經常在發生嚴重虧損之後賣出，等到行情上漲時，他們往往沒有做投資。現在，讓我們看看其他方面的研究，更深入瞭解個人投資者的行為。

Goetzmann 和 Kumar（2008）運用 1991 年到 1996 年之間美國折扣經紀商的 60,000 位個人投資者的資料做研究，他們發現這些投資不夠分散。投資人經常持有價格波動劇烈而又高度相關的股票。價格波動劇烈使得投資人更難正確拿捏時效。

運用相同的資料，Kumar（2009）發現投資人喜歡持有表現差的彩券型股票，這些股票的價格低，價格波動劇烈，或具有較高的偏態（skewness）[59]。作者認為，典型的投資人如果願意把投資組合的彩券成份取代為非彩券成份，績效每年可以提升 2.8％。

Barber 和 Odean（2000）發現，每家計單位平均賺取的股票淨報酬，不論在經濟上或統計上，都顯著落後對照基準。個人投資者所持有之投資組

---

59. 偏態和報酬分佈的對稱性質有關。報酬呈現正偏態，意味著正報酬的變異數較大。報酬呈現負偏態，意味著負報酬的變異數較大

合，每年周轉率超過 80％。如同本書第 4 章談論的，投資人因為過度自信或處置效應（disposition effect）而使得交易經常太過於頻繁，他們在不恰當的時候覺得恐懼或貪婪。華倫・巴菲特建議投資人應該反其道而行：「當大家恐懼時，你要貪婪，當大家貪婪時，你要恐懼。」

Weber 等人（2014）採用 1999 年到 2011 年之間歐洲網路折扣經紀商的資料，發現 5,000 位歐洲個人投資者賺取的風險調整後報酬，呈現稍許的負值。如同美國個人投資者一樣，歐洲投資者也只持有少數幾種股票，而且經常彼此高度相關。歐洲投資人也有彩券心態，喜歡高價格波動、高偏態的低價股。如果能夠排除分散不足的缺失，一般投資人的年度報酬可以提升 4％；如果能夠排除彩券心態，報酬可以提升 3％。

就資訊與專業技巧來說，個人投資者也處於不利地位。曾經有人問著名的避險基金經理人麥可・史坦哈德（Michael Steinhardt），人們能夠從他身上學到的最重要東西是什麼？他回答：「我是他們的競爭對象。」

華倫・巴菲特說：「投資很單純，但不容易（Investing is simple but not easy）。」總之，個人投資者經常有以下特性：

- 對於行情波動有過度情緒化的反應。
- 持有高價格波動、彩券類型的股票，投資組合分散不足。
- 過度自信，交易過於頻繁。
- 資訊掌握處於劣勢。

基於前述傾向，大多數投資人似乎最好採取一套紀律嚴謹、以法則為基礎的方法，譬如本書所推薦的做法。

順風而行

研究資料顯示，動能幾乎適用於所有的資產類別[60]。可是，明智挑選資產，將有助於報酬最大化。風險溢價可以視為順風，更進一步確保或提升我們得以繼續成功的勝算。美國股票過去 200 年的實質報酬為 6.7%，這股強風可以鼓滿我們動能模型的船帆。債券的實質報酬為 3.8%，這是微風。非美國股票的風險溢價介於前兩者之間，可以算是穩定的和風。至於商品、避險基金、私募基金與積極管理型投資帳戶則是漩渦、剪風與逆風，這些是我們前進的阻力，而不是助力。

人們當今往往過度強調分散投資，反而造成績效不彰與不必要的費用。（比如為了分散投資，而在投資組合中納入 10% 的退休基金，但該基金所需支付的費用，卻佔去總費用的 40%。）如果完全不做判別，分散投資反而有害（diversification can become "diworsification"）。如同稍後章節將顯示的，投資如果想要成功，只需要藉由雙動能，謹慎挑選低成本的股票／固定收益指數型基金即可。正如麋伊·魏斯特（Mae West）所說的：「好東西太多，可能就…太好了。」

---

60. 請參考 Asness 等人（2013），以及 Moskowitz, Ooi 和 Pedersen（2012）。

6　精明貝他與其他都會傳奇

事物往往與表面上看到的不同。脫脂牛奶看起來就像奶油。

——Gilbert 和 Sullivan

　　我們已經知道，雙動能的運用，為何應該以股票為重心，並且在某種程度上也使用債券。（如果你還不瞭解為什麼，請重新閱讀第 5 章。）現在，我們想考慮一個問題：除了透過傳統的資本加權指數，是否有更好的辦法參與股票投資？

　　精明貝他（smart beta）是個總括名詞，泛指凡是不運用傳統股票市場資本加權指數的各種法則為基礎的策略。根據羅素投資機構（Russell Investments）的說法，精明貝他「包含透明、以法則為基礎的策略，它們在設計上是為了提供市場不同類股、因素或概念等方面的曝險。」精明貝他試圖透過某些衡量方式——譬如：價格波動率、股利與市場風險因子——而產生的替代性加權方法，提供更好的風險 - 報酬交換關係。有別於資本加權的最著名替代方式，是研究附屬機構（Research Affiliates，從事精明貝他研究的先驅機構）在 2005 年發展的基本面加權指數。這些指數根據企業的銷貨、盈餘、帳面價值、現金流量…等經濟基本面因素做排序。維度基金顧問機構（Dimensional Fund Advisors，DFA）也同時根據基本面為基礎的加權因素，建構類似的核心股票（Core Equity）策略。精明貝他也包括相等權數基金（藉以取代資本加權基金）。

　　2007 ～ 2008 年的全球金融危機，導致金融市場更重視分散投資與風險控制，但也促進了精明貝他策略的發展。近年來，人們對於精明貝他的興致更是高漲。根據道富顧問機構（State Street Advisors）的資料顯示，精明貝他 ETF 在 2013 年吸引了＄460 億資金，前三年期間吸引的資金則超過＄800 億。彭博的資料顯示，截至 2014 年 2 月，精明貝他產品的投資資金高達＄1,560 億。

在 ETF 領域裡，精明貝他是成長最快速的部門，2013 年的成長率高達 43％。美國股票 ETF 現在每 10 個就有 4 個是屬於精明貝他基金（不包含積極管理型、信用擴張與逆向基金）。相較於 2012 年，機構投資人在 2013 年配置於精明策略的資產規模增加為三倍。科進研究機構（Cogent Research）在 2014 年 1 月發表的研究資料顯示，現在每四家機構投資人就有一家使用精明貝他 ETF，至於那些目前沒有使用的機構，有半數可能在未來三年內使用。

關於精明貝他，最大的問題是…它就如同獨角獸一樣，根本沒有這種東西存在。因為貝他 β 只是投資組合對於整體市場走勢變動敏感性的一種衡量方式，所以貝他既不精明，也不愚蠢，雖然使用它的人可能會有這方面的差別。所謂精明貝他，其意義就如同精明相關、精明標準差、精明小賈斯丁一樣。現在，晨星總算把精明貝他改名為「策略貝他（strategic beta）[61]」。

精明貝他的性質

Amenc、Goltz 和 Le Sourd（2009）與 Perold（2007）的研究顯示，基本面指數化（精明貝他的一種形式）實際上是一種價值偏向的積極管理型策略，未必優於資本加權。Chow 等人（2011）的研究則顯示，相較於資本為基礎的指數，替代性貝他策略所呈現的任何優異績效，都是因為其曝險於價值型或小型股因素。

---

61. 貝萊德（BlackRock，iShare 的發行機構）與 JP 摩根大通也改用「策略貝他」。

　　研究附屬機構承認，價值溢價（value premium）確實可以解釋大部分的指數績效。圖 6.1 是 PowerShares FTSE RAFI US 1000（PRF，研究附屬機構根據最大型 1,000 家企業的基本面排序建構的指數）與 iShares Russell Mid-Cap Value （羅素中型股價值型；IWS）ETF 的價格走勢圖，走勢圖是起自 2005 年底 PRF 成立當時。PRF 與 IWS 的表現差不多，最後是由 IWS 稍微領先[62]。IWS 的年度費用比率為 0.25％，PRF 為 0.39％。某些具有因子傾斜（factor tilts）的其他被動型管理 ETF，年度費用比率只介於 0.07％～0.12％之間。持有 PRF 的精明貝他投資人支付額外費用，用以建構某種類似如傳統中型股價值型指數的指數。其他精明貝他 ETF 也同樣不會輸給較低成本的價值型與小型股／中型股 ETF。

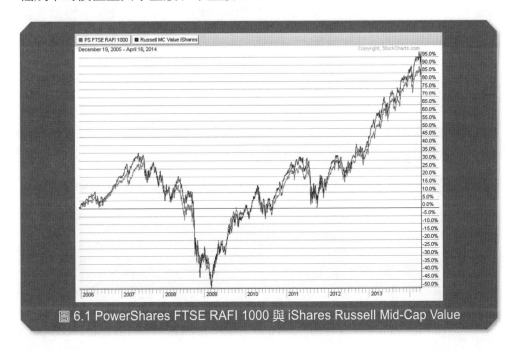

圖 6.1 PowerShares FTSE RAFI 1000 與 iShares Russell Mid-Cap Value

---

62. 晨星發現，如果採用規模、動能、素質等多重因素架構，PRF 的 α 為負數。

現在讓我們看看等加權指數，S＆P 500 指數的資本市值平均約為＄580 億，S＆P 500 相同權數指數的資本市值平均只有＄160 億。S＆P 500 的成份股當中，規模相對小的企業，其數量超過較大型企業。由於相同金額加權，投資於 S＆P 的金額之中，有較大部分投資於規模較小的企業。圖 6.2 顯示古根漢 S＆P 500 相等權數（RSP）ETF 與 iShare Russell 2000 small-cap（羅素 2000 小型股；IWM）ETF 的比較，走勢圖是起自 RSP 成立開始。IWM 的表現優於 RSP，主要可能是因為 IWM 的年度費用比率為 0.20％，RSP 為 0.40％，還有 IW 投資組合的年度周轉率為 19％，RSP 為 37％。

圖 6.3 是根據下列指數之報酬與風險繪製的資本市場線（capital market line），包括：S&P 500 指數、S＆P 500 等權數指數，以及美國股票分割為證券價格研究中心（Center for Research in Security Prices，CRSP）十分位單位。CRSP 1-2 為大型股，CRSP 3-5 為中型股，CRSP 6-10 為小型股。圖 6.3 的橫軸代表年度報酬，縱軸代表年度標準差。我們看到，在風險 - 報酬架構上，S＆P 500 相等權數指數落在中型股與小型股之間，該指數提供的報酬對應著該風險水準。投資人不用支付溢價取得 S＆P500 相等權數指數，他們可以買進小型股和中型股指數型基金。

圖 6.2 Guggenheim S&P 500 Equal Weight 與 iShares Russell 2000

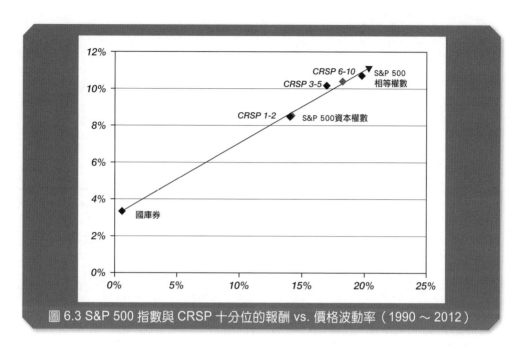

圖 6.3 S&P 500 指數與 CRSP 十分位的報酬 vs. 價格波動率（1990 ～ 2012）

　　另外，相等權數投資組合的權數會持續偏離目標水準，所以需要經常重新調整，因此會涉及較高的交易成本。重新調整也會造成賣出最近的贏家，買進最近的輸家的情況，這顯然違背動能效應。

　　1970 年代初期，早期採用被動型投資的某些人，他們選擇相等權數投資組合，但後來又放棄了，因為周轉率高、價格波動率高，而且還要投資大量流動性欠佳的股票。

　　低價格波動率／最低變異數投資組合也有周轉率過高的問題。Hsu、Kaleshik 和 Li（2012）運用 1967 年到 2000 年的資料，儘可能藉由傳統性產品複製精明貝他策略。以下是他們的投資組合年度周轉率數據：S & P 500 指數化 6.7％、基本面因素指數化 14％、相等權數指數化 22.9％，最小變異數指數化 49.2％。低價格波動率／最小變異數投資組合也可能有偏高的追蹤誤差，也就是策略報酬與對照基準報酬之間的衡量誤差。低價格波動率與低貝他策略雖然在學術檢定上看起來相當不錯，但有關投資組合周轉率與追蹤誤差的實務執行問題，可能就會完全抵銷其優勢。

圖 6.4 PowerShares S&P 500 低價格波動率 vs. SPDR 消費者必需品選擇類股

對於低價格波動率策略來說，類股過度集中也可能造成問題。S＆P 500 低價格波動率指數（S＆P 500 Low Volatility Index）是投資 S＆P 500 成份股內最近 12 個月價格波動率最低的 100 支股票。這個指數不受類股權數限制，因此可能出現類股過度集中的現象，從而產生嚴重的追蹤誤差。舉例來說，就目前情況而言，S＆P 低價格波動率指數有 62％集中在三個類股，有 76％集中在四個類股。有時候，甚至有三分之二的指數成份只集中在兩個類股。圖 6.4 顯示 PowerShare S＆P 500 低價格波動率（SPLV）和 SPDR 消費者必需品（XLP）類股的比較，前者是根據 S＆P 低價格波動率指數建構，後者是單一防禦性低價格波動率類股。

如何複製精明貝他

本節將說明如何運用低成本、以因素為基礎的 ETF，複製精明貝他 ETF。請造訪晨星（Morningstar）的網站首頁，在報價方格（Quote box）輸入你想要之精明貝他 ETF 的報價代碼，然後點擊 Quote，在下拉表格開端標示 Quote 的菜單列，點擊投資組合標籤（portfolio tab）。這個時候，你會看到該 ETF 的適當對照基準投資組合[63]。然後，你可以上網尋找代表該對照基準的適當 ETF。為了方便比較，你也可以點擊晨星的管理費與費用（Fees & Expense）標籤，尋找投資組合周轉率與年度費用比率。

讓我們藉由 PDP 做為例子來說明。這是由財務規劃機構 DWA（Dorsey、Wright 和 Associates）管理的 PowerShares DWA Momentum Portfolio（動能投資組合，PDP）。該基金運用相對強度動能於個別股票。根據晨星的資料顯示，此基金適當的對照基準是羅素中型股成長指數（Russell MidCap Growth Index）。

圖 6.5 比較 PowerShares DWA Momentum Portfolio（PDP）與 iShares Russell Mid-Cap Growth（IWP）之間的走勢。IWP 的年度費用比率較低 0.25％，PDP 為 0.67％，IWP 的投資組合年度周轉率為 25％，PDP 為 66％。

圖 6.5 PowerShares DWA Momentum Portfolio 與 iShares Russell Mid-Cap Growth

---

63. 請造訪 http://morningstar.com。

精明貝他的精明用法

威廉・夏普（William Sharpe）與尤金・法馬認為精明貝他（或基本面因素指數化）為一種行銷手段[64]。先鋒集團前首席投資長喬治・索特（George "Gus" Sauter）表示：「這些所謂的精明貝他，根據定義並沒有增添阿爾法（alpha）；它們只是藉由更昂貴的方式提供因素曝險。」

既然能夠透過較低成本的方式進行複製，我們是否還有理由運用精明貝他呢？這個問題的答案，毫無疑問…確實還是有的。譬如有些策略所提供的，可能不只是因素傾斜（factor tilt）與類股集中的效果，另外還有股利升值、內線人氣、拆分（spin-off）、買回與高素質等等的考量。相較於被動型策略，精明貝他策略雖然比較昂貴，但相較於積極管理型策略，精明貝他則比較便宜，因為它涉及比較少的例行決策。精明貝他策略值得考慮的另一個原因，是因為被動、資本加權指數未必具備效率[65]。這些指數也未必最佳，因為價格雜訊的問題（存在不可預測、不重複發生的型態），而且並不能充分反映全部既有的資訊。

可是，評估精明貝他策略時，請記住某些策略大概只有 15 年的歷史，很多東西未經證實。使用網際網路檔案館「回到未來機器」（Wayback Machine）的投資人，他們可以回到過去做投資，或許發現這很有用。可是，對於我們其他人而言，當然希望看到更多的資料。只根據 15 年的資料向外插補做推測，結果可能相當危險。

根據過去的資料而建構新的精明貝他指數，結果可能是徒勞無功的。先鋒集團的 Dickson、Padmawar 和 Hammer（2012）提出一份研究報告「參與魯莽流行：ETF 與指數發展」（Joined at the Hip: ETF and Index

---

64. 2014 年 5 月舉辦的 CFA 協會年度討論大會，諾貝爾獎得主威廉・夏普表示：「當我聽到精明貝他，我就想吐…我不認為這對於將來有用。」

65. 請參考 Haugen 和 Baker（1991）。

Development）顯示，一般新指數基金在發行前的五年內，年度表現比美國股票市場勝過 10.3％，但在發行的 5 年後，則落後 1.0％。作者認為：「指數一旦實際推出，一般來說，歷史測試績效並沒有實際出現⋯這可能是因為新產品是根據過去的優異歷史紀錄而挑選對照基準指數。」

建構雙動能投資組合時，我運用下列準則，藉以判斷非傳統的精明貝他策略是否值得考慮，是否應該用以取代資本加權指數，而不只是一種高成本、以因素為基礎的封閉型基金：

- 相關方法是否合乎邏輯？策略的根本概念是否站得住腳？該策略繼續提供優於市場風險調整後報酬的可能性有多高？

- 相關方法是否禁得起嚴格的歷史測試？運用於多個市場與不同期間，績效是否足夠穩健（robust）？

- 異常現象創造的獲利能力，通常會隨著時間經過而降低，因為交易活動增加[66]。這種情況下，相關策略的交易成本與基金費用比率是否夠低而得以維繫獲利？

- 相關策略的價格波動程度是否保持在合理範圍內？市場或許不會補償高價格波動。高價格波動率可能導致較高的追蹤誤差。

- 相關策略運用的市場，是否具有充分的流動性？

一旦找到適當的策略，仍然要做定期的評估。目前有用的策略，一、兩年之後，未必仍然有用。對於大多數投資人來說，他們或許不願處理這些複雜、不確定的問題，因此寧可採用傳統的資本加權指數；這也可能是比較切合實際的好辦法。關於這種態度，研究附屬機構（Research Affiliates）的 West 和 Larson（2014）表示贊同：相較於市場資本指數，精明貝他大約多

---

66. 請參考 Chordia、Subrahmanyam 和 Tong（2013），McLean 和 French（2008），以及 Schwerf（2002）。

賺 2%，但績效差異並非來自不同加權方法，超額報酬大部分是來自投資組合重新調整。Booth 和 Fama（1992）的研究則顯示，大體上來說，回歸均值重新調整獲利導致年度獲利超越對照投資組合達 2%。因此，精明貝他策略的投資人，可以只透過股票 / 債券或類股投資組合的重新調整而取得相同的報酬提升。

規模是否真的會造成影響？

許多精明貝他策略試圖掌握企業規模或價值溢價，因此我們或許應該觀察規模與價值溢價究竟有多顯著。很多研究報告顯示，至少從 1980 年代以來，小型股的規模溢價（size premium）基本上已經不存在了[67]。Shumway 和 Warther（1997）認為，小型股異常現象之所以存在，主要是因為研究者處理下市股票（大部分是小型股）遺漏資料的方法錯誤。規模效應如果仍然存在的話，主要是那些顯著缺乏市場流動性、很難進行交易之微型股所造成的。這意味著小型股的規模溢價，實際上只是補償流動性風險。

相較於過去，小型股目前的市場流動性已經顯著提升，主要是因為有很多基金蜂擁進入這個領域。1981 年，維度基金顧問機構（Dimensional Fund Advisors，DFA）成立第一個小型股基金。DFA 成立這個基金，是受到羅夫・邦茲（Rolf Banz）根據其芝加哥大學博士論文發表一篇文章的鼓舞。邦茲的文章顯示，1936 年到 1975 年之間，小型股存在顯著的規模溢價。為了掌握這種異常現象，DFA 隨後又陸續推出數個小型股基金。然後，很多小型股基金也紛紛跟著成立。

由於小型股的參與程度提高，這可以解釋為什麼從 1980 年代初期以來，小型股規模溢價就開始不具統計顯著性。舉例來說，從 1978 年 12 月到 2013 年，羅素 2000 指數提供的年度化報酬（12.1%）幾乎等同於大型股羅

---

67. 具有代表性者有 Israel 和 Moskowitz（2013），Fama 和 French（2008），以及 Schwert（2002）。

素 1000 和 S & P 500（12.0％）。至於歐洲與亞洲，從 1990 年 7 月到 2013 年，小型股的表現反而不如大型股。

小型股的表現相當不穩定，績效經常在長達十年期間內不如大型股，譬如：1950 年代與 1980 年代。Israel 和 Moskowitz（2013）剛完成一份有關規模溢價的近期最完整研究。運用美國股票從 1926 年 7 月到 2011 年 12 月長達 86 年的資料，他們發現，在整個期間或四個 20 年的次期間內，沒有顯著證據證明小型股規模溢價存在。小型股已經不再提供風險調整後獲利，除非是流動性欠佳的微型股。由於微型股的交易成本高，不容易進行交易，大多數投資人都會避開這個領域，尤其是機構投資人。對於大型股投資組合，小型股或許可以提供一些分散投資的功能，但同時也顯著增添價格波動，而且沒什麼顯著的異常報酬。

價值是否真的會造成影響？

自從法馬和法蘭西在 1992 年發表論文「股票期望報酬的剖面研究」（The Cross-Section of Expected Stock Returns）之後，投資人就相信有所謂的顯著價值溢價（value premium），也就是說價值型投資人擁有某種優勢。目前有數以百計或千計的投資計畫，專門從事價值型股票操作。

Israel 和 Moskowitz（2013）同時徹底處理價值溢價與規模溢價的議題。他們的發現，是建立在標準的帳面價值對市場價格股票比率，或其他類似的價值溢價單純指標。如果採用其他結構更複雜的價值導向方法，譬如 Gray 和 Carlisle（2013）的做法，就可能會產生不同結論。

運用最常用的價值指標 —— 帳面價值對市場價格比率 ——Israel 與 Moskowitz 發現，價值溢價在 2 個最大五分位的股票都不存在統計顯著性。這些股票代表 NYSE 規模最大的 40％企業，也是機構投資人可以考慮納入投資組合的股票。

　　只有規模最小的股票，呈現出顯著的價值溢價。2 個最小五分位的股票，其規模甚至遠小於羅素 2000 指數的成份股。從 1927 年到 2011 年之間的四個次期間裡，其中有三個沒有顯現出大型股具備可靠的價值溢價。只有在 1970 年到 1989 年之間，企業規模最大 2 個五分位的股票，才有呈現出顯著的價值溢價。

　　法馬與法蘭西在 1992 年與 1993 年發表的研究報告，它們引發了價值型投資風潮，也促使許多價值導向基金與投資組合問世，這兩篇文章都涵蓋相同期間 1963 ～ 1991 年。這可能是性質相當特別的 28 年期間，價值型股票提供的報酬特別高。關於這方面議題，雙動能投資者不用擔心，因為動能普遍適用於所有類型的股票，而且其效力可以一直往前回溯到 1801 年！

　　就在法馬與法蘭西的論文發表後不久，Kothari、Shanken 和 Sloan（1995）也做了這方面的研究，他們認為，法馬與法蘭西的發現可能受制於樣本選擇偏差。如果運用不同的資料來源，Kothari 等人發現，帳面價值對市場價格比率與平均報酬之間，並不存在顯著正向關係。由於論述明顯不同於學術地位崇高的法馬和法蘭西，Kothari 等人的研究從來沒有受到重視。

　　據說凱因斯曾經說過：「當事實發生變化，我的想法也會變化。你們會怎麼做呢？」不幸的是，我們大多數人都不會改變確認偏差、守舊偏差與定錨偏差。就如同失寵的效率市場假說一樣，學術界與專業投資界可能要花很長一段期間，才能完整地重新評估價值溢價的議題。法馬和法蘭西（2014）最近發表了新論文「五個因素的資產訂價模型」（A Five Factor Asset Pricing Model），更新了他們早期的報告。他們結合獲利能力（獲利除以帳面價值）與投資強度（總資產的年度成長），認為這可以取代價值為風險因素[68]。

---

68. 華倫·巴菲特一向都喜歡資本要求不多的高獲利企業，顯然符合法馬與法蘭西這個引用因素的新模型。

　　價值可能是、也可能不是異常報酬的穩定驅動因子，但動能則毫無疑問是所有市場異常現象之王。另外，精明貝他策略的使用者，他們在選擇投資策略時，不該僅侷限於考慮小型股規模與價值偏差。

動能是否真的會造成影響？

　　Israel 和 Moskowitz（2013）也運用 12 個月回顧期間（不含最後一個月），研究剖面股票動能。他們發現，所有的規模類組都存在動能溢價。在每個 20 年的次期間內，動能效應都是正數，而且具有統計顯著性。在最近 20 年期間內，動能效應沒有減弱的跡象。在四個次期間，可靠的阿爾法數值每年介於 8.9%到 10.3%（不考慮交易成本）。

　　根據 Israel 與 Moskowitz 的研究，橫跨整個 86 年期間，只做多動能的累積超額報酬平均每年為 13.6%，標準差 21.8，夏普率 0.62。價值超額報酬平均為 12.4%，標準差 26.5，夏普率 0.47。小型股規模超額報酬平均為 11.5%，標準差 26.3，夏普率 0.44[69]。動能可能不是唯一的「主要異常現象」，如同法馬和法蘭西（2008）主張的。可是，動能可能是唯一真正與持續存在的異常現象。

---

69. 至於貝他值，動能為 1.08，價值為 1.27，規模為 1.26。至於殘差價格波動率（residual volatilities），動能為 7.60，價值為 11.05，規模為 11.30，至於年度資訊比率（annual information ratios），動能為 0.73，價值為 0.26，規模為 0.19。

7 風險衡量與管理

我喪失了半數財富，妻子仍在。真是比離婚更糟。

——無名氏

截至 2013 年的 30 年期間，S & P 500 提供的年度總報酬為 11.1%，而股票共同基金投資人的同期獲利只有 3.69%[70]。績效差異之中的 1.4%，可以歸因於共同基金費用。投資人的時效決策不佳，導致了剩餘 6% 的年度績效差異，顯然相當嚴重。債券基金投資人也有類似的時效決策不佳問題。被動管理指數型基金的投資人也同樣受制於行為績效差異。先鋒 S & P 500 指數基金的 15 年期平均年度報酬為 4.58%，但該基金的一般投資人每年報酬只有 2.68%。

基於凱因斯所謂的「獸性」，投資人有買在最高點、賣在最低點的強烈傾向。獸性也就是恐懼與貪婪的情緒。市場的價格波動愈劇烈，情緒效應也就愈嚴重。

CGM Focus（CGMFX）是 2000 年到 2010 年期間報酬績效最高的股票基金。根據晨星的資料顯示，該基金的平均年度報酬為 18.2%，勝過最接近對手的幅度為 3.4%，可是，在這段期間裡，該基金的典型投資人卻損失 10%！投資人顯然受到恐懼與貪婪情緒的影響，結果總是在基金頭部蜂擁買進，卻在基金表現最差的時候大量贖回。2007 年，該基金成長超過 80%，注入資金高達 $26 億。到了 2008 年，該基金下跌 48%，投資人則贖回了

---

70. 參考「2014 年投資人行為計量分析」（"2014 Quantitative Analysis of Investor Behavior"），Dalbar, Inc.。

＄7.5 億的金額。這個例子清楚說明了投資人所面臨的行為偏差問題。還記得波各（Pogo）在他的漫畫裡是怎麼說的嗎？「我們遭遇敵人。敵人就是我們自己。」我們必須找到某種最不受制於價格波動的方法，才能夠不至於在最不恰當的時機，引發我們的情緒反應，而採取最不明智的行動。

Daniel Kahneman（2011）指出：「很多個人投資者在從事交易時，總是發生損失，這樣的成就是投擲飛鏢的猴子所辦不到的。」一套紀律嚴謹的計量投資方法，可以降低「獸性」的影響，協助創造穩定的績效。

透過本書第 2 章的講解，我們對於相對強度動能應該已經有些瞭解。我們看到，相動強度動能如何提供給投資人一套紀律嚴謹的可用架構。可是，市場重大虧損仍然可能造成投資人過度反應，做出蠢事。這是運用相對動能將遭遇的問題，因為相對強度無助於降低下檔風險。相對動能甚至可能增加下檔價格波動。絕對動能有助於克服這方面障礙，所以在我們繼續前進之前，需要更深入瞭解絕對動能。

絕對動能

相對動能是比較某資產與其同儕的表現，藉以預測未來績效。對於學術研究來說，相對動能經常被視為跟剖面動能（cross-sectional momentum）相同，這是把個別資產的母體做剖面分割為相等部分，然後比較最強部分（贏家）的表現與最弱部分（輸家）的表現。測試通常是在市場中性基礎上進行，也就是同時買進「贏家」而放空「輸家」。

動能也能夠在絕對或縱向的（longitudinal）基礎上運作，也就是運用某資產本身過去的資料來預測未來。Moskowitz、Ooi 和 Pedersen（2012）決定將此稱為時間序列動能（time-series momentum）。就統計學來說，縱向通常是對應剖面（cross-sectional）資料分析，因此應該不太適合稱為時間序列動能，因為時間序列（價格）是所有動能的根本，而不只是某種特定的動能。

　　我偏愛此處所謂絕對動能的說法，是因為實務業者已經習慣聽到相對與絕對報酬的說法。他們所衡量的相對報酬，是針對其他資產或對照基準而言，而絕對報酬則是相較於該資產本身來進行衡量的。相對與絕對動能，也是遵循相同的邏輯。

　　以絕對動能來說，我們是觀察某資產在特定回顧期間的超額報酬（其報酬減掉國庫券報酬）。超額報酬如果大於零，則該資產具有正數絕對動能。反之，超額報酬如果小於零，該資產具有負數絕對動能。絕對動能大體上等同於相對動能運用於該資產跟國庫券之間的比較。簡單說，絕對動能考慮的是：某資產在回顧期間是上漲或下跌。如果該資產上漲，絕對動能為正數；如果該資產下跌，則絕對動能為負數。絕對動能是下注賭報酬呈現的序列相關將持續發展，借用牛仔術語來說，絕對動能就是：「順著馬匹奔馳的方向騎馬比較容易。」

　　某資產相對於同儕的表現如果強勁，但本身的趨勢卻向下發展，則相對動能可能為正數，而絕對動能卻為負數。反之，如果資產本身的趨勢向上，而對照資產的價格漲勢更強，則絕對動能可能是正數，而相對動能為負數。

絕對動能的性質

　　根據著名順勢交易者艾德·塞柯塔（Ed Seykota）的說法：

　　生命本身是順著趨勢發展。冬季來臨時，候鳥就會持續往南飛。企業會順著趨勢發展，並依此行銷產品。微不足道的原生動物也是順著化學物質與光線呈現之斜率運動[71]。

---

71. 請造訪 http://www.curatedalpha.com/2011/curated-interview-with-ed-seykota-from-marketwizards/。

絕對動能是最典型的順勢發展[72]。順勢操作的目標，就是要遵循華倫・巴菲特的投資第一法則──不要發生虧損。他的第二個法則，是絕對不要忘掉第一法則。過去某些著名的自由心證型動能交易者，譬如：Gerald Tasi，當他們沒辦法判斷市場趨勢方向發生變動時，很快就從英雄變成狗熊。處在目前高價格波動的投資環境裡，那些積極從事投資活動的人，應該要採取某種形式的保護措施，永遠奉行安全投資程序。

大體上來說，順勢操作方法很遲才得到學術界的勉強認同和接受。對於很多人來說（但不是全部），這套方法已經不被視為「金融巫毒魔法」[73]。藉由順勢操作方法與技術分析訊號預測未來報酬，許多研究者發現，確實有證據顯示其獲利能力，以及適度的預測能力[74]。Lemperiere 等人最近發表的一篇文章「兩世紀的順勢操作」（Two Centuries of Trend Following），作者將某指數加權移動平均策略運用於 4 種資產類別（股價指數、商品、外匯與債券），涵蓋 7 個不同國家，結果發現顯著的異常超額報酬，而且穩定跨越時間與資產類別，股價指數與商品可以一直回溯到 1800 年代。

就某種意義層面上來說，所有的動能都屬於順勢操作。相對強度動能乃觀察某資產相對於另一資產的趨勢，絕對動能則觀察某資產相對於自身過去的趨勢。兩種形式的動能基本上都是做相同的事：辨識可能持續發展的價格趨勢。

過去 20 年來，研究者雖然費盡心思分析相對動能，卻幾乎完全忽略了順勢操作的絕對動能，這種情況一直到最近才出現變化。這實在太不幸了，因為絕對動能經常能夠提供更好的結果，也較相對動能更具彈性。你可以將

---

72. 證券超額報酬與其過去之超額報酬之間，存在顯著的正數自身互變異數。

73. Lo 和 MacKinlay（1988）被迫等待將近兩年，才得以讓他們討論技術交易法則的文章被接受，雖然他們的研究相當完整。

74. 請參考 Brock、Lakonishok 和 LeBaron（1992），Lo 和 MacKinlay（1999），Lo、Mamaysky 和 Wang（2000），Zhu 和 Zhou（2009），Han、Yang 和 Zhou（2011），Han 和 Zhou（2013）。

絕對動能套用於任何單一資產，而相對動能只能運用於兩種或以上的資產。採用相對動能，你永遠要剔除投資組合內的某種資產，以便運用其中最強者。絕對動能讓你得以保有所有的資產，只要它們的趨勢保持向上。因此，絕對動能較相對動能得以提供更大的分散投資效益，可以協助投資組合降低短期價格波動。可是，相較於相對動能，絕對動能的最大優勢，是有能力在空頭市場初期結束其部位，因而顯著降低投資組合下檔脆弱性。絕對動能有助於投資人奉行偉大交易者保羅‧都鐸‧瓊斯（Paul Tudor Jones）的座右銘：「交易的最重要法則：在於防禦而不是攻擊[75]。」

2010 年，我開始探索絕對動能，比較風險資產報酬與短期、中期債券報酬[76]。當股票呈現下降趨勢時，較短期債券的表現通常強於股票。處在這種期間，選用債券而不是股票，是運用絕對動能的方式之一。

由於 Moskowitz 等人（2012）的研究，絕對動能的運用獲得重大突破。根據他們發表的研究，絕對動能獲利能力「顯著而穩定地存在於各種資產類別和市場。」作者發現，假定部位持有期間為 1 個月，在所有 1 到 48 個月回顧期間內，12 個月回顧期間的統計顯著性最高。在他們檢視的所有 58 種資產中，絕對動能獲利都是正數。橫跨所有的市場，絕對動能提供的年度夏普率都大於 1，大約是這些相同市場沒有運用動能之夏普率的 2.5 倍。每種標準資產訂價因素或每種資產類別之被動對照基準之間，幾乎都不存在相關。當股票市場報酬處於最極端狀況時，絕對動能的報酬最大，這意味著絕對動能有助於規避極端事件的風險。這也意味著，絕對動能可以做為低成本的避險工具，用以替代那些試圖降低投資組合下檔曝險的昂貴避險投資規劃。

---

75. 請參考 Schwager（2012），第 137 頁。

76. 請參考 Antonacci（2011），2011 年「華格納獎」（Wagner Awards）第二名論文。

根據 Hurst、Ooi 和 Pedersen（2012）的研究，絕對動能的穩健性與普遍適用性，就如同相對動能一樣。就他們的研究資料顯示，絕對動能在極端市況下的運作理想，而且橫跨 59 種市場與 4 種資產類別（商品、股價指數、債券市場與外匯配對）。作者發現，絕對動能的穩定獲利能力可以回溯到 1903 年。模擬避險基金的交易成本與收費結構（2%管理費加上 20%績效獎金）之後，絕對動能的夏普率為 1，結果跟 Moskowitz 等人（2012）的研究類似。1903 年到 2011 年的整個期間內，絕對動能與 S & P 500 指數或美國 10 年期公債之間的月份相關都只有 -0.05。

2012 年，我贏得「華格納獎」（Wagner Awards）的首獎，這是由全國積極管理型投資經理人協會（National Association of Active Investment Managers，NAAIM）頒發給促進積極管理型投資的獎項。我呈交的論文題目是「雙動能收穫的風險溢價」（Risk Premia Harvesting Through Dual Momentum）。在這篇論文裡，我說明絕對動能如何能夠提供更優於相對動能的長期結果，絕對動能不只能夠提供較高的期望報酬，而且也能夠在空頭市場期間顯著降低下檔曝險──這點與相對動能有所不同。

2013 年，我寫了一篇文章，標題是「絕對動能：一種以法則為基礎的簡單策略，以及普遍適用的順勢操作輔助策略」（Absolute Momentum: A Simple Rule-Based Strategy and Universal Trend-Following Overlay，參見附錄 B）。這篇文章說明絕對動能做為順勢操作輔助策略的效用，而且也可以做為獨立運作的策略，適用於不同市況。我也探索回顧期間的議題，並確認絕對動能運用於 12 個月回顧期間的價值。我也證明絕對動能如何藉由降低債券曝險與信用擴張之需要，因而得以改善風險平價投資組合。

低價格波動投資組合最近頗受歡迎，主要是因為其過去績效相對優於大盤指數。他們的相對績效之所以優異，主要是因為行情下跌期間展現的低價格波動。相較於低價格波動投資組合，絕對動能可以提供更有效的下檔保障，同時還能保留上檔獲利潛能。另外，絕對動能還可以避免發生低價格波動投資組合的一些缺失，譬如追蹤誤差、類股過度集中、高周轉率等（參考第 6 章）。

雙動能 —— 兩全其美

絕對動能雖然經常可以提供比相對動能更好的風險調整後結果，但大多數實務業者只採用相對動能。絕對動能仍然罕為人知，沒有受到該有的重視。

最好的辦法，就是同時運用絕對與相對動能，兼取兩者的優點。換言之，我們首先採用雙動能，挑選過去 12 個月內表現最佳的資產。然後，我們引用絕對動能做為順勢操作的輔助策略，評估我們挑選之資產在過去一年內是否呈現正數或負數超額報酬。如果相關資產在先前一年內呈現正數超額報酬，我們就運用該資產。反之，如果該資產超額報酬在先前一年內為負數，這代表其趨勢向下，我們就投資於短、中期固定收益證券，直到該資產趨勢反轉向上為止。透過這種方式，我們永遠可以融入市場趨勢。加油！市場！

阿爾法＆夏普率

實際發展模型之前，我們需要整理一些計量工具，協助評估策略，擬定有根據的決策。學術界經常運用因素訂價模型來處理阿爾法（ α ），藉以評估交易策略相較於對照基準的效率。這種處理方式的優點，是你可以運用最適合於檢定模型的風險因素，結果也可以運用標準的統計顯著性檢定做評估。可是，這種方法的最大缺失，是忽略了下檔曝險，也就是所謂的「耗損」（drawdown）。阿爾法或許有助於確定統計顯著性，但我們還需要藉由其他衡量方式來評估策略風險。

夏普率（Sharpe ratio）是藉由價格波動形式考慮風險的常用衡量方式。夏普率跟 t 統計量關係密切，後者是用以衡量不同報酬的統計顯著性。夏普率是把資產平均超額報酬（報酬減掉無風險報酬）除以該報酬的標準差[77]。

---

77. 夏普率計算應該採用平均月份報酬與月份標準差，而不是年度化數據。有些人採用複利年度成長率計算夏普率，而不是平均報酬。如此會重複計算價格波動效應。

這是策略效率的一種衡量方式，顯示你每承擔一單位風險所取得的報酬數量。夏普率愈高，代表風險調整後報酬愈好。夏普率如果為 1.0 或更大，代表很好的績效。舉例來說，Ilmanen（2011）的研究顯示，運用順勢操作策略於單一資產，典型的夏普率介於 0 ～ 0.5，對於資產投資組合來說，則上升到 0.5 ～ 1.0。

可是，夏普率的統計性質存在潛在問題。舉例來說，如果根據夏普率做排序，結果可能會造成誤導，因為夏普率沒有經過序列相關影響的調整。還有，研究者經常計算或比較夏普率的差值，因為變異誤差具有可加性質，但其精確性卻不如計算報酬差值的夏普率。另外，夏普率對於上檔與下檔的價格波動，完全不做區別。換言之，不論是下檔風險或上檔獲利潛能，夏普率都給予相同懲罰。某些研究者除了提供夏普率之外，經常也會同時提供索提諾比率（Sortino ratio），後者只考慮平均數之下的價格波動。可是，索提諾比率捨棄了有關上檔價格波動與分佈右端尾部的所有資訊，這些資訊經常有助於辨識獲利潛能[78]。以我們的工作來說，我寧可採用經過偏態（skewness）調整的夏普率，這不只容易計算，而且可以提供有用的額外資訊[79]。可是，就我們目前的需要來說，此處仍然採用標準版本的夏普率，因為大多數人比較熟悉[80]。

尾部風險 & 最大耗損

對於常態分佈來說，上檔與下檔的價格波動大約相同，但金融市場的報酬通常不呈現常態分佈。報酬分佈如果呈現顯著偏態或不對稱，上檔和下檔價格波動之間的差異，就可能造成嚴重問題。股票市場報酬經常呈現負偏

78. 請參考 Xiao（2014）的「金融市場右側尾部資訊」（"Right Tail Information in Financial Markets"）。

79. 參考 Zakamouline 和 Koekebakker（2009）與 Bacon（2013）。

80. 還有很多其他的報酬 - 風險衡量方式，譬如：Omega 比率、Kappa 3 比率、Rachev 比率。詳細清單請參考 Bacon（2013）。

態，也就是說不對稱的左側尾部朝負值方向延伸[81]。這會造成尾部風險，可能導致預期以外的嚴重損失，使得前文提到的獸性影響更加惡化。至於正偏態則普遍受到歡迎，因為大家都喜歡意外之財。

學術研究經常是乾脆忽略尾部風險。可是，從實務業者的立場來看，左側尾部風險，也就是負偏態，是大家都不想要的東西。這會造成嚴重的淨值耗損、情緒壓力，乃至於最終導致投資人退縮[82]。我們需要藉由某種指標來顯示這方面的最大不利後果，如此才能避開那些左側尾部風險過高的策略。

條件風險值（conditional value-at-risk，CVaR）就是這類的指標之一，也稱為期望短缺（expected shortfall）。CVaR 是用報酬的實際分佈，在損失發生的時候，決定投資組合的期望損失。CVaR 計算困難，數值的解釋也不符合直覺。我發現，我很難解釋 CVaR，因此寧可採用某種稱為方格圖（box plot）的視覺指標。方格圖是比較報酬中位數、報酬跨四分位差區間（interquartile ranges of returns）與期望極端值的圖形。

最大耗損（maximum drawdown）是另一種符合直覺、容易瞭解、容易計算的簡單指標[83]。耗損是價格走勢從新高點折返的百分率幅度。由於我們通常都考慮月份報酬，所以最大耗損是指月份報酬從峰位到谷底之間累積的最大折返百分率[84]。

如同大多數事物一樣，最大耗損也存在潛在缺失。首先，最大耗損取決於績效紀錄的期間長度。假定其他條件不變，績效紀錄期間愈長，最大耗損也愈大。因此，最大耗損最好用來比較績效期間長度相同、而且歷史資料豐富的策略。其次，最大耗損是代表單一事件的數值。耗損發生的次數，非最

---

81. 順勢操作方法經常呈現正數偏態。

82. 參考 Gray 和 Vogel（2013）。

83. 同上。

84. 每日耗損當然會更大。

糟耗損的程度，這些也都是有用的資訊。為了更徹底瞭解耗損的深度、發生次數，以及存續期間，我會從不同角度、不同時間，在不同狀況下觀察耗損。

整合性方法

現在，我們已經準備妥當，準備從數值與視覺角度，透過各種比較──報酬、標準差、獲利穩定性、阿爾法、夏普率、方格圖、最大耗損──而在各種不同市況發展情節下，評估我們的策略。

我們已經討論了動能的歷史與演化，邏輯依據，以及應該與不應該納入的投資資產。現在，我們已經具備了必要的背景資訊，還有一些評估工具，我們可以開始考慮模型的發展與建構了。下一章，我們會把所有的東西整合在一起，看看雙動能究竟能夠幫我們做什麼。

8　全球股票動能

人生潮起潮落，若能把握機會乘風破浪，必定能夠馬到成功。

—— 莎士比亞

　　我們已經知道動能的演化過程，哪些資產最適合運用於以動能為基礎的模型，也知道什麼是相對動能、絕對動能與雙動能。我們也有評估相關結果的工具與準則。現在，我們已經準備妥當，可以建構整合性的模型，把動能概念轉化為現實世界的經驗。

　　依據過去的成功經驗，以及股票呈現的偏高風險溢價，我們決定把投資組合建構在美國股票的基礎上，然後根據相對強度動能而轉換到非美國股票。唯有當美國股票與非美國股票市場不處於上升趨勢——藉由絕對動能來判斷——我們才會持有債券（中、短期債券）。如此一來，我們雖然允許債券扮演某種角色，並且在股票處於空頭市場時，對於投資組合報酬有所貢獻，但應該也可以儘可能降低債券配置對於我們策略長期表現的拖累。

動態資產配置

　　我們的雙動能方法兼用絕對與相對動能管理資產配置，可以說是過去傳統做法的重大典範轉換。一般來說，投資人會永久配置於分散性資產，譬如債券，因為他們沒有辦法在股票空頭市場初期及時結束股票部位。

　　由於世界市場的整合程度更高，跨市相關也愈來愈強，使得永久性資產配置再也不像過去那般恰當或合理。當市場遭逢壓力時，資產之間的相關程度也會急遽攀升，使得永久性分散配置未必能夠提供投資人所需要的降低風險效果。舉例來說，當美國與非美國股票市場提供的報酬為平均數加上 1 個標準差，也就是處在典型的多頭市場時，兩者的月份相關為 -0.17。可是，當股票報酬為平均數減掉 1 個標準差，也就是處在典型的空頭市場時，美國與非美國股票市場的月份相關上升到 0.76。雙動能可以讓我們從原本單純的分散投資方式，轉移成具有動態適應效果的資產配置做法，讓我們更能夠掌握市況變動的脈絡，比較不至於暴露在市場相關收斂的風險之中。

回顧期間

動能回顧期間是我們用來衡量動能的歷史期間長度，並據此挑選以動能為基礎的投資組合。我們稍早已經談過，對於大多數市場來說，最好的回顧期間大概是 6 ～ 12 個月。

討論相對與絕對動能的學術論文，大多數都同意 12 個月回顧期間的表現最好。許多商業動能方面的運用，也採用 12 個月的回顧期間[85]。我們也同樣採用 12 個月的回顧期間，運用於兩種類型的動能。不過，回顧期間若取 6 ～ 12 個月高效用期間的長期端，會有減少投資組合周轉率與交易成本的效果。

處理個別股票時，回顧期間通常會跳掉最近一個星期或一個月，以便處理短期反轉的中期動能效應，或單月與單週報酬的反向效應（contrarian effect）。據說這是跟流動性和微結構問題有關。由於我們的模型是採用大盤股票市場指數，受到雜訊干擾的程度遠小於個別股票，而且交易成本也遠較為低；另外，股價指數也比較不受制於流動性和微結構問題，所以我們使用的回顧期間不需要跳掉一個月。

---

85. 使用 12 個月回顧期間，而可供一般投資大眾運用的動能產品有四種。AQR Capital Management LLC、QuantShares、BlackRock，而 SummerHaven Index Management 是指數提供者。

運用絕對動能

　　首先，我們觀察絕對動能運用於 S & P 500 指數的情況。換言之，如果 S & P 500 在過去 12 個月內，顯示正數超額報酬（報酬減掉國庫券利率），我們就繼續投資股價指數。如果過去 12 個月的 S & P 500 指數超額報酬為負數，我們就結束 S & P 500 指數部位，改而持有巴克萊美國整體債券指數（Barclays U.S. Aggregate Bond Index）。然後，我們持續持有整體債券，直到 S & P 500 指數超額報酬恢復正數為止。巴克萊美國整體債券指數相當穩定，是由平均到期期間不足 5 年的高素質投資等級（78％屬於 AAA 等級）債券所構成[86]。自從 1976 年成立以來，在每個股票空頭市場裡，該債券指數的表現都很好。所以，當股票市場表現不彰時，這是我們停放資本的相對安全場所[87]。總之，我們實際上做的是：如果股票市場過去一年的趨勢向上發展，就持有股票，如果股票市場過去一年的趨勢向下發展，我們就結束股票部位，轉而持有短期債券。這種處理方式，既單純，又容易。

　　表 8.1 與圖 8.1 顯示運用絕對動能於 S & P 500 指數的狀況，並比較不運用絕對動能的狀況[88]。

表 8.1 S & P 500 絕對動能（1974 ～ 2013）

	年度報酬	年度標準差	年度夏普率	最大耗損	每月獲利%
S & P 500	12.34	15.59	0.42	-50.95	62
S & P 500+ 整體債券	7.99	5.58	0.46	-12.74	69
S & P500 整體債券 *	11.01	11.45	0.47	-37.62	64
絕對動能	14.38	12.23	0.69	-29.58	66

*70%的 S & P 500 與 30%的整體債券

---

86. 巴克萊美國整體債券指數的成立日期是 1976 年 1 月 1 日。1976 年 1 月之前，我們改用巴克萊美國政府／信用債券指數（Barclays U.S. Government/Credit Bond Index），該指數密切追蹤美國整體債券。

87. 自從 1926 年以來，中期與長期債券的平均年度報酬大約相同，但中期債券的標準差為 4.25，長期債券為 7.65。

88. 此處的所有指數都採用總報酬基礎，包含分配股利在內。

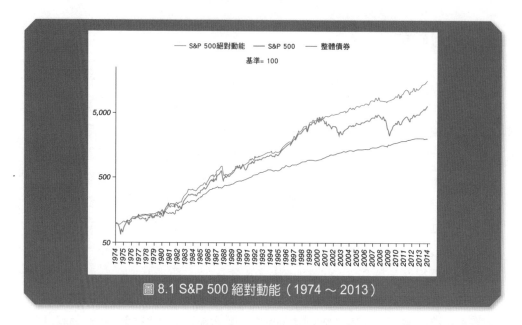

圖 8.1 S&P 500 絕對動能（1974～2013）

　　由於有 30％的時間，絕對動能迫使我們結束 S＆P 500 部位而改持有整體債券，所以此處也顯示永遠投資 70％股票與 30％整體債券之被動型基準投資組合的表現。

　　只是單純運用 12 個月期絕對動能，就產生令人矚目的結果。平均年度報酬較 S＆P 500 本身增加超過 200 個基點，年度標準差則下降超過 3％。最大耗損從大於 50％減少為不足 30％。圖 8.1 藉由圖形顯示絕對動能如何緩和了嚴重空頭市場所造成的耗損。這是一份你應該仔細研究的圖形，直到完全體會其含意為止。

　　由於性質屬於長期順勢操作方法，絕對動能並不會對於短期市場修正做出反應，譬如 1987 年 10 月崩盤。這可能是樁好事，因為類似如此嚴重的暴跌修正，經常會造成超賣狀況，行情緊跟著就會反彈。長期市場頭部形成，通常需要花一段時間發展，市場會從承接狀態，慢慢過渡到出貨狀態。關於這種過渡狀況，市場技術分析者會觀察類似如「雙重頂」或「頭肩頂」之類的頭部形態。

如同各位在圖 8.1 上所看到的，由於絕對動能屬於順勢操作方法，所以在 1981 年、1989 年、2000 年或 2007 年都沒有在精確市場頭部位置出場。可是，在出場之前，絕對動能吐回的累積獲利相對有限。所以，在每個空頭市場中，絕對動能都得以讓我們免於受到嚴重傷害。

處在股票多頭市場時，絕對動能通常保持冬眠狀態，只扮演停損的角色。可是，不同於停損，絕對動能本身具備一種能力，告訴我們可以在股票市場反轉向上時重新進場。

專業基金經理人應該很樂意看到絕對動能在表 8.1 顯示的長期績效。我們可以清楚看到絕對動能運用於美國股票的效用。所有股票投資人與專業基金經理人都應該重視絕對動能。

運用相對動能

為了運用相對動能，我們需要兩個或以上的資產可供選擇。MSCI 所有國家世界指數（MSCI All Country World Index，簡稱 MSCI ACWI）是由 24 個已開發市場與 21 個新興市場所構成的浮動調整資本加權指數。MSCI ACWI 有 45％屬於美國股票，45％屬於其他已開發市場，剩餘 10％為新興市場。MSCI ACWI 是在 1988 年 1 月才出現；在此之前，我們採用 MSCI 世界指數（MSCI World Index，簡稱 MSCI 世界或 MSCI World）。MSCI 世界不包含新興市場。從現在開始，當我們說 ACWI，就是指 1988 年之後的 ACWI，與 1988 年之前的 MSCI 世界。我們會把 ACWI 大致分割為兩個相等部分：S＆P 500 指數代表美國，「ACWI 不含美國」代表世界的其他部分。

表 8.2 顯示 ACWI、ACWI 不含美國與 S＆P 500 指數從 1974 年到 2013 年的 40 年表現。我們可以看到，相較於美國股票（S＆P 500 指數），非美國股票（ACWI 不含美國）與美國／非美國股票（ACWI）的報酬都顯著較低。這符合我們所知道的情況：美國股票市場存在較高的風險溢價。

表 8.2 ACWI，ACWI 不含美國，S & P 500 指數（1974 ～ 2013）

	年度報酬	年度標準差	年度夏普率	最大耗損	每月獲利%
ACWI	8.85	15.56	0.22	-60.21	61
ACWI 不含美國	8.51	17.65	0.17	-64.10	60
S & P 500	12.34	15.59	0.42	-50.95	62

其次，我們會運用相對強度動能於 S & P 500 與 ACWI 不含美國。（結果幾乎與運用成份股更多的美國股價指數完全相同，譬如：羅素 3000 或 MSCI 美國大盤市場指數〔MSCI US Broad Market Index〕。）我們採用大型股指數 S & P 500，這是跟我們從 ACWI 不含美國所挑選的股票類型一致。

相對動能 vs. 絕對動能

每個月我們都可以運用絕對動能於 ACWI，然後根據 S & P 500 超額報酬在過去 12 個月之內為正數或負數，藉以決定在 ACWI 和巴克萊美國整體債券指數之間做轉換。我們採用 S & P 500 來判斷所有股價指數的趨勢，因為根據 Rapach、Strauss 和 Zhou（2013）的資料顯示，美國領導全球股票市場。我們引用相對動能於 ACWI，根據其兩個成份在過去 12 個月內的相對表現而挑選其中表現較強者。表 8.3 與圖 8.2 顯示運用相對與絕對動能於 ACWI 的結果，還有 ACWI 指數本身（換言之，沒有運用動能）的表現。

表 8.3 ACWI 與動能（1974 ～ 2013）

	年度報酬	年度標準差	年度夏普率	最大耗損	每月獲利%
ACWI	8.85	15.56	0.22	-60.21	61
相對動能	14.41	16.20	0.52	-53.06	63
絕對動能	12.65	11.93	0.57	-23.76	66

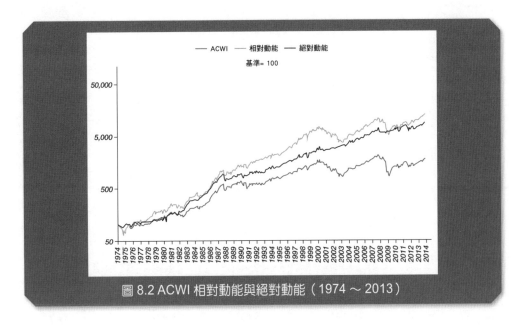

圖 8.2 ACWI 相對動能與絕對動能（1974 ～ 2013）

　　我們可以看到，相對強度動能運用於 ACWI，年度報酬較 ACWI 本身高出 556 個基點。價格波動率稍微提高，最大耗損則是下降。至於絕對動能，相較於 ACWI 本身的年度報酬增加程度只有 381 個基點（較相對動能稍微少些），但標準差減少 3.6％，最大耗損降低超過 60％。絕對動能在空頭環境下特別有幫助，譬如說 2000 ～ 2002 年與 2007 ～ 2008 年。

　　圖 8.3 顯示的是相對動能與絕對動能累積報酬除以 ACWI 指數的比率。我們可以看到，相對動能與絕對動能彼此互補得很好。絕對動能在空頭市場期間可以協助提升價值，譬如 1982 年、2001 年和 2008 年。反之，當絕對動能處於冬眠狀態而績效未必優於市場本身的期間，譬如 1986 ～ 2000 年，2003 ～ 2007 年與 2011 ～ 2013 年，相對動能可以持續增添價值。相對動能提供的報酬效益雖然勝過絕對動能，但在價格波動與耗損方面也付出顯著代價。另外，相對動能與絕對動能月份報酬之間的相關為 0.69，這也支持它們的分散功能。

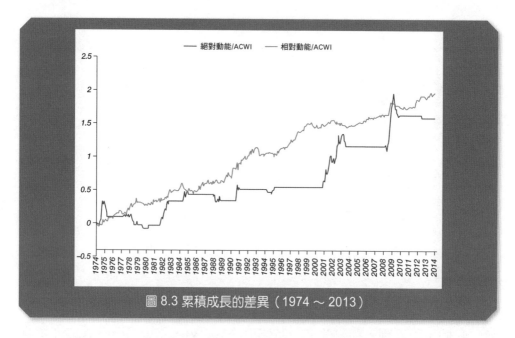

圖 8.3 累積成長的差異（1974 ～ 2013）

投資人目前運用相對動能的普遍程度，遠超過絕對動能的運用。雖然絕對動能的表現在風險調整後基礎上更為優異，因為價格波動與耗損顯著較低，夏普率較大。可是，我們並不侷限於只運用某種形式的動能。兼用兩種動能，可以取得相對動能與絕對動能互補的效益。這也正是雙動能所要做的。

運用雙動能

現在，讓我們看看絕對動能與相對動能彼此結合而成為雙動能的情況。根據 S ＆ P 500 提供的絕對動能訊號，如果股票處於空頭市場，整體債券將扮演資本避風港的角色。我們也會根據相對動能而在 S ＆ P 500 與 ACWI 不含美國之間做部位轉換。關於雙動能的運用，我使用的名稱是「全球股票動能」（Global Equities Momentum，簡稱 GEM）。這可說是是真正的 GEM（寶貝）。圖 8.4 說明 GEM 的邏輯。

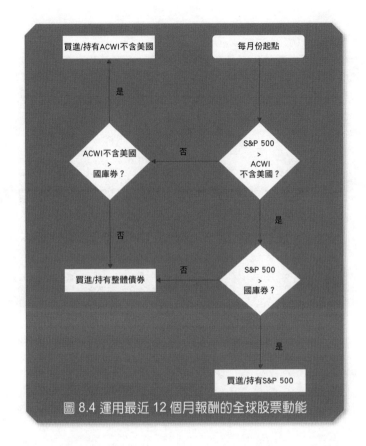

圖 8.4 運用最近 12 個月報酬的全球股票動能

　　我們首先比較過去一年內的 S & P 500 與 ACWI 不含美國，挑選其中表現較好者。然後，我們觀察所挑選指數是否優於國庫券利率。若是，則投資該指數；否則，則投資美國整體債券。每個月都重複此程序。

　　從 1974 年到 2013 年 10 月，GEM 有 41％時間持有 S & P 500，29％時間持有 ACWI 不含美國，剩下 30％時間持有整體債券。每年平均在這三種資產之間轉換 1.35 次，也就是說指數轉換的交易成本是可以忽略的[89]。表 8.4 顯示各種績效比較，包括：ACWI 雙動能（GEM）、ACWI 相對動能、ACWI 絕對動能、對照基準指數 ACWI，以及持有 70％ ACWI 與 30％美國整體債券的永久性投資組合。

---

89. 有四家經紀商提供免傭金的 ETF 可以運用 GEM。

表 8.4 10 年期動能績效（1974 ～ 2013）

	GEM	相對動能	絕對動能	ACWI	ACWI+AGG
所有資料					
年度報酬	17.43	14.41	12.66	8.85	8.59
年度標準差	12.64	16.20	11.93	15.56	11.37
夏普率	0.87	0.52	0.57	0.22	0.28
最大耗損	-22.72	-53.06	-23.76	-69.21	-45.74
1974 ～ 1983					
年度報酬	15.95	15.41	12.46	9.23	8.98
年度標準差	11.77	16.39	10.83	13.95	11.04
夏普率	0.54	0.36	0.30	0.02	0.00
最大耗損	-10.95	-32.77	-11.91	-32.78	-25.37
1984 ～ 1993					
年度報酬	22.39	20.58	16.03	14.23	13.62
年度標準差	14.60	16.68	13.54	15.66	11.45
夏普率	0.97	0.75	0.64	0.46	0.57
最大耗損	-22.72	-22.72	-23.76	-27.02	-18.56
1994 ～ 2003					
年度報酬	17.87	10.73	12.46	5.91	6.24
年度標準差	12.21	16.11	11.45	15.22	10.66
夏普率	1.02	0.38	0.67	0.11	0.18
最大耗損	-15.37	-48.85	-16.43	-56.52	-33.32
2004 ～ 2013					
年度報酬	13.68	11.69	9.78	6.15	5.69
年度標準差	11.83	15.68	11.85	17.31	12.27
夏普率	0.96	0.58	0.53	0.26	0.33
最大耗損	-18.98	-53.06	-21.69	-60.21	-45.74

*70% ACWI 與 30%美國整體債券

　　整個 40 年期間，GEM 的平均年度報酬為 17.43％，標準差 12.64％，夏普率 0.87，最大耗損 22.7％[90]。年度平均報酬幾乎是 ACWI 的兩倍，價格波動減少 2％。夏普率成長為 4 倍，最大耗損幾乎只有三分之一。

　　如同圖 8.5 所顯示，GEM 的絕對動能成份讓我們的資本相對安全地免於空頭市場侵犯[91]。不需扳回空頭市場的損失，這是 GEM 得以展現傑出績效的主要原因之一。至於穩健程度，我們可以觀察四個 10 年期的情況，GEM 的表現始終很穩定，相較於 ACWI，夏普率顯著較高，最大耗損更小。

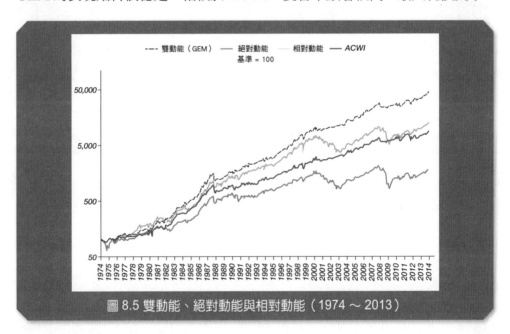

圖 8.5 雙動能、絕對動能與相對動能（1974 ～ 2013）

---

90. 如果不考慮新興市場而採用 MSCI 世界不含美國，而不是 ACWI 不含美國，平均年度報酬為 17.0％，標準差為 12.54，夏普率為 0.84，最大耗損為 -22.72。

91. 負偏態代表左側尾部風險。整個資料期間內，ACWI 的偏態為 -1.05，絕對動能為 -0.93，相對動能為 -0.54，GEM 為 -0.61。

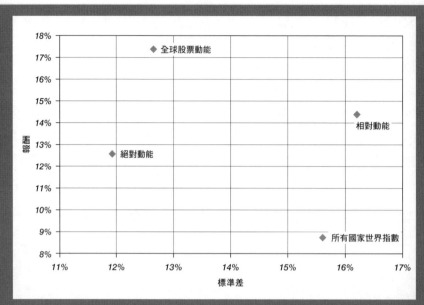

圖 8.6 投資組合報酬 vs. 價格波動率（1974 ～ 2013）

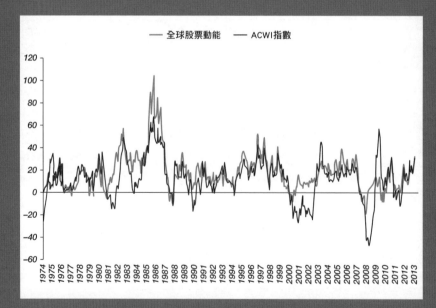

圖 8.7 GEM 與 ACWI 的滾動式 12 個月報酬（1974 ～ 2013）

　　圖 8.6 顯示 GEM、絕對動能、相對動能與 ACWI 指數的報酬 - 價格波動率關係。我們可以看到，GEM 的報酬 - 風險關係最好。

　　圖 8.7 呈現 GEM 與 ACWI 的 12 個月滾動式報酬。這顯示極端的向上與向下年度報酬。GEM 更穩定提供正數報酬，極端向下折返的情況比較少。1980 年代初期，GEM 表現相對不如 ACWI，因為當時出現極端不尋常狀況，短期利率飆升到 20％，使得國庫券利率暫時優於股票。1975 年初、2002 年底與 2009 年初，GEM 的表現也相對不如 ACWI，因為 ACWI 當時展開空頭市場跌深之後的大幅反彈。除此之外，GEM 的表現穩定優於 ACWI。

　　表 8.5 顯示 3 ～ 12 個月各種回顧期間的 GEM 表現，這些資料可以視為穩健程度的審視之一。就年度報酬、夏普率與最大耗損來看，GEM 各種回顧期間的表現都顯著優於 ACWI。

表 8.5 GEM 回顧期間（1974 ～ 2013）

	GEM12	GEM9	GEM6	GEM3	ACWI
年度報酬	17.43	15.85	14.37	13.90	8.85
年度標準差	12.64	12.39	11.84	12.04	15.56
年度夏普率	0.87	0.78	0.71	0.65	0.22
最大耗損	-22.72	-18.98	-23.51	-23.26	-60.21

　　圖 8.8 顯示 GEM、相對動能、絕對動能累積績效相對於 ACWI 的表現。請注意，不論是跟相對動能或絕對動能比較，雙動能的表現都明顯較強。另外，我們也看到，1982 年、2001 年、2009 年等期間，當相對動能表現並不優於市場本身時，GEM 顯著受到絕對動能的幫助。反之，1986 ～ 1998 期間與 2004 ～ 2007 年期間，當時股票處於多頭市場，絕對動能的表現不優於市場本身，GEM 明顯受惠於相對動能的助益。這個例子也清楚顯示，如果兼用絕對與相對動能，確實是一種互補而有效的操作方法。

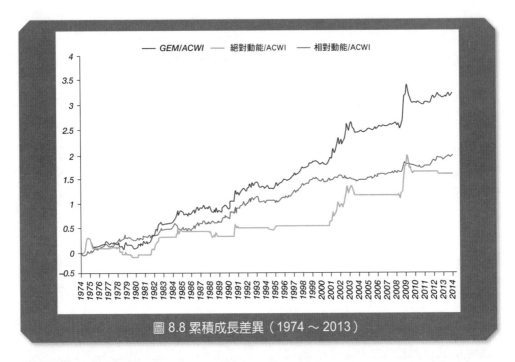

圖 8.8 累積成長差異（1974 ～ 2013）

表 8.6 GEM 表現優於 S & P 500 的年數（1974 ～ 2013）

	S & P 500 上漲年份	S & P 500 下跌年份
GEM > S&P 500	14	8
S&P 500 > GEM	13	0
GEM = S&P 500	5	0

表 8.7 平均年度報酬（1974 ～ 2013）

	S & P 500 上漲年份	S & P 500 下跌年份
GEM	21.9	2.2
S & P 500	18.5	-15.2

　　1974 年、2001 年與 2008 年，ACWI 遭逢三波嚴屬空頭市場， GEM 當時的表現顯著優於 ACWI。對於那些沒有運用 GEM 為核心策略的股票投資人來說，這種空頭市況下的反向表現，使得 GEM 成為珍貴的穩定與分散性資產。

　　GEM 投資人必須瞭解，GEM 的短期表現未必優於市場，尤其是在行情從空頭市場超賣狀況大幅反彈時（請參考圖 8.7）。順勢操作方法通常會落後市場。可是，就長期立場來看，GEM 的優異表現很明顯。

　　為了進一步解釋 GEM 如何、何時有較優異表現，表 8.6 顯示當 S & P 500 處於上漲和下跌年份，GEM 表現優於或不如 S & P 500 的年數。表 8.7 顯示當 S & P 500 處於上漲和下跌年份，GEM 與 S & P 500 的平均年度報酬。

　　GEM 所具備的低風險結構，使得投資人比較不至於在不恰當時機，因為情緒壓力而做出不智的出場決定。另外，當股票市場呈現多頭行情時，GEM 的表現可能優於、也可能不如基準市場，所以投資人務必保持耐心。請記住，GEM 的相對優異表現，通常發生在空頭市況下。

耗損比較

　　表 8.8 顯示 GEM 與 ACWI 發生的 5 個最嚴重耗損，包括其幅度、期間長度與復甦時間等資料。

表 8.8 GEM 與 ACWI 的 5 個最嚴重耗損

耗損量	起始日期	低點日期	復甦日期	峰位到谷底月數	谷底到復甦月數	峰位到復甦月數
GEM						
-22.7	9/87	10/87	5/89	1	19	20
-19.0	11/07	10/08	12/10	11	24	35
-16.1	5/11	9/11	2/12	4	5	9
-15.4	7/98	8/98	11/98	1	3	4
-8.6	4/00	7/00	7/01	3	12	15
ACWI						
-53.9	11/07	2/09	?	16	>46	>62
-50.5	3/00	3/03	10/06	30	49	79
-30.8	3/74	9/74	3/76	7	18	25
-27.0	12/89	9/90	12/93	9	48	57
-20.4	8/87	11/87	1/89	3	14	17

　　圖 8.9 到圖 8.12 從不同角度觀察 GEM 耗損與報酬相較於 ACWI 與其他基準的情況。

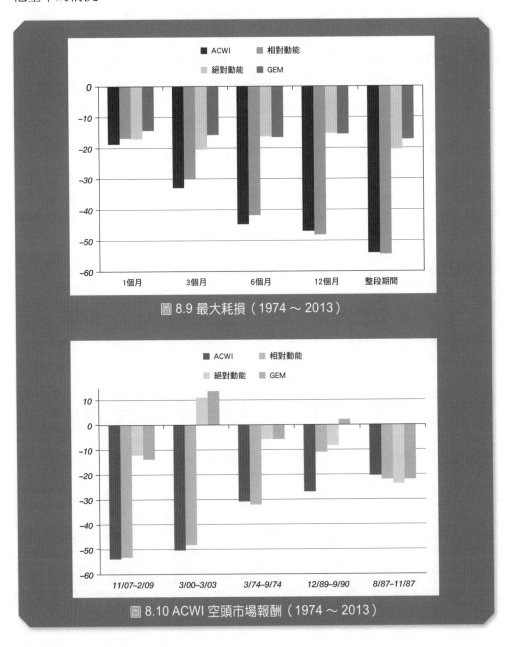

圖 8.9 最大耗損（1974 ～ 2013）

圖 8.10 ACWI 空頭市場報酬（1974 ～ 2013）

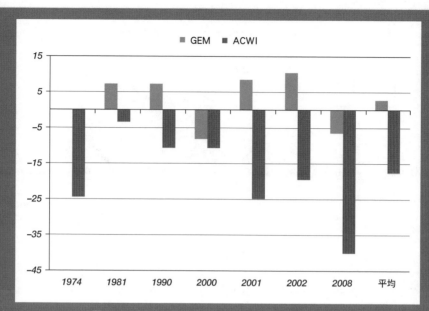

圖 8.11 ACWI 發生耗損年份（1974 ～ 2013）

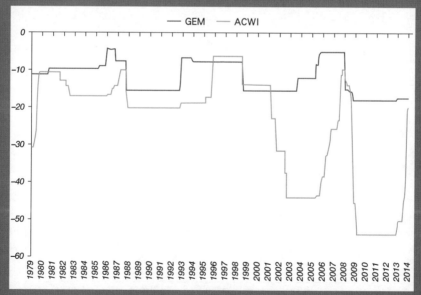

圖 8.12 GEM 與 ACWI 滾動式 5 年期最大耗損（1979 ～ 2013）

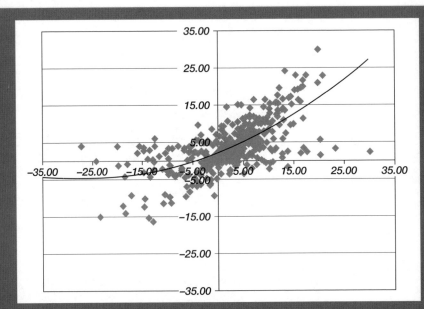

圖 8.13 季報酬：GEM vs. ACWI（1974 ～ 2013）

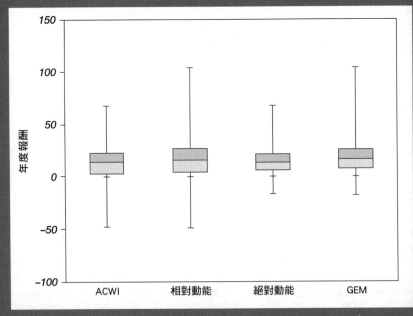

圖 8.14 滾動式 12 個月期報酬的方格圖（1974 ～ 2013）

　　圖 8.13 顯示的季報酬每次向前滾動 1 個月。圖形標示的每個點，橫軸對應 GEM 季報酬，縱軸對應 ACWI 季報酬。我們看到圖形左下象限的分佈情況，顯示 GEM 使用絕對動能克服了 ACWI 呈現的許多耗損。反之，我們看到右上方象限的線性關係斜率向上傾斜，顯示 ACWI 的正數報酬大多完整轉移到 GEM。

　　　圖 8.14 是根據滾動式 12 個月期報酬而繪製的報酬 - 風險方格圖（box plot）。方格圖同時顯現每種策略的報酬和變異性特質。長條狀的垂直線段代表報酬區間（不包含極端離群值），矩形狀方格是涵蓋 75％報酬的跨四分位差區間。每個模型的 12 個月報酬中位數，則標示為方格內的水平狀線段（將方格分割為不同灰度）。

因素模型的結果

　　運用本書第 3 章討論的多重迴歸模型，表 8.9 顯示 GEM 報酬針對法馬 - 法蘭西 - 卡哈特（Fama-French-Carhart）四個因素：市場、規模、價值與動能風險因素進行迴歸分析，運用的是肯尼斯·法蘭西網站的資料庫[92]。由於 GEM 模型大約有 30％持有債券，所以我們又增添巴克萊整體債券指數的超額報酬做為第五個因素，表 8.9 也顯示五個因素模型的結果。另外，此處也顯示簡單的三個因素模型，只採用股票市場、債券市場與動能風險因素。

　　我們看到，所有這三個因素模型，GEM 都提供經濟上和統計上具有顯著性的風險調整後超額報酬（α）。由於 GEM 是只做多的策略，我們自然會看到股票和債券因素具有高度顯著性的係數。GEM 的股票動能也具有高度顯著性，意味著相對強度動能對於 GEM 優異表現有著顯著貢獻。

---

92. 請造訪 http://mba.tuck.dartmouth.edu/pages/faculty/ken.french/data_library.html。

表 8.9 因素訂價模型（1974 ～ 2013）

	α^*	市場	規模	價值	動能	債券	R^2
五個因素模型	5.30 （2.67）	0.50 （8.32）	-0.06 （1.10）	0.08 （1.32）	0.20 （4.25）	0.37 （3.50）	0.44
四個因素模型	5.94 （2.99）	0.53 （9.64）	-0.09 （1.83）	0.09 （1.43）	0.21 （4.39）	-	0.44
三個因素模型	5.80 （3.25）	0.47 （8.29）	-		0.17 （5.00）	0.39 （3.88）	0.43

* α 經過年度化。括弧內顯示的是 Newey-West 的穩健 t 統計量

簡單而有效

GEM 不僅有效地提供了高度顯著的風險調整後報酬，而且非常精簡、乾脆。愛因斯坦曾經說：「一切都應該儘量保持單純，但不要太簡單。」引用安東尼・德・聖・艾修伯里（Antoine de Saint-Exupéry）的名言：「完美並非指一物不能添，而是指一物不能減」。透用羅傑先生的話來說，就是「深入而簡單遠勝過膚淺而複雜。」

高度最佳化方法通常顯得複雜、脆弱而容易失敗。反之，GEM 很簡單而穩健。這套方法只採用美國股票、非美國股票與整體債券，唯一參數 12 個月的回顧期間，其效力經過數以百計樣本內與樣本外動能研究的確認，而且涵蓋無數市場與兩世紀的市場資料。這些樣本內與樣本外的結果，加上 GEM 的單純性與穩健性，把任何資料探勘和曲線套入的可能性都降到最低（此兩者也是模型建構最常見的致命缺失）。

如何運用

GEM 很容易使用集中市場掛牌基金（ETF）操作，因此運作費用低，市場流動性高，而且較共同基金透明，節稅效益更高[93]。只要運用線上繪圖

---

93. ETF 通常沒有資本利得分配，而共同基金經理人賣出持股時，則需要轉交淨資本利得。

軟體，使用者就能輕鬆判定 GEM 再平衡（rebalancing）的訊號。我建議採用 StockCharts.com 的 PerfCharts[94]，因為它們使用總報酬，而其他免費繪圖軟體大多只使用價格變動量。你需要輸入與儲存三個 ETF 的報價代碼，包括美國股票、非美國股票與美國國庫券。每個月繪製這三個 ETF 在過去 252 個交易日（一個行曆年度）的績效。如果某個股票 ETF 在過去一年內的報酬最高，這就是你未來一個月所選擇的對象。如果美國國庫券的報酬最高，這代表股票市場趨勢向下，那麼你就持有整體債券 ETF。

執行與管理 GEM 的相關成本應該很低。有四家經紀商提供免佣金的 ETF，這些可以運用於 GEM 策略，包括：先鋒（Vanguard）、嘉信（Charles Schwab）、TD Ameritrade 與富達投資（Fidelity Investment）。先鋒的 S & P 500、FTSE 所有世界不含美國（FTSE All-World ex-US）與美國總債券 ETF（U.S. Total Bond ETF）的平均費用比率只有 10 個基點[95]。GEM 也頗具節稅效力。雙動能通常會賣掉虧損部位，產生短期資本損失，而繼續持有獲利部位，賺取長期資本利得。所以，請問各位能夠找到什麼理由而不使用 GEM ？

調解不同風險偏好

從下一章的討論裡，我們將發現，讓 GEM 變得更複雜，基本上得不到什麼好處。由於結構如此簡單，各位可能會懷疑，GEM 是否能夠符合各種投資人的不同風險偏好。

為了回答這個問題，我們使用馬可維茲 - 托賓資金分離定理（Markowitz-Tobin fund separation theorme），針對持有何種資產的決策，

---

94. 請造訪 http://stockcharts.com/freecharts/perf.php。

95. 各位可以採用富達的免佣金 iSharesETF，其平均費用比率同樣是 10 個基點，但富達的非美國基金成交量不如先鋒基金。富達的平均年度費用比率跟嘉信的 ETF 類似，只有 6 個基點，但成交量明顯不如先鋒的基金。

以及承擔多少風險的決策，我們分離處理[96]。更明確來說，投資人應該持有夏普率最高的單一資產投資組合，他如果希望承擔較低風險，則可以結合最佳投資組合與無風險（或低風險）替代資產。反之，對於積極管理型投資人來說，他可以擴張信用買進最佳投資組合。

　　圖 8.15 顯示分離定理的切線投資組合（tangency portfolio），直線即是資本市場線（capital market line），起點是無風險利率，它與風險投資組合的效率前緣（efficient frontier）相切。厭惡風險的人沿著資本市場線進行投資——而不是效率前緣——會有更好的報酬 - 風險比率，投資效果也更好。

　　表 8.10 與圖 8.16 顯示 GEM 擴張信用 30％的情況，這是為了滿足積極管理型投資人之需要，融資利率為聯邦基金利率加 25 個基點。另外，我們也結合 GEM 與某個 30％永久性配置到整體債券的組合，這個保守型投資組合是因應厭惡風險投資人的需要。所以，透過這種方式處理，GEM 應該就能夠符合各種投資人的需要了。

表 8.10 GEM，信用擴張與信用減縮

	年度報酬	年度標準差	年度夏普率	最大耗損	月份獲利%
GEM 130	20.13	16.43	0.81	-29.84	65
GEM	17.43	12.64	0.87	-22.72	68
GEM 70	14.52	9.50	0.90	-15.46	69

---

96. 托賓在 1958 年提出此定理，不久之後，馬可維茲發表他的 MVO。

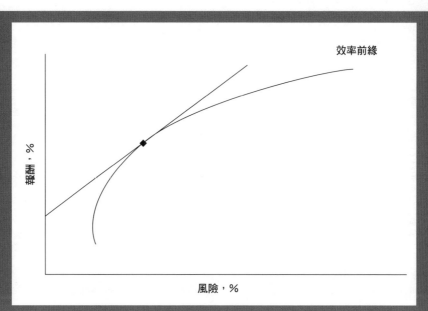

圖 8.15 資本市場與效率投資組合

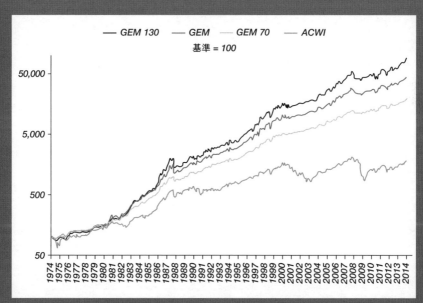

圖 8.16 信用擴張／信用減　（1974 ～ 2013）

.

9　更好的動能

單純是精密的極致。

——達文西

前一章談到雙動能如何提供更高的期望報酬，而且期望風險也更低。第 5 章與第 6 章觀察一些其他投資方法，更顯示雙動能是我們應該採用的策略。對於懂得使用雙動能的投資人來說，我們可以看到過度分散投資所造成的反效果。現在，我們想要尋找某些可能提升雙動能績效的方式，並評估其他可能的運用方法。

試圖提升動能績效的危險

雙動能既簡單、又直接，完全仰賴相對動能與絕對動能的績效。它的唯一參數就是回顧期間。考利斯和瓊斯運用 1920 年到 1935 年的資料，首先發現相對強度動能運用於美國股票存在異常獲利現象，他們所採用的回顧期間為 12 個月。很多其他研究也確認這套方法可以運用於其他市場，而且資料可以涵蓋目前直到 1903 年（絕對動能）與 1801 年（相對動能）。由於經過如此多的樣本外資料確認其效力，我們應該沒有必要擔心資料探勘偏差的問題。另外，12 個月回顧期間同樣適用於兩種動能形式，等於是交叉確認了 12 個月回顧期間是很好的參數設定。

就雙動能的情況來說，如果你想藉由某種新穎的東西來取代或修改這套歷經考驗的系統，將面臨幾種潛在問題。首先，資料探勘可能造成多重比較的危險。如果觀察的策略種類夠多，幾乎一定會發現某些看起來很不錯的東西。可是，這可能完全是因為運氣或巧合。舉例來說，如果你衡量的統計顯著性是 5％，那麼只要檢定 20 種或以上的策略，就有可能找到一種看似具有統計顯著性（但實際上並沒有）的策略，因為單是運氣成份就可以讓你在 20 個裡面找到 1 個。各位不必做太多實驗，就會發現這方面的麻煩。有篇標題取得很好的論文叫做「偽數學與金融詐術：回溯測試過份套入對於樣本外績效的影響」（Pseudo-Mathematics and Financial Charlatanism: The Effects of Backtest Overfitting on Out-of-Sample Performance），Bailey 等人（2014）表示：「回溯測試少數替代性策略，不難取得優異績效…投資人很容易被誤導而配置資本到那些數學結構看似完整的策略。」

關於利用資料探勘發展解釋模型的做法，我們曾經見過許多可笑的例子。大概 20 多年前，有兩位研究者發現，根據孟加拉牛油產量、美國乳酪產量、美國羊隻產量、孟加拉羊隻產量等因素進行多重迴歸分析，就可以解釋 S ＆ P 500 報酬的 99％。這兩位研究者甚至還曾經碰到人們詢問有關孟加拉牛油產量的問題！還有一些研究把股票市場報酬關連到美國九歲孩童數量、女人服裝長度、或美國人認為《運動畫刊》發行的泳裝專刊是否優雅[97]。

即使已經選定模型而想要決定參數，也會同樣碰到資料探勘的問題。以動能模型來說，只有一個參數：回顧期間。這個回顧期間的效力已經被各種研究確認過了。可是，對於大多數模型來說，情況並非如此，模型發展總是存在過份套入（overfitting）或超標規範（overspecification）的危險。

為了要讓模型得以完美「預測」過去，而增添模型的複雜性，結果往往會使模型變得太僵硬。如此一來，模型反而不能有效預測未來。根據 Lopez de Prado（2013）的研究，由於金融資料存在各種記憶，過份套入不只是會導致雜訊（隨機性）而已，可能還會因為回歸均值（mean reversion）而導致系統性的樣本外損失。歷史測試的結果愈好，將來實際交易的結果愈糟。

---

97. 請造訪 http://www.forbes.com/sites/davidleinweber/2012/07/24/stupid-data-miner-tricksquants-fooling-themselves-the-economic-indicator-in-your-pants/。

重複使用資料兩次，也可能會造成問題：一次是用來做為策略與參數的最佳化，另一次則是用來測試相關策略運用於未來的效力。我們應該避免使用複雜或高度最佳化的模型，而在評估模型時，也應該以沒用過的嶄新資料來進行績效的評估。Lopez de Prado 指出，標準統計方法在設計上會採用一些做法來防止過份套入；譬如把資料做分割，區分成發展組與保留組；發展組用於模型發展，保留組則用於交叉確認，但這種做法實際運用於歷史測試時，還是有可能會發生問題。發生問題的可能理由有幾點，最主要是保留的資料並不具有代表性，況且研究者很可能已經預先知道那些保留的資料將會有什麼樣的表現。就如同諾貝爾物理獎得主理查·費曼（Richard Feynman）所說的：「計算結果的程序如果是無限的，那麼只要一些小技巧，就可以讓任何實驗結果看起來像預期結果[98]。」

除了多重比較危險與過份套入偏差之外，資料探勘也有可能會因為資料不足而發生。某些實務業者只採用 15 年的資料，用於設計、回溯測試其交易模型，因為這是許多 ETF 開始存在的期間。這類結果是高度值得懷疑的，因為金融市場資料存在顯著雜訊。報酬分佈參數會因為時間變動而變動，會因為市況變動而變動。相對短期的資料，通常不足以代表整體，它們經常無法提供可重複發生的歷史測試結果。資料的每個序列或樣本都同樣代表整體，這種性質稱為「遍歷性」（ergodicity）。金融市場非常不可能具備遍歷性。某些股票市況可能永遠不會再發生，另一些則會重複發生，但性質差異頗大。以下就是觀察的方式之一。

讓我們把變異數比率（VR）定義為「k 期報酬」除以「k 乘以 1 期報酬」的比率。報酬如果在時間上不相關，前述比率的分子與分母將相同，所以 VR 等於 1。市場如果處於回歸均值走勢，報酬將呈現負相關，因此 VR 小於 1。市場如果存在趨勢，報酬將呈現正相關，VR 會大於 1。我們如果計算各種 k 期間的 VR，就能判斷市場在這些期間是處於回歸均值或趨勢走勢。

---

98. 取自 1964 年在康乃爾大學的演講，屬於 Messenger Lecture 系列的一部分。

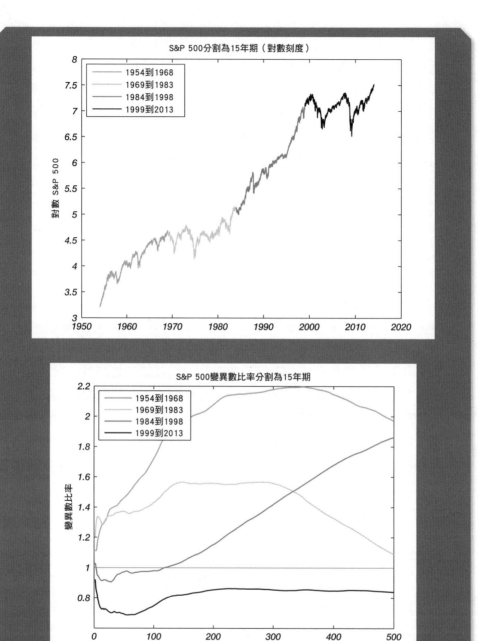

圖 9.1 變異數比率：15 年期（1954 ～ 2013）

　　圖 9.1 是由湯尼・古柏（Tony Cooper）提供[99]。圖 9.1 上圖顯示 S & P 500 被分割為 15 年期的 4 段走勢。圖 9.1 下圖則顯示這 4 段 15 年期走勢之 VR 在各種 k 期的比率值。我們看到 1999 ～ 2013 期間的 VR（圖 9.1 下圖最下方粗線）在所有 k 期都呈現回歸均值的走勢。至於另外 3 段 15 年期走勢，其 VR 大多大於 1，代表市場呈現趨勢。VR 圖形各有不同表現，顯示只採用 15 年期資料的歷史測試，很難提供可靠的未來預測能力。這是我看別人做歷史測試最經常犯的錯誤──只採用非常有限的資料，譬如說 15 年，卻期待這可以提供有關未來的可靠結果。著名的研究學者肯尼斯・法蘭西曾經說過（參見法馬與法蘭西在 2007 年的文章），證券價格研究中心（Center for Research in Security Prices，CRSP）資料庫裡的 78 年資料，可能還不足以從結果之中清除雜訊[100]。我們在第 6 章看到，研究者曾經根據 28 年的資料，發現顯著的價值溢價。可是，等到有更多資料可供運用時，卻發現價值溢價的存在或許值得懷疑，情況就如同以前研究的規模溢價一樣。

　　反之，我們的絕對動能與相對動能，情況則非如此。絕對動能呈現之顯著而穩定的風險調整後獲利，可以回溯到 1903 年。至於相對動能，結果甚至可以往前延伸到 1801 年。根據我的瞭解，金融市場的各種歷史測試，沒有其它採用比這更多資料的了。

　　夠多的資料，才能讓我們看到測試結果運用於各種市況的穩定性和一致性，評估相關結果是否只是仰賴少數期間的短期表現。統計學家愛德華・丹敏（W. Edwards Deming）曾經說過：「除了我們信賴的神之外，其他一切都仰賴資料。」記取這個警惕之後，讓我們看看適用於絕對動能之根本原則的價格趨勢，還有哪些其他替代性判斷方法。我們也會檢視相對強度動能一些可能的提升技巧。

---

99. 請參考 Cooper（2014）。

100. CRSP 資料庫現在有 88 年的資料。

再論絕對動能

長久以來，某些金融實務業者總是不斷試圖尋找一些得以協助判斷價格趨勢和市場時效的方法。在本世紀開始的十年前，學術界普遍認為，判斷市場時效是不可能的事。Malkiel（1995）的評論是當時的典型代表：「技術分析是學術界的詛咒。我們很喜歡對此挑剔批評。」只要碰到「市場時效」這個字眼，就足以讓很多學術界和實務界人士的神經突觸縮回。

自從 Brock 等人於 1992 年發表論文「簡單技術交易法則與股票報酬隨機性質」（Simple Technical Trading Rules and The Stochastic Prpperties of Stock Returns）之後，學術界對於技術分析與順勢操作方法的態度，慢慢有了改變。Brock 等人引用了 26 種技術交易法則於道瓊工業指數，涵蓋期間從 1897 年到 1986 年。他們的研究採用很長期的資料，提出了所有可能的結果，並檢視各種次期間的結果適用穩健程度，儘可能降低資料探勘偏差發生的可能性。這也是首先運用自助抽樣（bootstrap）技巧藉以延伸標準統計檢定的研究。總體來說，他們的結果認同技術交易策略的效力。至於持相反意見者，Fang、Jacobsen 和 Qin（2013）重新引用 Brock 等人的相同 26 種交易法則於 25 年期的新資料做測試，卻發現樣本外績效很差。Park 和 Irwin（2007）的論文「關於技術分析的獲利能力，我們知道些什麼？」（What We Know About the Profitability of Technical Analysis?）則對於順勢操作方法提出莫衷一是的總結。兩位作者發現，1988 年到 2004 年之間，有關技術分析策略的 95 種現代研究資料，其中有 56 種顯示正面結果，29 種顯示負面結果，19 種沒有明確結果。兩位作者認為，大多數實證研究都受制於測試程序的一些問題，譬如：資料探勘、事後的法則選擇，未適當解釋風險與交易成本。

最近，Bajgrowicz 和 Scaillet（2012）針對道瓊工業指數從 1987 年到 2011 年之間的每天資料，引用 7,846 個交易法則。運用最新的資料探勘偏差修正技巧、錯誤發現率（the false discovery rate）等，作者發現，投資人絕對沒辦法事先挑選績效最佳的交易法則 [101]。一旦考慮交易成本，所有的獲利都不復存在。

Fang、Qin 和 Jacobsen（2014）也提出類似結論。作者檢視 93 種市場指標的獲利能力（包括 50 種人氣指標與 43 種市場強度指標），運用於 S ＆ P 500 的資料，平均期間長度為 54 年。考慮交易成本之後，沒有任何指標的風險調整後表現優於買進 - 持有 S ＆ P 500，而且也沒有任何證據顯示它們對於未來股票報酬存在預測能力。

我們可以看到，有關新交易法則的測試，資料探勘偏差是個致命問題。自助抽樣雖然有助於建立信賴水準，尤其是在資料有限的情況下，但這可能需要仰賴有關市場功能的不切實際假設。更明確來說，精確的時間序列自助抽樣與模擬結果，有賴於資料遍歷性（ergodicity）與穩定性（stationarity）。由於金融市場是不穩定的，而且因為可能出現價格跳動與無限變異數，因此遍歷性也不存在；所以，自助抽樣模擬恐怕有自己的潛在麻煩。

相較於那些未經證實而不確定的替代性順勢操作方法，單純而穩健的絕對動能享有明顯的優勢。記住這點之後，讓我們謹慎觀察幾種可以跟絕對動能搭配的其他順勢操作方法。

Baltas 和 Kosowski（2012）提出一種判定絕對動能趨勢的替代性方法，運用於 75 種期貨契約從 1975 年 12 月到 2013 年 2 月的大量資料。關於絕對動能趨勢的判定，他們針對常用方法（換言之，觀察先前 12 個月期間報酬的趨勢）與替代性方法（運用一條趨勢線套入先前 12 個月的每天價格，然後估計該套入趨勢線斜率的 t 統計量）進行了比較。他們的方法可以降低絕對動能的交易成本，程度大約是三分之二。另外，他們發現，兩種方法考慮交易成本之前的夏普率大致相等，但如果考慮交易成本的話，替代性方法運用於商品與固定收益證券的結果就存在優勢。

---

101. 運用錯誤發現率的優點之一，是在剖面相依方面會更具穩健性。至於更完整的資料，請參考 Barras 等人（2010），以及 Benjamini、Krieger 和 Yekutiel（2006）。

移動平均的順勢操作

對於實務業者來說，移動平均可以說是最常用、歷史最悠久的價格趨勢判斷方法。Gartley（1935）討論了 1930 年代的移動平均運用情況。William Gordon（1968）協助推廣 200 天移動平均。運用 1897 年到 1967 年的資料，Gordon 的研究顯示，當 DJIA 處在其 200 天移動平均之上而買進股票，報酬是在 200 天移動平均之下買進的 7 倍。

雖然曾經是學術界鞭撻的對象，但移動平均做為市場時效判定工具，近年來得到肯定與支持。自從 2002 年以來，華頓商學院的傑勒米·席格（Jeremy Siegel）在他的暢銷書《長線獲利之道：散戶投資正典》（Stocks for the Long Run）倡導 200 天移動平均做為降低價格波動濾網的概念。Faber（2007）把 200 天移動平均轉換為對等的 10 個月移動平均，當價格高於 10 個月移動平均時就買進，當價格低於 10 個月移動平均時則賣出。如此可以降低運用日線移動平均的交易次數與訊號反覆虧損。

不論是 10 個月或 200 天均線，只要談到移動平均長度，就會引發資料探勘偏差的疑慮。Brock 等人（1992）、Siegel（2014）與 Faber（2007）都認同，10 個月／200 天是金融實務業者最經常運用的移動平均長度。過去，業者經常測試移動平均長度，最後也達成前述研究資料所顯示的結論。

Faber 的論文「戰術資產配置的計量處理方法」（A Quantitative Approach to Tactical Asset Allocation）讓 10 個月移動平均交易法則受到普遍重視。他的論文是社會科學研究網（SSRN）被下載次數最多的資料。這篇文章鼓勵了其他研究者發表許多相關論文，以及後來 Faber 和 Richardson（2009）的著作。很多業者紛紛採用這種深受歡迎的 10 個月移動平均方法。

這種 10 個月移動平均方法很容易和我們的絕對動能策略做比較。表 9.1 顯示了相關比較結果，此處考慮四種可能方法：10 個月移動平均、12 個月移動平均（某些業者習慣採用）、12 個月絕對動能，以及 S＆P 500 指數，

涵蓋期間為 1974 年到 2013 年。當沒有投資股票時，所有三種策略都投資
美國整體債券。

表 9.1 S & P 500 絕對動能與移動平均（1974 ～ 2013）

	12 個月絕對動能	10 個月移動平均	12 個月移動平均	S & P 500 無濾網
年度報酬	14.38	14.16	14.29	12.34
年度標準差	12.23	12.13	12.23	15.59
年度夏普率	0.69	0.68	0.68	0.42
最大耗損	-29.58	-23.26	-23.26	-50.95

　　三種策略的運用結果很類似。絕對動能有 70％時間持有股票，40 年期
間總共進行 31 筆交易，每年平均為 0.83 筆。10 個月移動平均有 74％時間
持有股票，總共進行 49 筆交易，相當於每年 1.2 筆。所以，絕對動能的交
易成本低於 10 個月移動平均。表 9.1 並沒有反映出交易成本的差異。

　　移動平均與絕對動能都試圖降低雜訊，藉以判定趨勢。1906 年，英國
科學家法蘭西斯‧高騰（Francis Galton，達爾文的表兄弟）首先發現降低
雜訊的重要性 [102]。高騰某次參加市集，看到有 800 個人嘗試猜測一支牛的體
重。等到比賽結束之後，高騰要求察看大家猜測的結果。大部分猜測都很離
譜。可是，讓高騰震驚的是，猜測平均數 1,197 磅跟實際體重 1,196 磅竟然
只差了 1 磅！所有的雜訊似乎隱藏著真實訊號。平均數讓顯然的隨機現象得
以呈現出意義。

　　絕對動能是觀察時間上的兩個參考點，藉以降低雜訊。換言之，絕對動
能考慮的問題是：今天價格較 12 個月前價格是高或低。移動平均則是藉由
平滑程序降低雜訊，就如同高騰所看到的。

---

102. 高騰發現標準差、相關係數與回歸均值的概念。

藉由價值評估決定市場時效

　　某些金融業者相信，他們可以透過某種價值衡量的方式來判定市場時效，譬如：席勒（Shiller）的 10 年期週期性調整後價格盈餘（Cyclically Adjusted Price Earings，簡稱 CAPE）。CAPE 的計算，是把 S & P 500 除以 10 年期盈餘平均數。目前的 CAPE 比率，則是拿前述結果跟其長期平均值做比較，長期平均值大約是 17。投資人應該注意的是回歸均值的傾向；換言之，市場會回歸這個長期平均值。從歷史觀點來看，CAPE 比率如果低於 10，未來的年度股票報酬會超過 20％，而 CAPE 比率如果超過 20，則未來的年度股票報酬只有 5％。

　　目前，CAPE 大約是 26，意味著美國股票價格高於歷史常態水準。可是，這未必代表股票已經接近多頭市場的頭部。那些在 1996 年因為 CAPE 跟目前水準大致相當而賣掉股票的人，就錯失了美國股票市場翻漲逾倍的機會，而 CAPE 在 1999 ～ 2000 年期間，甚至來到了 40 以上。保羅・都鐸・瓊斯（Paul Tudor Jones）特別指出，多頭市場的最後三分之一走勢往往最瘋狂，價格經常呈現拋物線狀飆漲。如果藉由價值評估決定市場時效，大有可能會錯失這類的機會。

　　另外，企業盈餘的正常水準，也有可能隨著時間經過而變動，因此過去對於 CAPE 水準的研究，有可能過份套入資料。這種價值衡量方式，頂多只能粗略估計未來報酬 [103]。

再論相對動能

　　絕大多數動能研究都著重於個別股票，相對強度動能實務上也同樣大多運用於個別股票。基於這個緣故，我們也要看看動能運用於個別股票的情

---

103. 過去 20 年來，CAPE 幾乎始終高於 20 而處於價值高估狀態。這方面的進一步資料，請參考：http://philosophicaleconomics.wordpress.com/2014/06/08/sixpercent/。

況。很幸運的是，AQR 資本管理（AQR Capital Management LLC）在他們的網站，提供了免費而方便運用的動能相關指數 [104]。

AQR 動能指數（AQR momentum index）是根據 12 個月相對強度動能（落後 1 個月）而由美國資本市值最高 1,000 家企業的三分之一股票構成。AQR 是採用資本市值做為權數建構指數，每季調整一次。

表 9.2 顯示 AQR 動能指數、羅素 1000 指數，以及 12 個月絕對動能運用於羅素 1000 指數的情況（整體債券為安全避風港），起始日期是 AQR 動能指數成立的 1980 年 1 月。

表 9.2 AQR 動能，羅素 1000，絕對動能（1980 ～ 2013）

	AQR 動能	羅素 1000	絕對動能 運用於羅素 1000
年度報酬	15.14	13.09	15.92
年度標準差	18.27	15.51	12.57
年度夏普率	0.50	0.49	0.80
最大耗損	-51.02	-51.13	-23.41

AQR 估計其 AQR 動能指數的每年交易成本為 0.7%，這並沒有考慮在指數或表格 9.2 之內。

我們可以看到，在整個 33 年期間內，AQR 動能指數的報酬高於羅素 1000，但價格波動程度也比較高。兩者的夏普率與最大耗損約略相當。如果把每年 0.7% 的交易成本考慮在內，在風險調整後的基礎上做比較，AQR 動能指數顯然就不如羅素 1000。

但只要單純地把絕對動能運用於羅素 1000 指數，報酬績效就勝過 AQR 動能指數或羅素 1000 指數，而且標準差顯著較小，最大耗損也明顯下降。

---

104. 請造訪 AQR Capital Management LLC, http://www.aqrindex.com。

另外，絕對動能夏普率也顯著較大。這個簡單的絕對動能策略，交易成本應該微不足道，因此管理這個龐大的個別股票投資組合，理當沒有什麼費用。所以，我們實在看不出有什麼理由要採用個別股票的動能策略，而不採用低成本的股價指數，然後運用簡單的絕對動能。

AQR 的 Asness、Frazzini、Israel 和 Moskowitz 在 2014 的論文「動能投資：事實與虛構」（Fact, Fiction, and Momentum Investing）強調，動能運用個別股票時，即使報酬為零，還是有意義的，前提是要跟價值股票的動能策略結合[105]。這是因為價值與動能之間呈現高度負相關。

表 9.3 顯示 AQR 動能指數、羅素 1000 價值型指數，以及如同 Asness 等人（2013）所建議的 50 / 50 結合動能與價值策略。我們看到，價值結合動能之後，夏普率確實稍高於單獨的價值或動能。可是，最大耗損方面並沒有明顯改善，而且整體情況仍然明顯不如絕對動能運用於羅素 1000 指數的結果。

表 9.3 AQR 動能，羅素 1000 價值，50/50 動能與價值（1980 ～ 2013）

	AQR 動能	羅素 1000 價值型	50/50 動能與價值	絕對動能 運用於羅素 1000
年度報酬	15.14	13.52	14.33	15.92
年度標準差	18.27	14.87	15.71	12.57
年度夏普率	0.49	0.53	0.55	0.80
最大耗損	-51.02	-55.56	-51.47	-23.41

另外，Asness 等人（2014）的其中兩位作者，Israel 與 Moskowitz 曾經在 2013 年發表論文認為，價值——就一般用法來說——只有運用於極小型股票，才有所謂的溢價，而這些股票是機構投資人通常不願意使用的。

---

105. 這篇文章破除了有關動能的一些常見迷思與錯誤概念。

我們或許可以找到其他方法來提升個別股票的動能運用，使其更具實用性。關於相對強度動能的改善，有十多篇這方面的研究論文。我準備討論其中四種看起來最具發展潛力的個別股票運用。我們也可以運用其中兩種改善方法於市場指數或股票之外的資產。讀者如果想進一步探索這方面改善的可能性，可以下載相關的研究論文，但要記住先前談到有關資料探勘和模型過度規範的問題。

逼近 52 週高點

1950 年代，德雷法斯（Dreyfus）與達瓦斯（Darvas）都倡導股價創新高的投資效益。George 和 Hwang（2004）的「52 週新高與動能投資」（The 52-Week High and Momentum Investing）顯示，52 週新高可以解釋動能投資的大部分獲利。運用 1963 年到 2001 年之間的美國股票資料，兩位作者計算目前股價與 52 週新高的比率。然後，作者強調，相較於只根據過去六個月最高報酬來說，如果再額外考慮價格逼近 52 週新高的程度，獲利會更優異。逼近 52 週新高的預測能力超越過去報酬。作者認為，價格逼近 52 週新高，通常意味著最近曾經發生重大利多消息。如果這真是股價之所以能夠創 52 週新高的主要理由，那麼逼近 52 週新高的效力，應該更適用於個別股票，而不是對於新聞事件不甚敏感的股價指數或資產類別。

價格、盈餘與營業收入動能

Chen 等人（2014）的論文「營業收入動能是驅動還是受惠於盈餘或價格動能？」（Does Revenue Momentum Drive or Ride Earnings or Price Momentum?）檢視了價格、盈餘與營業收入動能策略的獲利能力，包括個別因素與彼此結合的情況。作者觀察美國股票從 1974 年到 2007 年的資料，根據一般方式衡量過去股票報酬的價格動能。他們也根據歷史盈餘與營業收入而衡量盈餘與營收動能。藉由多空兼做的避險部位，作者發現價格動能的平均獲利最大，其次是盈餘，最後才是營收動能。可是，三種動能策略都不具備支配性優勢，也就是說每種策略都蘊藏著某種程度的獨有資訊內涵。作者把所有三個因素都按照排序而劃分為五等分，然後匹配彼此的最高等分，再做雙重排序。藉由三種因素之中兩種所做的雙重排序，據此建構的避險投資組合，其績效——平均而言——勝過單一排序投資組合。根據三種因素之三重排序而建構的投資組合，績效又勝過所有的雙重排序投資組合。營收與盈餘動能結合一起，大約只能解釋價格動能效應的 19％，所以價格動能是其中最重要的因素。整體證據顯示，結合過去報酬、盈餘與營收動能的策略，績效將勝過單一或兩種因素的策略。由於這套方法採用盈餘和營業收入資訊，所以只適用於個股，而不適用於其他資產類別。

加速動能

Chen 和 Yu（2013）的論文「投資人注意，視覺價格型態與動能投資」（Invstor Attention, Visual Price Pattern, and Momentum Inveting）檢視過去股票價格呈現動能加速而吸引投資人注意，因而導致過度反應、強化動能效應的視覺型態。

運用美國股票在 1962 年到 2011 年之間的資料，作者針對每日報酬與時間平方進行線性迴歸分析，藉以決定價格軌跡的曲度（price trajectory curvature）。正數係數代表價格軌跡呈現凸曲度（convex curvature），負數係數則代表凹曲度（concave curvature）。

根據這些曲度做股票排序，作者發現凸性（加速向上）正數動能股票的毛報酬與三個因素 α，顯著高於凹性正數動能股票的毛報酬。作者強調，忽略價格軌跡呈現凹曲度的正數動能股票，是賺取較高動能報酬的關鍵所在。

Docherty 和 Hurst（2014）將類似方法運用於澳洲股票市場，採用 1992 年到 2011 年的資料。他們衡量的是最近績效相對於 12 個月期幾何平均報酬率的斜率。他們稱呼這種較短期的相對績效為「趨勢凸度」（trend salient）。針對趨勢凸度與傳統動能進行雙重排序，作者發現，兩者結合之後，績效顯著優於傳統動能。不論是曲度或是趨勢凸度的加速動能，除了可以運用於個別股票之外，也都適用於股價指數與其他資產。

嶄新動能

Chen、Kadan 和 Kose（2009）的「嶄新動能」（Fresh Momentum）把嶄新贏家（fresh winners）定義為過去 12 個月內最強而在更早 12 個月內則相對疲弱的股票。反之，陳舊贏家（stale winners）則定義為兩個期間都最強的股票。對於 1926 年到 2006 年期間的美國股票，把第 1 個月到第 12 個月（不包含最近一個月），以及第 13 個月到第 24 個月的相對價格強度劃分為五等分，然後進行雙重排序，作者發現嶄新贏家的表現勝過陳舊贏家，每個月的幅度達 0.43％。除了個別股票之外，我們很容易將這種嶄新方法套用於股價指數與其他資產。

全球平衡式動能

我稍早曾經提過，除了我們的 GEM 模型之外，雙動能還有其他運用方式。以下是我運用雙動能發展的兩套專利模型。

雙動能的最簡單延伸，是本書第 8 章曾經談過而專供保守投資人運用的配置：永久性持有 70％ GEM 與 30％整體股票。可是，這次不是永久持有整體美國債券的固定收益證券組合，而是運用雙動能挑選下列固定收益替代工具：巴克萊資本美國長期公債（Barclays Capital U.S. Long Treasury）、美國銀行 - 美林全球公債（Bank of America Merrill Lynch Global Government）、美國銀行 - 美林美國現金支付高殖利率債券（Bank of America Merrill Lynch U.S. Cash Pay High Yield），以及 90 天期美國國庫券。

我稱呼這種雙動能全球股票 / 債券策略為「全球平衡式動能」（Global Balanced Momentum，簡稱 GBM）模型。GBM 中 70％資產配置的股票投資組合和 GEM 相同，固定收益投資部分仍然永久配置 30％資產，不過這部分是運用雙動能在前述固定收益替代工具清單內做挑選。換言之，當股票市場表現疲弱時，GBM 的股票部分和固定收益部分，將有可能持有前一段提到之任何固定收益替代工具，這完全取決於這些替代工具何者在回顧期間內的表現最強勁。

相較於傳統的股票／債券平衡式投資組合，GBM 具有顯著優勢。對於 1900 年以來的 11 個十年期間，典型的 60％股票／ 40％債券投資組合在其中 7 個十年期間裡，平均報酬幾乎跟不上通貨膨脹的步調。過去 114 年以來，大約有四分之一的時間，典型 60％股票／ 40％債券投資組合的 10 年期滾動實質報酬為負數。嚴重而漫長的耗損更是常見，包括 -60％與 -55％在內。

表 9.4 與圖 9.2 比較了 GBM 與其他方法的績效，包括：配置 70％ GEM 與 30％美國整體債券的對照基準、70％ ACWI 與 30％美國整體債券，還有典型的平衡式投資組合，也就是 60％ S ＆ P 500 與 40％美國整體債券。我們可以看到，將雙動能運用於固定收益投資，可以顯著提升保守型 70％ GEM ／ 30％美國整體債券的年度報酬，幅度高達 150 多個基點。相較於傳統的 60％股票／ 40％債券平衡式組合，GBM 的夏普率為 2 倍，最大耗損只有一半。所以，相較於傳統的平衡式投資組合，GBM 的期望報酬較高，承擔風險較低；另外，GBM 的最大耗損顯著減少，而且這不必增加債券原有的 30％配置。

表 9.4 全球平衡式動能 vs. 對照基準（1974 ～ 2013）

	全球平衡式動能	70% GEM，30%整體債券	70% ACWI，30%整體債券	60% S ＆ P 500，40%整體債券
年度報酬	16.04	14.52	8.59	10.58
年度標準差	10.06	9.50	11.37	10.15
年度夏普率	0.98	0.90	0.28	0.49
最大耗損	-16.83	-15.46	-45.74	-32.54

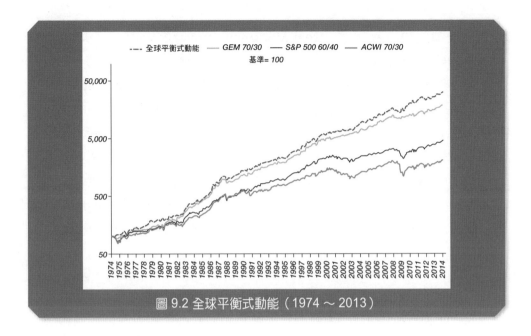

圖 9.2 全球平衡式動能（1974 ～ 2013）

雙動能類股輪替

Moskowitz 和 Grinblatt（1999）認為，產業成份是股票動能獲利的主要來源，動能策略得以彌補產業風險。他們建構產業相關的動能策略，提供類似如個別股票動能策略的平均月份報酬。相較於個別股票動能，動能更容易運用於產業或相關產業構成之類股，而且交易成本遠較為低。

我偏愛的雙動能策略，是挑選美國股票市場表現最強勁之類股做輪替操作。晨星（Morningstar）把美國股票劃分為 11 個沒有重疊的類股：科技（technology）、工業（industrials）、能源（energy）、通訊服務（communication）、房地產（real estate）、金融服務（financial services）、消費者循環（consumer cyclical）、基本物料（basic materials）、公用事業（utility）、消費者防禦（consumer defense）與醫療保健（healthcare）。

我們可以運用雙動能挑選表現最佳類股的等加權一籃投資組合，我稱此為「雙動能類股輪替」（Dual Momentum Sector Rotation，DMSR）模型。根據絕對動能的衡量方式，當美國股票市場處於下降趨勢時，DMSR就把所有資產轉移到巴克萊資本美國整體債券指數（Barclays Capital U.S. Aggregate Bond Index）。表 9.5 與圖 9.3 比較 DMSR 與其他方法的績效，包括：S ＆ P 500、由等加權類股構成的投資組合（每月重新平衡），以及 77％等加權類股投資組合和 23％美國整體債券。我選用最後一種對照基準，是因為 DMSR 有 77％時間持有股票，23％持有美國整體債券。比較期間是從 1992 年 1 月開始，這是晨星開始劃分美國股票類股的日期。類股每月重新平衡可以讓 S ＆ P 500 之外的所有投資組合取得某種回歸均值的利益[106]。

　　圖 9.4 顯示 DMSR 如何受惠於絕對動能與相對動能。我們知道，相較於相對動能，絕對動能提供更高的報酬，以及顯著較低的耗損。雙動能類股輪替藉由絕對動能運用於 11 種相等權數類股之輪替操作而取得較高報酬，並降低耗損，有時候也藉由相對強度動能提供較高報酬。另外，在股票市場頭部形成之前，DMSR 也可以藉由操作防禦性類股（譬如：消費者防禦與公用事業類股）而降低投資組合風險。一般來說，市場頭部形成之後，在順勢操作絕對動能開始生效而結束所有股票部位之前，這些防禦性類股的表現通常都不錯。

表 9.5 雙動能類股輪替 vs. 對照基準（1993 ～ 2013）

	雙動能類股輪替	S ＆ P 500	類股等權數	類股等權數／整體債券 *
年度報酬	17.93	10.49	11.45	10.17
年度標準差	12.24	14.91	13.36	10.39
年度夏普率	1.13	0.48	0.60	0.66
最大耗損	-17.21	-50.95	-47.50	-37.83

*77％等權數／ 23％整體債券

---

106. 關於重新平衡的獲利，請參考 Booth 和 Fama（1992）。

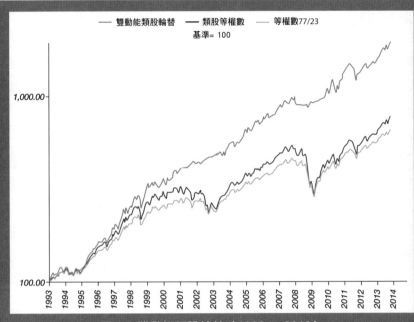

圖 9.3 雙動能類股輪替（1993 ～ 2013）

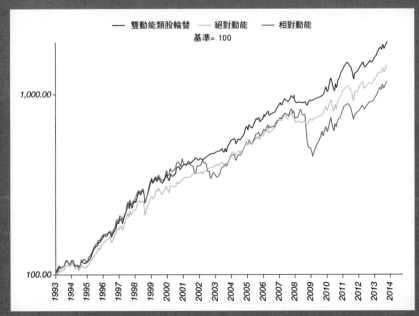

圖 9.4 類股輪替、絕對動能與相對動能（1993 ～ 2013）

現在怎麼做

雙動能有很多種運用的方式。絕對動能具備降低風險的效益，讓我們可以投入類似如美國股票等得以提供較高風險溢價的市場，而不是執著於分散投資程序，因為這些程序是否能夠提供所承諾的降低價格波動與降低耗損效益，頗令人存疑。我雖然發展運用了一些更精密的動能模型，但第 8 章介紹的 GEM 模型，對於大多數投資人來說，已經夠用了。這是一套既單純、又容易執行的系統，而且沒有受制於過度套入而產生的偏差。關於我的所有三套雙動能模型——全球股票動能（GEM）、全球平衡式動能（GBM）與雙動能類股輪替（DMSR）——相關的月份更新資料，都可以上我的網站查詢：http://www.optimalmomentum.com/performance.html。

10 後記

什麼，我會擔心？

── Alfred E. Neuman

約翰·梅納·凱因斯（John Maynard Keynes）曾經說過：「經濟學家如果能夠讓自己的想法變得像牙醫一樣謙卑而勝任，那就太好了。」我不知道牙醫究竟是怎麼回事，但華倫·巴菲特（Warren Buffett）也說過：「其他領域的全職專業者，譬如說：牙醫，對於外行人的貢獻良多。可是，整體而言，人們卻沒辦法從專業基金經理人那裡得到什麼。」

不幸的是，我的年齡已經太大，沒辦法再去上牙醫學院了。所以，我只好搞個雙動能。這麼做相當有意思，而且收穫良多。

尤金·法馬（Eugene Fama）說過，發展模型是為了要讓你比剛開始知道得更多。以雙動能而言，我的情況確實是如此。

查爾斯·達爾文（Charles Darwin）寫道：「得以存活者，並非最強的物種，也不是最聰明的，而是最能夠適應變動者。」雙動能就是能夠適應。相對強度動能自然地挑選表現最佳的資產類別。絕對動能融入市場脈動，適應市況變動。適應才能確保長期成功與生存。

根據《老子》倡導的哲學，管理任何東西的最佳方式，就是順其根本性質。雙動能就是如此，它根據市況變動而動態調整我們的市場曝險，同時利用投資人的行為偏差，掌握較高的相對強度報酬。華爾街有句眾所周知的諺語──多頭市場攀越煩惱之牆（bull markets climb a wall of worry）。採用了雙動能，情況就會成為──「別煩惱。要快樂。」（Don't Worry. Be Happy.）我們所要做的，就是遵循模型。

老舊的投資典範

老舊的投資典範，起始於個人投資者的幼稚行為，有些人的決策是聽從預言者的指示而擬定的。華倫・巴菲特對此有所評論：股票預測者的唯一功能，就是讓算命術士看起來還算好。史特金法則說：「任何事物都有 90％是垃圾。」個人投資者經常過度交易，分散不足，受制於許多常見的行為偏差。

藉由積極管理型投資帳戶而由別人接管決策程序，通常要支付昂貴的費用，面臨類似的過度交易，以及肆虐個人投資者的某些相同行為偏差。

老舊典範也仰賴固定收益資產來緩和投資組合的價格波動與耗損。這在過去 30 年的債券多頭市場裡，確實提供了一些助益，但現在如果繼續這麼做，未必是個好主意。風險平價雖然降低了股票的價格波動，卻招致其他風險；現在這麼做，恐怕有些不合時宜，因為目前正處於利率最低的環境。

讀者如果留意學術研究的發展，應該瞭解價值與小型股投資或許已經不再提供異常獲利的機會。精明貝他的情況大概也是如此，因為它終究可能不太精明。

秉持著老舊投資典範，投資人如果想要擁有最佳成功機會，只有採用低成本的被動管理指數型基金，就如同那些投資大師所推薦的，譬如：華倫・巴菲特、查爾斯・希瓦伯（Charles Schwab）、約翰・伯格（John Bogle）、伯尼・馬多夫（Bernie Madoff，好吧，馬多夫不算），以及其他人 [107]。可是，被動指數型基金仍然受制於大幅的耗損，同樣可能引發情緒性過度反應，讓投資人在最不恰當的時機，做出最不恰當的行為。

---

107. 馬多夫因為證券詐欺而被判有期徒刑 150 年。有人曾經到美國聯邦監獄訪問馬多夫，向他請教投資建議：http://www.valuewalk.com/2013/06/madoff-recommends-index-funds/。

新穎的投資典範

相對於時好時壞的典範，新的雙動能典範讓我們得以融入市場。它的概念很單純，適用於現實世界，而且很容易執行。

投資人雖然想要讓長期財富最大化，但由於短視的厭惡風險，太過強調短期報酬變異性，因而持有太多不該持有的債券。這種厭惡風險的傾向，導致股票提供較高的風險溢價。

採用雙動能，我們可以放心持有更多的股票，尤其是美國股票，享有較高的風險溢價。我們仍然會持有期望報酬較低的固定收益資產，但主要是運用於股票市場疲弱的狀況下，這個時候才有理由持有債券。

新的投資典範採用相對強度動能，藉由跨市趨勢而提升報酬。更重要的是，我們的新典範也採用絕對動能，用以確保這些趨勢處於上升狀態，協助降低相對動能仍然無法處理的嚴重耗損。

藉由相對動能與絕對動能的美妙結合，使得整體投資組合得以享有較高的期望報酬，以及較低的期望風險。雙動能協助排除其他形式之決策過程難以避免的情緒性與行為性偏差。事實上，這套方法允許我們利用這些偏差，而不是讓它們影響我們。

動能的持續效力

動能的優異表現，存在於過去 200 多年的資料裡，涵蓋所有的市場與資產類別，這意味著動能異常現象絕非短暫的。由於雙動能績效傑出，我們自然會擔心，如果有更多的人使用，是否會妨礙其效力。沒錯，任何異常現象一旦普遍被利用，勢必會喪失某種程度的獲利能力。可是，動能背後隱藏的行為偏差，是如此的根深蒂固——根本人性畢竟是難以改變的。另外，人們普遍受制於慣性與無知，大多數人不太可能突然甦醒或覺悟，成為熱衷的動能投資者。所以，我們相信，大多數投資人會繼續跟動能對作，而不是運用動能。

關於這點，不妨讓我們引用近期的例子做為證明。積極管理型基金的績效表現，顯然不如被動管理型基金，主要是因為積極管理型投資涉及較高的費用[108]。人們早就知道這項事實，但所有基金之中，仍然有70％屬於積極管理型投資[109]。同樣地，ETF 在很多方面都勝過共同基金，譬如：盤中流動性佳，費用比率低，節稅效用高。雖然如此，但共同基金的總投資金額高達 $14.8 兆，ETF 卻只有 $1.62 兆。

動能很可能也存在這種斷開缺口。我曾經跟某些人解釋雙動能，但他們並不認同這是「主要的異常現象」，他們認為動能只適合做為利基（niche）策略，而不是核心（core）投資策略。這可能牽涉到幾種理由。首先，我可能不是個勝任的溝通者（但願本書讀者不認同這點）。其次，對於新穎的事物，總是普遍存在定錨與守舊等行為偏差。投資人學習速度緩慢，對於不熟悉的東西，難免會排斥，他們寧可擁抱自己比較熟悉的東西。再者，有些人就是懷疑順勢操作方法的效力，絕對動能也包含其中。另外，人們通常要花點時間和精力，才能真正瞭解和體會雙動能投資的效益。對於那些願意這麼做的人，應該就可以享有其他大多數投資人所沒有的顯著優勢。

挑戰與機會

無疑地，將來的某些期間，雙動能的表現會不如對照基準。碰到這類期間，投資人千萬不可罔顧大局，做出一些可能導致長期傷害的事情。雙動能投資者將來需要面臨的主要挑戰，可能就是他們自己遵循這套模型的意願、耐心和紀律。對於自己使用的東西，人們總是喜歡修修補補，想增添什麼額

---

108. 包括債券與股票。請參考 Blake、Elton 和 Gruber（1993）。

109. 根據 Gennaioli、Shleifer 和 Vishny（2012）的資料顯示，投資人支付超額費用給績效不彰的積極管理型基金，是因為相信外部經理人可以降低投資人所感受到的投資風險。

外的東西；不幸的是，由於過份自信，我們經常會高估自己的想法，因此很多「改善努力」反而會造成適得其反的後果。

Grove 等人（2000）針對 136 篇論文做了一項薈萃分析（meta-analysis，也稱為元分析），也就是針對各種研究所進行的研究。這些論文橫跨各種專業領域，主題都是分析計量方法 vs. 專家判斷的精確性 [110]。結果，有 94％ 的研究顯示模型勝過專家。唯有 8 份研究顯示，人類判斷勝過計量模型，但這都是因為人類掌握了某些計量模型所不知道的資訊。反之，專家即使知道計量模型的結果，其表現仍然不如模型。所以，計量模型已經成為高限頂篷，而不是低限基底。Grove 等人認為：「人類的臨床判斷存在許多偏差，包括：忽略基本比率（ignoring base rates）、指派非最佳權數於提示（assigning nonoptimal weights to cues）、沒有考慮回歸均值（failure t take into account regression toward the mean）、沒有適當考慮互變異性（failure to properly assess cvariation）[111]。」

億萬富豪吉姆・賽門（Jim Simons）是文藝復興避險基金（Renaissance Technologies）與大獎章基金基金（Medallion Fund）的創始人，他可以算得上是最頂尖的系統交易者之一。2013 年，他管理其避險基金的個人收入高達 $22 億。賽門說過：「你如果打算採用模型進行交易，就應該盲目地運用模型，完全聽從模型的指示，不管你認為模型此時多麼精明或愚蠢都一樣 [112]。」

使用雙動能的經驗告訴我，堅持遵循一套效力經過驗證、能夠適應各種市況的系統，才是確保成功的唯一路徑。我發現自己沒辦法跟雙動能匹敵，因此我視它為我的最佳投資盟友。

---

110. 關於這方面的更多資料，請參考 Tetlock（2005）。

111. 有關計量方法勝過專家的其他案例，請參考 James Montier 的 Global Equity Strategy: Pinting by Number——An Ode to Quant。http://www.thehedgefundjournal.com/node/7378.

112. 取自 2010 年 的 MIT 演講，Mathematics, Common Sense, and Good Luck: My Life and Career，http://video.mit.edu/watch/mathematics-common-sense-and-good-luck-my-life-andcareers-9644/.

　　理查・崔赫斯（Richard Driehaus）說過：「股票市場像個女人。你必須遵循她的意旨，聽從她的指令，而且要尊敬她[113]。」當然，做起來不像聽起來那麼容易。不信的話，可以去問我的前妻。

　　雙動能提供了一個架構，讓你得以辦到這點。這套系統協助我適當而滿懷信心地回應市場，我相信它也同樣可以幫助你。套用雨果（Victor Hugo）的話：「未來有很多名字。對於弱者，它叫做不可能。對於膽怯者，它叫做不可知。對於勇敢的人，它叫做機會。」我祝各位的雙動能旅程：一帆風順。

---

113. 請參考 http://www.traderslog.com/richard-driehaus-profile/。

啟程了！

　　動能有如奔向財富寶山的快速列車。這段旅程，我們乘坐的主要是股票特快號。它如果被其他更快的列車超越，我們就跳上那輛列車，繼續全速前進。有時候，所有的股票列車都停了下來，甚至朝相反方向倒退。碰到這種情況時，我們就要轉搭老舊的「國庫券」號，它的速度雖然緩慢，但很穩定。等到股票特快號又開始快速前進，我們就會回到它那裡，舒適地享受美好的旅程。

　　踏上愉快旅程，我們迅速超越幾位前共同基金經理人精密管理的大湖號，他們彼此都認為自己比對方棒。我們也超越買進-持有列車，他們那位高效率的列車長，邊走邊喊著：「媽的給我全速前進就對了！」如果是平順航行的帆船，這麼做或許有點道理，但列車是航行在起伏不定的山區，如此可能會讓乘客受不了。

　　我們行經列車調撥站，看到很多造價不斐的殘骸，譬如避險列車，還有不斷繞著圓圈走而哪裡也到不了的多空兼做列車。商品列車的動力已經大不如前了，所以在顛簸不平的路上，速度遠遠落後。我們超過了剛拋錨的管理期貨有限號，那邊站著鋼鐵意志般的人約翰・亨利（John Henry），還有凱西・都鐸・瓊斯（Casey Tudor Jones）。

　　最後，我們來到但丁車站，閃爍的招牌寫著：「那些到了這裡的人，放棄所有希望。」擴音器傳出「令人惶恐而混淆的聲音」。我們對著一群坐擁資產而無事可做的可憐人唱著：

現在請傾聽叮噹聲、隆隆聲，以及吶喊聲，

當她衝過樹林，加速直奔海岸，

她是強大無比的引擎，聽那快樂的鈴聲響起

當我們全速而安全地前進，行駛在雙動能的道路上[114]。

---

114. 摘錄自老歌：J.A. Roff（1882）的 The Great Rock Island Route。

附錄 A
全球股票動能每個月的成果

表 A.1　全球股票動能

	1月	2月	3月	4月	5月	6月
1974	0.4	0.3	-2.5	-1.9	0.8	-2.3
1975	4.0	1.7	-1.9	-1.1	2.3	4.8
1976	12.2	-0.8	3.4	-0.8	-1.1	4.4
1977	-4.7	-1.8	0.7	0.9	0.7	1.4
1978	-0.2	0.4	0.3	0.1	-0.5	4.5
1979	1.9	-0.5	2.3	-0.4	-2.1	2.2
1980	6.2	0.0	-9.7	11.3	4.7	3.2
1981	-4.2	1.7	4.0	-1.9	0.3	-0.6
1982	0.6	2.0	1.3	2.8	1.6	-1.6
1983	3.7	2.3	3.7	7.9	-0.9	3.9
1984	4.5	0.9	9.4	-0.2	-3.1	1.3
1985	2.3	1.2	0.1	-0.1	5.8	1.6
1986	2.5	11.1	14.1	6.6	-4.4	6.8
1987	10.6	3.0	8.2	10.6	0.0	-3.2
1988	3.5	1.2	-0.9	-0.5	-0.7	2.4
1989	2.0	0.4	-1.7	5.2	4.0	-0.6
1990	-6.7	1.3	2.6	-2.5	9.8	-0.7
1991	1.2	7.2	2.4	0.2	4.3	-4.6
1992	-1.9	1.3	-1.9	2.9	0.5	-1.5
1993	0.8	1.4	2.1	-2.4	2.2	-1.2
1994	8.2	-0.8	-4.6	-0.8	0.0	0.7
1995	2.0	2.4	3.0	2.9	4.0	2.3
1996	3.4	0.9	1.0	1.5	2.6	0.4
1997	6.2	0.8	-4.1	6.0	6.1	4.5
1998	1.1	7.2	5.1	1.0	-1.7	4.1
1999	4.2	-3.1	4.0	3.9	-2.4	5.5
2000	-5.4	2.7	3.8	-5.6	-2.6	4.3
2001	1.6	0.9	0.5	-0.4	0.6	0.4
2002	0.8	1.0	-1.7	1.9	0.8	0.9
2003	0.1	1.4	-0.1	0.8	1.9	-0.2
2004	1.6	2.5	0.6	-3.1	0.3	2.2
2005	-1.7	4.9	-2.7	-2.5	0.6	1.9
2006	7.0	-0.3	2.9	5.2	-4.6	-0.1
2007	0.4	0.6	2.8	4.6	2.7	0.9
2008	-9.7	0.1	0.3	-0.2	-0.7	-0.1
2009	-0.9	-0.4	1.4	0.5	0.7	0.6
2010	-4.9	0.0	6.9	-0.8	-10.4	-5.2
2011	2.4	3.4	0.0	3.0	-2.8	-1.4
2012	4.5	4.3	3.3	-0.6	-6.0	0.0
2013	4.1	1.4	3.8	1.9	2.3	-1.3

7月	8月	9月	10月	11月	12月	GEM 年度	S&P 500 年度
-0.4	-1.4	1.9	4.3	1.0	0.2	0.2	-26.5
-6.4	-1.8	-3.1	6.5	2.4	-0.8	6.0	37.2
-0.5	-0.2	2.6	-1.9	-0.4	5.6	23.9	23.9
-0.1	1.0	0.0	-0.5	0.9	-0.4	-2.1	-7.2
1.1	2.1	3.0	5.8	1.0	-1.0	17.8	6.6
1.2	-0.3	0.4	-6.4	4.8	2.1	5.0	18.6
-0.5	1.0	2.9	2.0	-2.0	-3.0	15.7	32.5
0.2	-2.1	-0.1	5.9	8.5	-3.7	7.4	-4.9
4.3	5.5	4.0	5.3	4.0	1.9	36.5	21.5
-3.0	1.5	1.4	-1.2	2.4	4.2	28.7	22.6
4.5	1.7	2.4	4.2	1.8	1.5	32.3	6.3
-0.1	3.2	5.9	6.8	4.1	4.8	41.5	31.7
6.2	9.9	-1.0	-6.7	5.8	5.3	69.9	18.7
-0.2	7.5	-1.6	-14.0	1.0	1.4	23.0	5.3
-0.5	0.3	2.3	1.9	5.6	0.6	15.9	16.6
9.0	2.0	-0.4	-2.3	2.0	2.4	23.8	31.7
-0.3	-1.3	0.8	1.3	2.2	1.6	7.4	-3.1
4.7	2.4	-1.7	1.3	-4.0	11.4	26.6	30.5
4.1	-2.0	1.2	0.3	3.4	1.2	7.6	7.6
3.3	5.4	-2.1	3.6	-7.6	7.8	13.2	10.1
2.0	3.4	-2.5	-0.1	-0.2	0.7	5.7	1.3
3.3	0.3	4.2	-0.4	4.4	1.9	34.8	37.6
-4.4	2.1	5.6	2.8	7.6	-2.0	23.0	23.0
8.0	-5.6	5.5	-3.3	4.6	1.7	33.4	33.4
-1.1	-14.5	6.4	8.1	6.1	5.8	28.6	28.6
-3.1	-0.5	-2.7	3.7	2.0	9.5	22.1	21.0
-3.9	1.2	-5.3	-0.4	1.6	1.9	-8.2	-9.1
2.2	1.1	1.2	2.1	-1.4	-0.6	8.4	-11.9
1.2	1.7	1.6	-0.5	0.0	2.1	10.3	-22.1
-3.4	2.0	2.8	6.5	2.2	7.6	23.3	28.7
-2.9	0.8	3.2	3.5	6.9	4.3	21.4	10.9
3.7	2.6	5.2	-3.6	3.4	4.8	17.1	4.9
1.0	2.8	0.1	4.1	3.6	3.1	27.2	15.8
-0.3	-1.5	6.6	5.6	-4.5	-1.4	17.1	5.5
-0.1	0.9	-1.3	-2.4	3.3	3.7	-6.5	-37.0
1.6	1.0	1.1	0.5	2.9	2.1	11.6	26.5
7.0	-4.5	8.9	3.8	0.0	6.7	5.5	15.1
-2.0	-5.4	-7.0	10.9	-0.2	1.0	0.7	2.1
1.4	2.3	2.6	-1.9	0.6	0.9	11.4	16.0
5.1	-2.9	3.1	4.6	3.1	2.5	31.0	32.4

　　全球股票動能（GEM）是以法則為基礎的方法，運用相對與絕對動能於下列指數：S ＆ P 500，MSCI 所有國家世界指數（不含美國，MSCI All Country World ex-US；1988 年之前採用 MSCI 世界指數，不含美國，MSCI World ex-US），以及巴克萊資本美國整體債券指數（Barclays Capital U.S. Aggregate Bond）。GEM 每個月重新建構。你不能直接投資 GEM。績效不代表實際基金或投資組合的績效。所有績效都是總報酬，包含利息與股息再投資，但沒有反映可能發生的管理費、交易成本和其他費用。歷史資料與分析並不足以保證未來績效。

附錄 B
絕對動能：一種以法則為基礎的簡單策略，以及普遍適用的順勢操作輔助策略

摘要

　　相對強度動能的相關研究資料很多，但絕對動能（也稱為時間序列動能）就遠較為少了。這篇論文準備討論絕對動能的實務層面。首先探討唯一的參數：形成期間（或回顧期間）。然後，我們會檢視絕對動能運用於股票、債券與實質資產的報酬、風險與相關等性質。最後，我們將絕對動能運用於 60％股票／40％債券的投資組合，以及簡單的風險平價投資組合。我們將顯示，絕對動能能夠有效辨識根本市況變動，是一套很容易執行的法則相關方法，不論做為獨立系統，或做為順勢操作的輔助策略，潛在用途都很廣泛。

導論

　　動能效應是最顯著、最普遍的金融現象之一（Jegadeesh 和 Titman，1993，2001）。研究者已經確認了其運用於多種不同資產類別與各種資產群組的價值（Blitz 和 Van Vilet，2008；Asness、Moskowitz 和 Pedersen，2013）。自從發表以來，相對強度動能的樣本外績效不僅可以往後延伸（Grundy 和 Martin，2001；Asness 等人，2013），也可以回溯到 1801 年（Geczy 和 Samonov，2012）。

　　相對強度動能是比較某資產相對於其同儕的績效，藉以預測該資產未來的績效。除了相對強度動能之外，動能也可以在絕對或時間序列基礎上運作，也就是利用資產本身的過去報酬，藉以預測未來績效。針對絕對動能，我們只觀察資產在回顧期間內的超額報酬。以絕對動能來說，資產後續月份與其過去 1 年期超額報酬之間，存在顯著的正值自身互變異數（Moskowitz、Ooi 和 Pedersen，2012）。

因此，就性質上來說，絕對動能屬於順勢操作。一般來說，順勢操作方法比較不容易得到認同，也比較不容易被學術界接受（Brock、Lakonishok和 LeBaron，1992；Lo、Mamaysky 和 Wang，2000；Zhu 和 Zhou，2009；Han、Yang 和 Zhou，2011）。

過去 20 多年來，絕對動能雖然有很多研究資料，但沒有人確定知道這種方法為何能夠有效運作。Brown 和 Jennings（1989）運用歷史價格技術分析，發展出一套以理性均衡為基礎的模型。最近，Zhou 和 Zhu（2014）藉由類似如絕對動能的順勢操作交易法則提供的風險分享函數，讓他們發現均衡報酬。

可是，關於動能與順勢操作獲利的最常見解釋，還是跟行為因素有關，譬如說：定錨、群居與處置效應（Tversky 和 Kahneman，1974；Barberis、Shleifer 和 Vishny，1998；Daniel、Hirshleifer 和 Subrahmanyam，1998；Hong 和 Stein，1999；Frazzini，2006）。

關於定錨效應，投資人對於新資訊的反應遲緩，因此最初會造成反應不足。關於群居效應，在最初的反應不足之後，買進會造成更多的買進，導致價格過度反應而超越基本面價值。透過處置效應，投資人會過早賣出獲利部位，虧損部位則持有過久。這會造成逆風的效果，使得趨勢在達到真實價值之前持續得更久。

行情下跌時賣出／行情上漲時買進的風險管理規劃，也會造成趨勢持續發展（Garleanu 和 Pedersen，2007）。確認偏差也是如此，因為投資人會把最近的價格走勢，視為未來走勢的代表。所以，投資人會把資金轉移到最近表現最好的交易工具，導致趨勢持續發展（Tversky 和 Kahneman，1974）。行為偏差是根深蒂固的，這可以解釋動能獲利為何始終存在，而且還會繼續存在。

這篇論文的重點，是討論絕對動能，因為這是一套很單純的方法，對於只做多的投資方式來說，存在著顯著的優勢。我們可以將絕對動能運用於任何資產或資產投資組合，而且不至於犧牲其他資產的貢獻價值。反之，如果運用相對強度動能，就會排除或減少積極管理型投資組合內某些資產的影響力。這可能會減少多重資產分散投資的效益，而且被排除的績效落後資產，也可能突然開始有好表現，結果讓投資人錯失機會。

絕對動能的第二種優點是，它可以有效降低下檔價格波動，而且能夠辨識根本市況變動。雖然相對動能與絕對動能都能提升報酬，但絕對動能也可以有效降低只做多投資的下檔曝險，這點跟相對動能不同（Antonacci 2012）。

下一節準備討論我們處理絕對動能所運用的資料和方法。緊接著，我們討論絕對動能的形成期間。然後，我們說明絕對動能運用於各種市場，對於報酬、風險與相關性質的影響，並且與買進 - 持有策略做比較。最後，我們將絕對動能運用於兩種代表性多重資產投資組合：60 / 40 的平衡式股票 / 債券投資組合，以及簡單的分散性風險平價投資組合。

資料與方法

所有的月份資料都起自 1973 年 1 月，除非有特別註明，包括利息與股利在內。對於股票部分，我們採用 MSCI 美國指數與 MSCI EAFE 指數。MSCI 代表摩根史坦利資本國際（Morgan Stanley Capital International），EAFE 代表歐洲（Europe）、澳洲（Australia）與遠東（Far East）。這些都是大型股與中型股的自由浮動調整後市場資本加權指數。對於固定收益部分，我們採用巴克萊資本美國長期公債（Barclays Capital Long U.S. Treasury）、美國中期公債（Intermediate U.S. Treasury）、美國信用債券（U.S. Credit）、美國高殖利率公司債（U.S. High Yield Corporate）、美國政府與信用債券（U.S. Government & Credit），以及美國整體債券（U.S. Aggregate Bond）等指數。高殖利率指數的起始日期是 1983 年 7 月 1 日，整體債券指數的起始日期是 1976 年 1 月 1 日。至於 1976 年 1 月之前，我們利用美國政府與信用債券取代整體債券指數，因為兩者的走勢非常密切。

對於國庫券部分，我們採用 90 天期美國國庫券的月份報酬；對於實質資產部分，我們採用 FTSE NAREIT U.S. Real Estate 指數與 S & P 的 GSCI（以前的高盛商品指數，Goldman Sachs Commodity Index），黃金月份報酬是根據倫敦下午的月底收盤價決定。

絕對動能雖然還有更複雜的決定方法（Baltas 和 Kosowski，2012），但我們的策略採用簡單的定義：當回顧期間內的超額報酬（資產報酬減掉國庫券報酬）為正數，絕對動能就定義為正數。這種期間裡，我們持有所選資產的多頭部位。絕對動能一旦變為負數（換言之，超額報酬為負數），我們就結束該資產部位，改而持有 90 天期美國國庫券，直到絕對動能再度翻正為止。換言之，國庫券是市場承受重大壓力之下的資金避風港。

投資部位每個月都重新評估，並做調整。每年進出國庫券的交易次數，可能低到 0.33（REIT），也可能高到 1.08（高殖利率債券）。每次轉換到國庫券，就扣減 20 個基點的交易成本[115]。最大耗損定義為從峰位到谷底的最大折返幅度，以月底數據為準。

形成期間

表 8.1 顯示形成期間分別為 2 到 18 個月所對應的夏普率。由於資料起始日期是 1973 年 1 月（除了高殖利率債券是 1983 年 7 月之外），而我們考慮的最長形成期間是 18 個月，因此結果是從 1974 年 7 月延伸到 2012 年 12 月。每種資產夏普率最高者，我們以陰影標示。最佳結果大部分集中在 12 個月期間。為了確認這點，我們把 1974 年到 2012 年的資料分割為每期 10 年的子樣本，尋找每種資產在每 10 年期的最高夏普率。圖 B.1 顯示整個回顧期間所有 10 年期的夏普率最高次數分佈。

---

115. 任何基準投資組合或動能的月份重新調整，都沒有扣減交易成本。

表 B.1 形成期間的夏普率

回顧期間	18	16	14	12	10	8	6	4	2
MSCI US	0.41	0.43	0.45	0.56	0.46	0.44	0.41	0.38	0.23
EAFE	0.33	0.32	0.35	0.41	0.45	0.32	0.38	0.36	0.46
公債	0.40	0.42	0.45	0.54	0.38	0.36	0.33	0.42	0.40
信用債券	0.75	0.80	0.70	0.74	0.80	0.81	0.69	0.71	0.66
高殖利率	0.70	0.87	0.82	0.92	0.66	0.69	0.82	0.77	0.77
REIT	0.65	0.71	0.72	0.69	0.63	0.63	0.87	0.68	0.63
GSCI	0.04	0.04	0.09	0.20	0.09	-0.08	-0.11	0.13	0.06
黃金	0.39	0.35	0.35	0.42	0.39	0.37	0.32	0.30	0.21

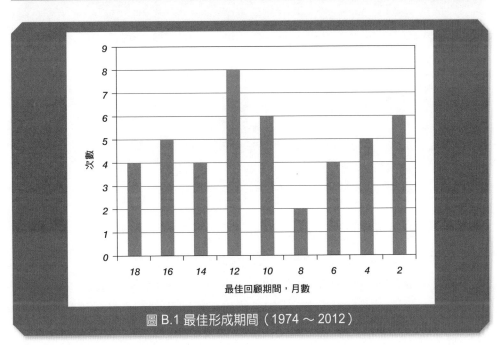

圖 B.1 最佳形成期間（1974 ～ 2012）

表 B.2 絕對動能結果（1974 ～ 2012）

	年度報酬率	年度標準差	年度夏普率	最大耗損	月份獲利%
MSCI US 絕對動能	12.26	11.57	0.55	-22.90	75
MSCI US 無動能	11.62	15.74	0.37	-50.65	61
EAFE 絕對動能	10.39	11.82	0.39	-25.14	78
EAFE 無動能	11.56	17.53	0.33	-56.40	60
公債絕對動能	10.08	8.43	0.52	-12.92	77
公債無動能	9.74	10.54	0.39	-20.08	61
信用債券絕對動能	8.91	4.72	0.70	-8.70	82
信用債券無動能	8.77	7.18	0.44	-19.26	67
高殖利率債券絕對動能	9.97	4.76	0.90	-7.14	88
高殖利率債券無動能	10.05	8.70	0.50	-33.31	75
REIT 絕對動能	14.16	11.74	0.69	-19.97	75
REIT 無動能	14.74	17.25	0.50	-68.30	62
GSCI 絕對動能	8.24	15.46	0.17	-48.93	81
GSCI 無動能	4.93	19.96	-0.02	-61.03	54
黃金絕對動能	13.68	16.62	0.46	-24.78	81
黃金無動能	9.44	19.97	0.19	-61.78	53
中位數 絕對動能	10.25	11.66	0.53	-21.43	79
中位數 無動能	9.90	16.48	0.38	-53.53	61

　　不論是整體或分割的結果都符合相對動能的最佳形成期間，從 3 個月延伸到 12 個月，而集中在 12 個月 [116]（Jegadeesh 和 Titman，1993）。很多動能研究論文都採用 12 個月的形成期間，部位持有期間為 1 個月，做為研究上的基準策略。由於文獻大多採用 12 個月，所以我們的基準策略也採用 12 個月的形成期間。如此應該可以盡可能降低交易成本與資料探勘的風險。

---

116. Cowles 和 Jones（1937）首先指出 12 個月回顧期間的獲利能力，他們運用美國股票市場從 1920 年到 1935 年的資料。Moskowitz 等人（2012）將絕對動能運用於 58 種高流動性期貨市場，涵蓋期間從 1969 年到 2009 年，他們也發現 12 個月回顧期間的獲利能力最好。

絕對動能的性質

　　表 B.2 顯示運用與不運用 12 個月絕對動能情況下，每種資產與所有資產之中位數的績效摘要，涵蓋期間從 1974 年 1 月到 2012 年 12 月。

　　圖 B.2 顯示運用與不運用 12 個月絕對動能情況下，各種資產的夏普率。圖 B.3 顯示獲利月份百分率，圖 B.4 顯示月份的最大耗損。每一種資產在整個 38 年的期間內，只要有運用 12 個月的絕對動能，夏普率都比較高，最大耗損比較小，獲利月份百分率也比較大。

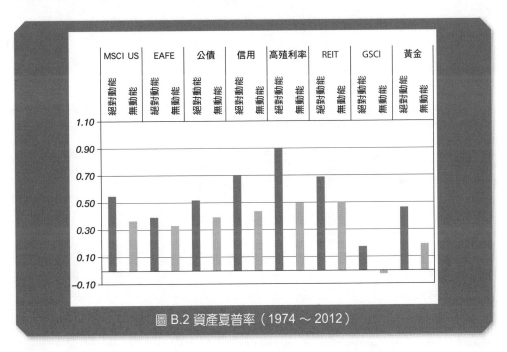

圖 B.2 資產夏普率（1974 ～ 2012）

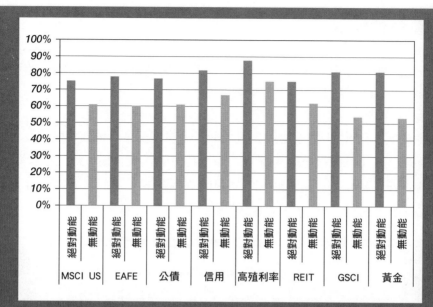

圖 B.3 獲利月份百分率（1974 ～ 2012）

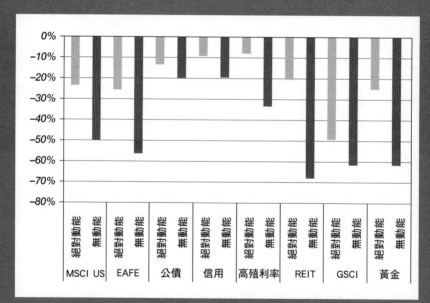

圖 B.4 最大月份損耗（1974 ～ 2012）

表 B.3 月份相關（1974 ～ 2012）

無動能							
	EAFE	公債	信用	高殖利率	REIT	GSCI	黃金
MSCI US	0.63	0.11	0.26	0.43	0.58	0.10	0.01
EAFE		0.03	0.12	0.37	0.48	0.18	0.19
公債			0.67	0.12	0.05	-0.10	0.01
信用				0.40	0.15	0.04	-0.02
高殖利率					0.32	0.07	-0.04
REIT						0.11	0.07
GSCI							0.27
12 個月絕對動能							
	EAFE	公債	信用	高殖利率	REIT	GSCI	黃金
MSCI US	0.49	0.05	0.35	0.45	0.45	0.14	0.04
EAFE		0.03	0.26	0.31	0.29	0.13	0.11
公債			0.81	0.04	-0.03	-0.04	-0.02
信用				0.38	0.28	-0.01	0.05
高殖利率					0.41	0.09	0.02
REIT						0.13	0.12
GSCI							0.30

　　表 B.3 顯示運用與不運用絕對動能情況下，各種資產之間的相關。沒有運用絕對動能情況下，8 種資產的平均相關為 0.22，如果運用絕對動能，則為 0.21。大體上來說，我們的資料沒有顯示絕對動能會導致相關增加。這對於絕對動能運用到多種資產投資組合來說，具有正面意涵。

　　隨後的圖 B.5 到圖 B.12 顯示的是每種資產的對數成長走勢圖，起始基準都是 100。

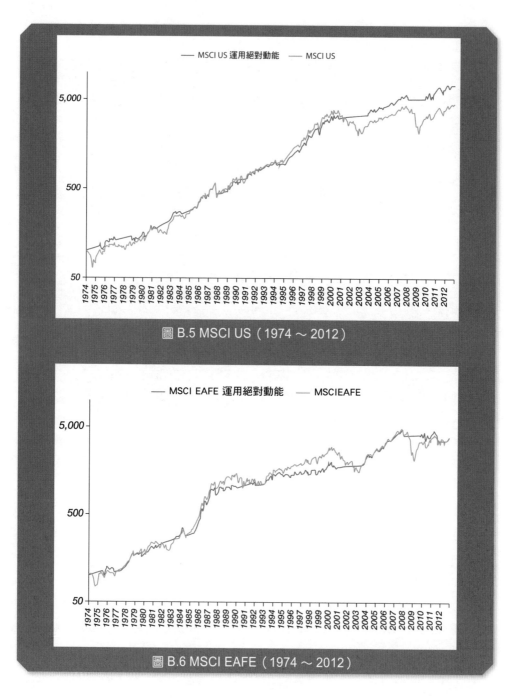

圖 B.5 MSCI US（1974 ～ 2012）

圖 B.6 MSCI EAFE（1974 ～ 2012）

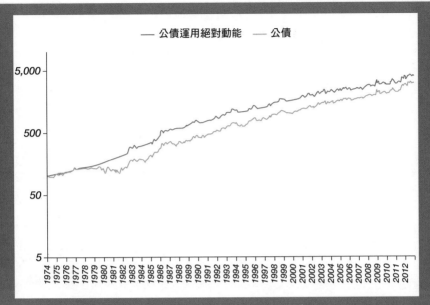

圖 B.7 美國公債（1974 ～ 2012）

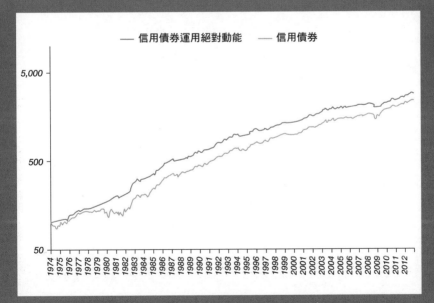

圖 B.8 美國信用債券（1974 ～ 2012）

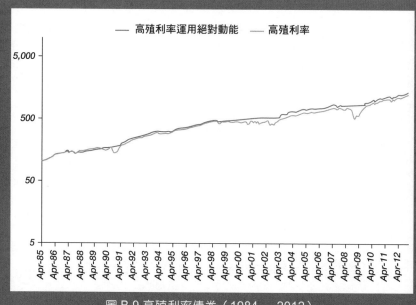

圖 B.9 高殖利率債券（1984 ～ 2012）

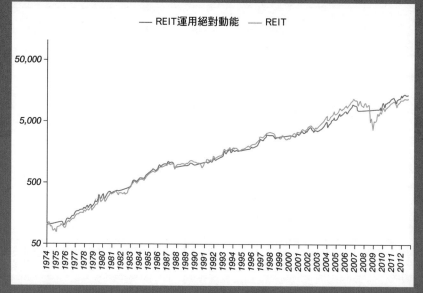

圖 B.10 美國 REIT（1974 ～ 2012）

圖 B.11 S&P GSCI（1974 ～ 2012）

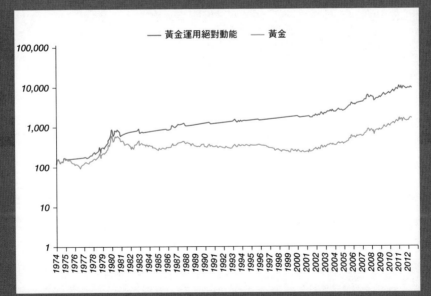

圖 B.12 倫敦黃金（1974 ～ 2012）

60 / 40 平衡式投資組合

前文顯示，12 個月絕對動能能夠提升各種個別資產的風險調整後績效。在這樣的情況下，我們自然會想知道，絕對動能將如何影響多重資產投資組合。最簡單的多重資產投資組合之一，就是以 60％股票與 40％債券所構成的投資組合，這也是機構投資人觀察 1926 年到 1965 年股票和債券報酬而建構的組合，在 1960 年代中期曾普遍被採用。表 B.4 顯示 MSCI US 與美國公債指數（U.S. Treasury Indexes）建構的 60 / 40 投資組合，還有 MSCI US 指數，從 1974 年以來的表現，包括運用與不運用 12 個月絕對動能的情況。

表 B.4 60 / 40 平衡式投資組合績效（1974 ～ 2012）

	年度報酬	年度標準差	年度夏普率	最大耗損	獲利月份%	與 S & P 500 的相關	與 10 年公債相關
60/40 絕對動能	11.52	7.88	0.72	-13.45	74	0.67	0.37
60/40 無動能	10.86	10.77	0.47	-29.32	63	0.92	0.46
MSCI US 絕對動能	12.26	11.57	0.55	-22.90	75	0.74	0.13
MSCI US 無動能	11.62	15.74	0.37	-50.65	61	1.00	0.10

相較於單獨投資美國股票，不運用絕對動能的 60 / 40 投資組合，價格波動與耗損方面確實下降，但其與 S & P 500 的月份相關高達 0.92，意味著該投資組合還是保留了絕大部分的股票市場風險。由於股票的價格波動遠甚於債券，所以股票市場走勢主導了 60 / 40 投資組合的風險。從風險立場來看，一般 60 / 40 投資組合實際上幾乎就是股票投資組合，因為股票市場的變異性，幾乎解釋了該投資組合績效的大部分變異性。

運用絕對動能的 MSCI US，其與 S & P 500 的相關為 0.74，小於 60 / 40 投資組合與 S & P 500 之間的相關 0.92。在耗損與報酬方面，運用絕對動能的 MSCI US 表現優於 60 / 40 投資組合。60 / 40 投資組合如果運用絕對動能，其與 S & P 500 的相關由原先的 0.92 下降到 0.67[117]。另外，運用絕對動能的 60 / 40 投資組合，其報酬與正常 MSCI US 指數大致相當，但價格波動率只有一半，最大耗損則減少超過 70％。

　　圖 B.13 顯示分別運用動能與不運用動能情況下，MSCI US 指數與 60 / 40 投資組合的最大 1 個月、3 個月、6 個月與 12 個月耗損。圖 B.14 則顯示相同投資組合的滾動式 5 年期最大耗損。

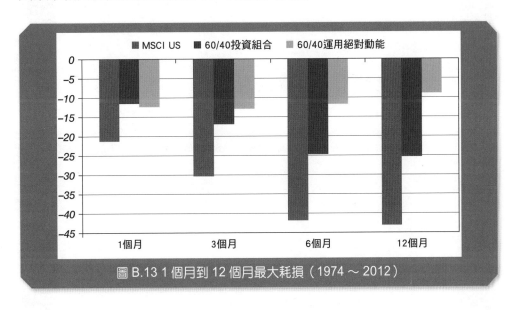

圖 B.13 1 個月到 12 個月最大耗損（1974 ～ 2012）

117. 結束於 2012 年 12 月的 10 年期，絕對動能 60 / 40 投資組合與 S&P 500 指數之間的相關為 0.53，相較於常態 60 / 40 投資組合與 S&P 500 指數之間的相關為 0.87。

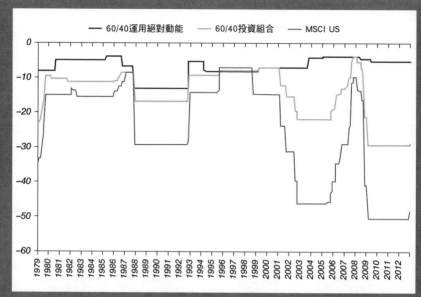

圖 B.14 滾動式 5 年期最大耗損（1979 ～ 2012）

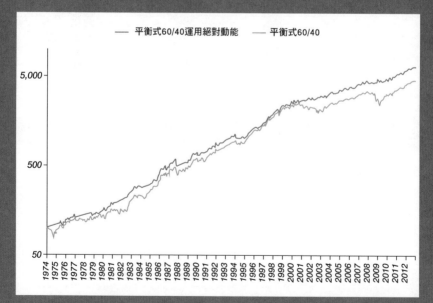

圖 B.15 平衡式 60/40 投資組合（1974 ～ 2012）

　　傳統的 60 ／ 40 投資組合提供的分散風險效益很有限，雖然就兩種資產配置的資金來看，似乎頗為平衡。從 1900 年到 2012 年，60 ／ 40 投資組合任何一年發生負數實質報酬的機率是 35％，任何 5 年內發生的機率是 20％，任何 10 年是 10％ [118]。至於實質最大耗損則是 66％。如果將簡單的 12 個月絕對動能運用於 40 ／ 60 投資組合，可以創造市場水準的報酬，而下檔風險也會比較合理。圖 B.15 顯示運用 12 個月絕對動能與傳統的 60 ／ 40 投資組合之比較。相較於過去，絕對動能提供的順勢操作市場時效功能，現在可能更具價值。過去，由於全球各地市場彼此之間的相關程度較低，光是分散投資的做法，可能就足以降低下檔曝險。

平價投資組合

　　關於 60 ／ 40 投資組合顯著朝股票傾斜的問題，處理方式通常是做更廣泛的分散，或配置更多固定收益投資。舉例來說，捐贈基金經常會分散投資到少數專門領域，譬如：私募基金、避險基金與其他較高風險的替代投資。某些風險性平價規劃也會做廣泛的分散投資。另外，風險性平價投資組合嘗試讓各種不同資產類別都承擔相同程度的風險，因此風險低的資產類別，會配置較多的資本，也就是說更多資本會配置到價格波動較低的資產，譬如固定收益。舉例來說，債券 ／ 股票投資組合可能至少需要配置 70％的債券，才能讓股票與債券的曝險程度相同。

　　建構風險型平價投資組合的常用方法之一，是採用每種資產類別的價格波動率倒數，做為該資產的部位規模 [119]。如此能夠把所有資產類別的曝險常態化。可是，這種處理方式會招致一些問題。第一，我們必須透過某種方式決定回顧期間的長度，以及衡量價格波動率的頻率。這會產生資料探勘偏差。第二，價格波動率與相關在本質上就是不穩定、不固定的。運用此兩者，

---

118. 資料來源：Robert Shiller 的網站 http://www.econ.yale.edu/~shiller/data.html。

119. 為了考慮資產之間的相關，有些人採用互變異數而不是價格波動率

將引進額外的估計風險與投資組合的潛在不穩定性。我們可以透過更簡單的辦法，達到跟傳統平價大致相同的結果。我們仍然從 MSCI US 與長期公債指數構成的 60 ／ 40 投資組合開始，然後增添房地產（REIT）、信用債券與黃金等 3 種資產類別，所有 5 種資產的權數相同 [120]。我們運用信用債券來增加投資組合的固定收益成份曝險。信用債券提供一些信用風險溢價，而且存續期間小於長期公債，因此具有分散固定收益配置風險的效果。REIT 提供房地產曝險，另外還有額外的股票曝險。黃金提供有別於房地產的真實資產曝險 [121]。黃金的價格波動率最高，所以只佔平價投資組合的 20％，債券得到的配置最高 40％，因為在投資組合內佔有兩個席位（長期公債與信用債券）。股票曝險則介於黃金與債券之間，因為有 REIT 提供的額外股票曝險。

表 B.5 顯示 S ＆ P 500、10 年期公債和 GSCI 商品指數分別跟 60 ／ 40 投資組合和平價投資組合之間的相關，而兩個投資組合又分別考慮運用與不運用 12 個月絕對動能的情況。運用 12 個月絕對動能的平價投資組合，其分別與股票和債券的相關都很小，而且大致相等。由於透過絕對動能緩和下檔風險，所以我們的投資組合得以達到風險平價，而且仍然保持固定收益資產的配置不超過投資組合的 40％。

表 B.5 月份相關（1974 ～ 2012）

	60/40 投資組合	60/40+ 絕對動能	平價 投資組合	平價 + 絕對動能
S ＆ P 500	0.92	0.67	0.67	0.40
10 年期公債	0.58	0.35	0.37	0.36
GSCI	0.05	0.06	0.25	0.19

---

120. DeMiguel、Garlappi 和 Uppal（2009）運用 7 個資料集合測試 14 個樣本外配置模型，發現所有相關的夏普率與確定對等報酬都不會高於相等權數投資組合。採用更複雜的模型決定最佳分散權數，其效益可能完全被估計誤差抵銷，甚至超過。

121. 我們採用黃金而不是商品，是因為擔心商品缺少風險溢價，而且契約展延時還會發生嚴重的跑在前成本（Daskalaki 和 Skiadopoulus, 2011；Mou, 2011）。

　　對於高度平衡的投資組合來說，處在低成長、低通膨環境下，債券會有傑出表現，得以維持投資組合；反之，在高成長、高通膨環境下，股票和 REIT 的表現較好，得以維持投資組合。表 B.6 顯示 60 ／ 40 投資組合與平價投資組合的績效比較，包括整體期間與 4 個 10 年期，以及運用與不運用 12 個月絕對動能的情況。所有的資料都顯示，運用 12 個月絕對動能的平價投資組合，其夏普率最高，而耗損最低。圖 B.16 顯示平價投資組合 vs.60 ／ 40 平衡式投資組合的走勢，圖 B.17 則顯示平價投資組合 vs. 其成份的走勢。

表 B.6 平價投資組合 vs.60/40 平衡式投資組合（1974 ～ 2012）

	平價＋絕對動能	平價投資組合	60/40＋絕對動能	60/40 投資組合
所有資料				
年度報酬	11.98	11.28	11.52	10.86
年度標準差	5.75	8.88	7.88	10.77
年度夏普率	1.06	0.62	0.72	0.47
最大耗損	-9.60	-30.40	-13.45	-29.32
獲利月份%	75	69	74	63
1974 ～ 1983				
年度報酬	15.78	13.10	11.37	9.41
年度標準差	7.20	10.05	6.88	12.35
年度夏普率	0.86	0.38	0.33	0.04
最大耗損	-6.31	-16.89	-8.19	-22.95
獲利月份%	80	64	81	52
1984 ～ 1993				
年度報酬	12.34	10.19	14.48	15.63
年度標準差	4.98	5.62	9.78	11.40
年度夏普率	1.09	0.62	0.75	0.73
最大耗損	-4.28	-6.53	-13.45	-16.99
獲利月份%	78	64	79	68
1994 ～ 2003				
年度報酬	9.06	9.45	12.10	10.86
年度標準差	4.65	6.66	8.23	10.05
年度夏普率	0.99	0.74	0.90	0.62
最大耗損	-4.87	-7.56	-8.16	-22.14
獲利月份%	72	73	69	64
2004 ～ 2012				
年度報酬	10.69	12.55	7.84	7.34
年度標準差	5.78	−12.12	5.92	8.80
年度夏普率	1.47	0.84	0.99	0.61
最大耗損	-9.60	-30.40	-5.03	-29.32
獲利月份%	69	70	67	69

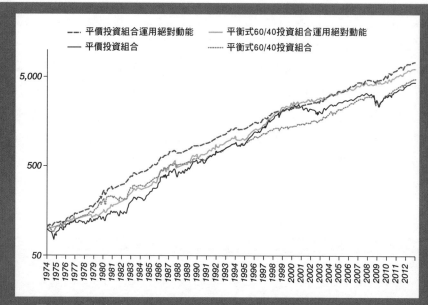

圖 B.16 平價投資組合 vs. 60/40 平衡式投資組合（1974 ～ 2012）

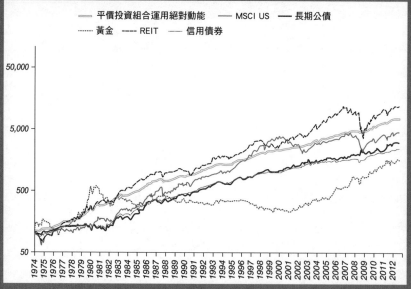

圖 B.17 平價投資組合 vs. 其成份（1974 ～ 2012）

　　圖 B.18 顯示滾動式 12 個投資組合報酬的跨四分位差區間。圖 B.19 顯示運用與不運用絕對動能之平價投資組合的月份報酬差異。2008-2009 年期間，價格波動稍有增加。可是，所繪製的趨勢線，顯示平均報酬差異在時間上保持固定。

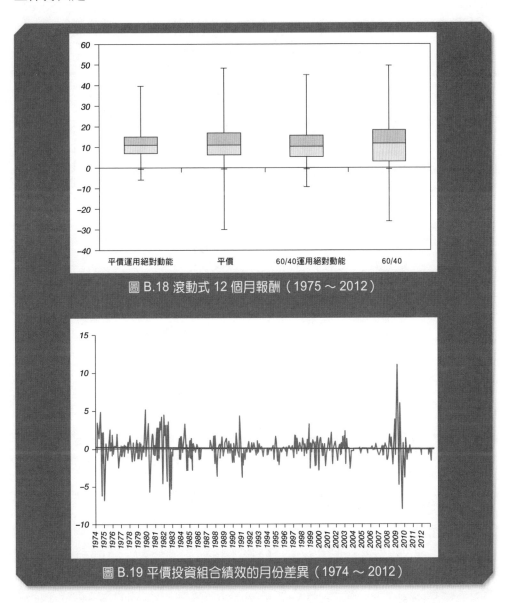

圖 B.18 滾動式 12 個月報酬（1975 〜 2012）

圖 B.19 平價投資組合績效的月份差異（1974 〜 2012）

平價投資組合耗損

就如同運用於個別資產與 60 ／ 40 投資組合的情況一樣，12 個月絕對動能運用於平價投資組合，也顯著降低耗損，請參考圖 B.20 與 B.21。

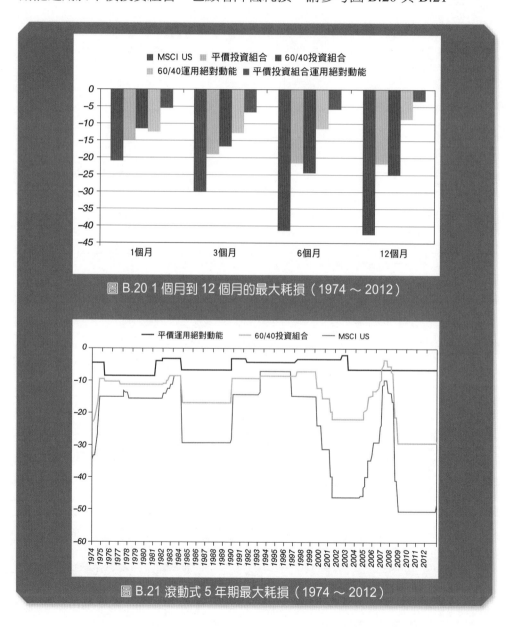

圖 B.20 1 個月到 12 個月的最大耗損（1974 ～ 2012）

圖 B.21 滾動式 5 年期最大耗損（1974 ～ 2012）

　　表 B.7 顯示我們的平價投資組合運用絕對動能之後，如何因應根本市況變動，避開了股票市場從 1974 年開始的重大跌勢。

表 B.7 股票市場最大耗損（1974 ～ 2012）

	MSCI US	60 / 40 投資組合	平價 + 絕對動能
74 年 03 月～ 74 年 09 月	-33.3	-22.4	+2.2
87 年 09 月～ 87 年 11 月	-29.4	-17.0	-1.7
00 年 09 月～ 01 年 09 月	-30.9	-15.4	+5.4
02 年 04 月～ 02 年 09 月	-29.1	-12.2	+7.3
07 年 11 月～ 09 年 02 月	-50.6	-29.3	-0.4

　　圖 B.22 的座標縱軸代表平價投資組合季報酬，橫軸表對應的 S & P 500 季報酬。藉由這份圖形，我們可以清楚看到，絕對動能運用於平價投資組合，能夠有效緩和股票市場虧損。

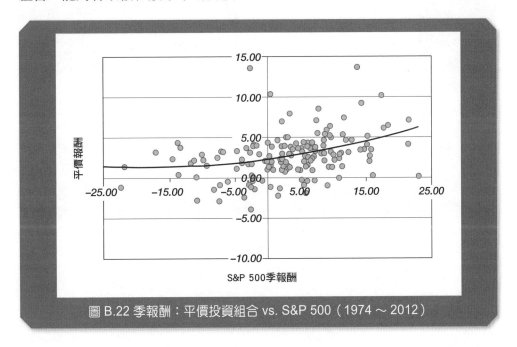

圖 B.22 季報酬：平價投資組合 vs. S&P 500（1974 ～ 2012）

隨機優勢

由於金融市場可能出現不固定的變異數，以及自身相關的互依報酬分佈，所以當我們進行分析與比較時，最好採用穩健或非參數的（nonparametric）方法。第二階隨機優勢（second order stochastic dominance）就是這類的方法之一；換言之，如果可預測程度更高（風險較低），而且平均報酬至少相同（Hader 和 Russell，1969），人們會更偏好其結果。圖 B.23 分別顯示運用與不運用絕對動能的平價投資組合月份報酬累積分佈函數。

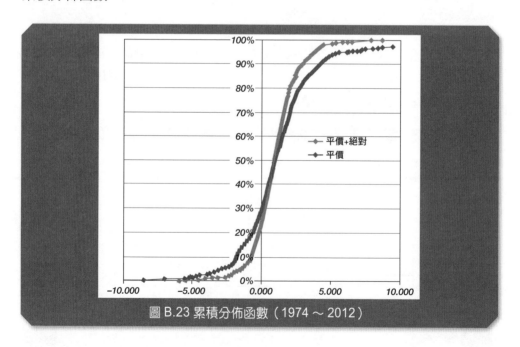

圖 B.23 累積分佈函數（1974～2012）

運用 12 個月絕對動能的平價投資組合，相較於不運用絕對動能的對應組合，發生虧損的機率較低，獲利的機率則較高。另外，運用 12 個月絕對動能的平價投資組合，其平均數大於對應的不運用絕對動能組合，所以厭惡風險的投資人──基於第二階隨機優勢的緣故──永遠偏好運用動能的平價投資組合。

信用擴張

　　風險平價投資規劃經常持有相當多的固定收益成份，經理人為了達成可接受的期望報酬，往往必須採用擴張信用的操作手段。我們知道，絕對動能得以降低平價投資組合的價格波動，同時還保留股票水準的報酬，所以對於信用擴張手段的仰賴程度就大不相同了。

　　可是，由於絕對動能平價投資組合的期望耗損低，人們或許仍然希望藉由信用擴張手段提升期望報酬，就如同很多風險平價投資規劃所做的[122]。表 B.8 與圖 B.24 顯示絕對動能平價投資組合藉由槓桿手段，把年度價格波動水準提升到常態 60／40 投資組合的長期價格波動水準附近。此處採用的融通成本為聯邦基金利率加上 25 個基點[123]，槓桿比率為 1.85：1。

表 B.8 平價投資組合（1974 ～ 2012）

	槓桿平價 + 絕對動能	平價投資組合 + 絕對動能	平價投資組合 無動能
年度報酬	16.87	11.98	11.28
年度標準差	10.61	5.75	8.88
年度夏普率	0.98	1.06	0.62
最大耗損	-18.44	-9.60	-30.40
偏態	0.07	0.16	-0.82
超額峰態	2.77	2.70	7.04

---

122. 順勢操作方法也可以降低負偏態與相關的左側尾部風險（Rulle 2004）。運用槓桿手段時，負偏態尤其容易造成問題。絕對動能可能降低或消除負偏態。

123. 運用借款取代國庫券部位，可以降低融通成本。我們並沒有考慮這方面的成本節約。

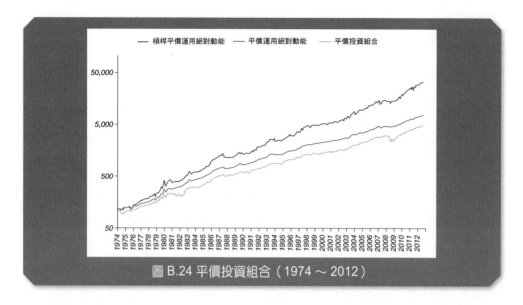

圖 B.24 平價投資組合（1974 ～ 2012）

槓桿操作投資組合涉及很多不同層面的風險，譬如：肥厚尾部風險、市場流動性風險、交易對手風險、基差風險、相關收斂風險等。由於大多數風險平價投資規劃都持有 50％以上的固定收益證券資產，所以未來的最大風險還是利率上升。名目利率如果回到歷史常態水準 6％，則長期債券價格可能會下跌 50％。至於此處談到的絕對動能平價投資組合，它對於根本市況變動的適應能力，遠超過常態風險平價投資規劃，應該可以在利率上升期間，及時出脫固定收益證券——因為其所具備的順勢操作性質。一般來說，絕對動能是信用擴張手段的好幫手。

因素訂價模型

表 B.9 顯示 12 個月絕對動能平價投資組合與美國股票市場之間的迴歸分析結果，分別運用單一因素資本資產訂價模型（CAPM），以及 3 個因素的法馬／法蘭西模型（納入市場、規模與價值風險等 3 個因素，如同肯尼斯·法蘭西網站所顯示者）[124]。此外，我們也考慮 4 個因素的法馬／法蘭西模型

---

124. 請造訪 http://mba.tuck.dartmouth.edu/pages/faculty/ken.french/data_library.html。

（加上相對動能），以及 6 個因素的模型（加上巴克萊資本美國整體債券與 S＆P GSCI 商品指數的超額報酬）。

由於我們的平價投資組合是只做多的策略，我們自然會看到股票、債券與 GSCI 等因素具有高度顯著性的係數。絕對動能捕捉了某些顯著的剖面動能 β。在所有四個模型中，我們的絕對動能平價投資組合都提供了深具顯著性的 α。

表 B.9 因素模型係數（1974 ～ 2012）

	年度 α	市場 β	小型 β	價值 β	動能 β	債券 β	GSCI β	R^2
6 個因素模型	3.82** (4.10)	0.159** (6.90)	-0.044 (1.51)	0.039 (1.41)	0.078** (2.75)	0.259* (3.28)	0.045* (4.56)	0.23
4 個因素 法馬／法蘭西	4.07** (4.28)	0.167** (7.84)	-0.061* (2.00)	0.054* (2.01)	0.0925** (3.39)			0.21
3 個因素 法馬／法蘭西	5.24** (5.99)	0.149** (6.54)	-0.071* (2.38)	-0.017 (0.86)				0.17
1 個因素模型	4.97** (5.62)	0.139** (6.29)						0.15

括弧內數據為 Newey-West（1987）的穩定 t 統計量，經過序列相關（serial correlation）與可能的異質變異性（heteroskedasticity）調整。
** 與 * 分別代表 1%與 5%的統計顯著水準。

結論

考利斯（Cowles）和瓊斯（Jones）首先在 1937 年公開發表有關 12 個月動能的研究。從此之後，動能的運作就受到普遍重視。相形之下，相對強度動能──觀察特定資產與其同儕之間的績效比較──更受到學術研究者與投資人的青睞。可是，相對動能是觀察價格強度的次要方法。絕對動能──衡量特定資產與其本身過去的績效比較──是透過更直接方式觀察與運用市場趨勢，藉以判定價格是否持續發展。

透過絕對動能判定趨勢，可以幫助克服下檔風險，利用根本市況變動的契機，達成更高的風險調整後報酬。就我們的運用來說，絕對動能是一種簡單的法則相關方法，很容易執行。我們只需要比較其報酬是否大於國庫券利率，就能判斷前一年的趨勢為向上還是向下。

我們已經看到 12 個月絕對動能如何有效運作於過去 39 年的資料，協助改善各種投資的報酬 - 風險性質。對於多重資產投資組合來說，絕對動能做為戰術輔助策略，深具價值。風險型平價投資組合如果運用絕對動能，由於其與股票或債券等傳統投資之間的相關很低，因此可以做為核心投資組合，或替代性資產組合。

如同本篇論文所主張的，絕對動能可以提升核心投資組合的期望報酬，降低期望耗損。這能有效協助基本的股票／債券配置，譬如說 60／40 平衡式組合，能夠在不大量持有固定收益工具（避免承擔過高的利率風險）的情況下，達成投資目標。事實上，如果把絕對動能運用於單純股票的投資組合，將可以降低或甚至排除運用固定收益工具做為分散投資的必要性。除此之外，投資人運用絕對動能，也可以減少或排除信用擴張，或選擇避險基金、私募基金等高風險替代投資，乃至於避免建構可能存在資料探勘偏差（因為採用不固定或估計誤差風險高的相關或互變異數）的投資組合。

絕對動能還有其他潛在用途。相較於管理性期貨，簡單的絕對動能是更具成本效益的替代工具（Hurst、Ooi 和 Pedersen，2014）。這也能夠用以替代選擇權銷售策略，不只保留更多的上檔獲利潛能，同時提供更大的下檔保障。對於昂貴的尾部風險之避險，絕對動能也是有效的替代方法。藉由絕對動能，可以避免運用那些期望報酬偏低之邊際資產做積極避險。投資人如果希望利用高風險資產，或透過信用擴張手段，藉以提升報酬，那麼 12 個月絕對動能因為能夠降低期望耗損，因此可能更為適用。

雖然存在各種可能運用，但絕對動能做為投資策略與風險管理工具，都沒有得到應有的重視。有關 12 個月絕對動能，我們已經發展了超越本篇介紹文章範圍的各種變形和提升方法。可是，即使是此處討論的最簡單形式，所有投資人如果能夠熟悉絕對動能，不論做為獨立運作的策略，或做為戰術性輔助策略，用以改善任何資產或投資組合的風險調整後績效，想必都能夠受益匪淺。

名詞解釋

　　這份名詞解釋只是為了幫助讀者瞭解本書所使用的名詞，但這只是個起點。我建議各位上網搜尋更詳細的資訊，並閱讀推薦讀物中的相關書籍。

- **Absolute momentum**（絕對動能）：價格會持續呈現其本身歷史所呈現之走勢的傾向。

- **Active investment management**（積極管理型投資）：經理人為了超越某投資對照基準，而持續調整其投資選擇的一種投資組合策略。

- **Adjustment effect**（調整效應）：請參考 Anchoring（定錨效應）。

- **Alpha**（阿爾法）：風險調整後的一種績效衡量方式；對照某基準之超額報酬的超額報酬。

- **Anchoring**（定錨效應）：過份重視某單一資訊，而在面對新資訊時，也只部分更新既有觀點；由於資訊產生完整影響的速度緩慢，價格調整機制延遲，導致價格持續發展。

- **Animal spirits**（獸性）：情緒因子所驅動的行為，而不是基於經濟理性考量。

- **Anomaly**（異常現象）：偏離常態的現象，譬如說，績效優於系統性風險預期的投資策略；績效違背效率市場概念的情況。

- **Asymmetric loss aversion**（不對稱厭惡風險）：為了避免風險而承擔高風險，但面對潛在獲利時，卻厭惡風險；請參考 Disposition effect。

- **Autocorrelation**（自身相關）：報酬本身的相關，也稱為自身互變異數（auto-covariance）；程序在不同時間上之數值的相關。

- **Backfill bias**（回填偏差）：結果在出現幾個月或幾年好表現之後，才加入指數；屬於自我選擇的偏差。

- **Bandwagon effect**（從眾效應）：參考 Herding（群居）。

- **Basis points**（基點）：金融衡量單位，相當於一個百分點的百分之一。

- **Behavioral finance**（行為金融學）：研究投資人行為的社會、認知與情緒因素，及其對於金融市場的影響；解釋投資人為何會有非理性行為而導致市場異常現象。

- **Beta**（貝他）：衡量投資暴露於整體市場走勢的風險；這種風險無法藉由分散投資而消除。

- **Bias**（偏差）：性格或看法的傾向。

- **Bootstrap**（自助抽樣）：重新抽樣的技巧，藉以取得樣本統計量；通常運用於複雜或未知的統計分佈，或因為樣本太小而不符合標準統計推論。

- **Capital asset pricing model**（資本資產訂價模型）：敘述風險與期望報酬之間的關係，用以訂定證券價格；任何證券的報酬是跟其市場 β 值所衡量的風險成比例關係。

- **Capitalization weighted**（資本加權）：每支股票都根據在外流通股票的總價值做加權；對於資本市值加權指數來說，愈大型公司對於指數的影響愈大。

- **Capital market line**（資本市場線）：一條源自於無風險報酬率到風險資產可行區間的直線。

- **Cognitive dissonance**（認知失調）：看到證據顯示我們的信念或假設為錯誤時，因而引發的心理衝突或不舒適經驗。

- **Confirmation bias**（確認偏差）：一種心態傾向，使我們會去搜尋與接受符合我們信念的資訊，卻拒絕那些違背我們信念的資訊

- **Conservatism**（守舊性）：看到新證據時，不願意充分修正既有信念的傾向；嘗試尋找符合既有信念的資訊，卻忽略與既有信念衝突的資訊。

- **Correlation**（相關）：衡量兩個變數之間的線性關係，顯示兩者一起發生變動的程度；相關的數值介於 +1（完美相關）與 -1（完全負相關）。

- **Cross-sectional**（剖面的）：在時間上做比較。

- **Curve fitting**（曲線套入）：歷史資料內偶發的型態而將來不太可能重複發生；請參考 Overfitting bias（過度套入偏差）。

- **Data mining**（資料探勘）：尋找過去資料內的型態，藉以建構具有預測功能的模型。

- **Deciles**（十分位）：把資料分為十等分。

- **Derivatives**（衍生性產品）：某類金融契約，其價值是來自於其他資產的價值表現，而且指定交易雙方的付款條件；包括：期貨、選擇權、遠期契約與交換交易。

- **Disposition effect**（處置效應）：過早賣出獲利部位，虧損部位則希望扳平而持有過久的傾向；參考 Asymmetric loss aversion（不對稱厭惡風險）。

- **Double sort**（**雙重排序**）：根據某因素作資料排序，然後再根據另一個因素做第二次排序。

- **Drawdown**（**耗損**）：投資組合最高價值與隨後發生之最低價值的差距；價格創新高之後的價格折返百分率。

- **Dual momentum**（**雙動能**）：結合絕對動能與相對動能。

- **Efficient market hypothesis**（**效率市場假說，EMH**）：主張證券價格充分反映所有公開可供運用之資訊；另外，風險因素一旦經過調整，人們不容易在市場創造長期超額報酬。

- **Egodicity**（**遍歷性**）：每個序列或大樣本都同樣可以代表整體；意味著統計性質可以由程序的單一樣本推演。

- **Equal weighted**（**相等加權**）：對於投資組合或指數的每支成份股，其權數或重要性都相同。

- **Excess return**（**超額報酬**）：證券或投資組合的報酬率超過對照基準或指數的報酬。

- **Expected return**（**期望報酬**）：投資平均而言可以期待賺取的報酬。

- **False discovery rate**（**錯誤發現率**）：運用於假設檢定的統計方法，藉由錯誤預測期望百分率來解釋多重比較。

- **Fat-tailed**（**肥厚尾部**）：極端事件發生的機率超過常態分佈所預測的情況；參考 Leptokurtosis（尖峰態）。

- **Formation period**（**形成期間**）：參考 Look-back period（回顧期間）。

- **Hedge funds**（**避險基金**）：集合資金共同投資的交易工具，由專業經理人管理，不對一般投資大眾開放，使其得以收取較高的管理費，操作彈性超過大眾可供運用的基金。

- **Herding**（**群居**）：非理性的群眾行為，主要是人云亦云、人為亦為。

- **Heuristic**（**捷思**）：簡單而有效的法則，或心法，用以解釋人們如何在不確定狀況下擬定決策；譬如：嘗試錯誤（trial and error）、經驗法則（rule of thumb）、據理推測（educated guess）

- **Hindsight bias**（**後見之明的偏差**）：在事件發生之後，才認定事件具備可預測性的偏差，因為實際上沒有證據顯示在相關事件發生之前存在可預測性質。

- **Idiosyncratic volatility**（**特性價格波動率**）：因為特定證券之獨特性質而產生的可分散性風險；與市場風險之間幾乎沒有相關。

- **Index fund**（指數型基金）：某種被動型管理投資基金，其目標是要複製或追蹤某市場基準指數的走勢；這類基金的營運費用低，投資組合周轉率也低。

- **Information ratio**（資訊比率）：某資產或投資組合與某選定基準之間的報酬差異，除以追蹤誤差的比率。

- **In sample**（樣本內）：用以建構模型或策略的資料。

- **Interquartile range**（跨四分位差區間）：統計上對於資料分散程度的一種衡量方式，也就是資料的第一個四分位與第四個四分位之間的差異。

- **Joint hypothesis problem**（聯合假設問題）：是指市場效率絕對無法完全自行決定，而任何拒絕市場效率的模型，其本身也可能是錯的。

- **Krutosis**（峰態）：描述分佈平坦程度與尾部肥厚程度的一種衡量值；峰態愈大，極端報酬發生的機率愈高。

- **Leptokurtosis**（尖峰態）：平均數的峰位較高聳，尾部肥厚，意味著極端事件發生的機率較高。

- **Leverage**（信用擴張）：透過融資方式做投資，使得潛在報酬與價格波動都提高。

- **Linear regression**（線性迴歸）：運用模型而在一個應變數和兩個或以上解釋變數之間尋找線性關係；參考 Regression（迴歸）。

- **Lognormal distribution**（對數常態分佈）：隨機變數之對數呈現常態分佈的連續機率分佈；經常運用於金融市場的時間序列資料，其變數隨著時間經過而為報酬的乘積。

- **Longitudinal momentum**（縱向動能）：參考 Absolute momentum（絕對動能）。

- **Look-back period**（回顧期間）：用以比較過去表現，決定動能訊號的月數期間；參考 Formation period（形成期間）。

- **Loss aversion**（厭惡損失）：寧可避免虧損而不願獲利的傾向；參考 Risk aversion（厭惡風險）。

- **Market efficient**（市場效率）：股票價格反映全部既有、相關資訊的程度；請參考 Efficient market hypothesis（EMH，市場效率假說）。

- **Maximum drawdown**（最大淨值耗損）：資產或投資組合在整個持有期間內，價值從峰位到谷底之間的最大連續性下跌。

- **Mean reversion**（回歸均值）：價格會隨著時間經過而返回平均數；迴歸平均數。

- **Mean-variance optimization**（平均數 - 變異數最佳化）：某種計量方法，運用過去報酬、相關與價格波動率等資料，試圖在特定投資風險水準，儘可能取得最大的投資組合期望報酬，或在既定期望報酬水準，儘可能把投資組合風險降低到最小。

- **Minimum variance portfolio**（最低變異數投資組合）：風險資產投資組合經過最佳化而讓價格波動達到最低。

- **Modern portfolio theory**（現代投資組合理論）：藉由投資組合風險而試圖把投資組合期望報酬最大化的理論；處理最佳化分散投資的數學方法。

- **Momentum**（動能）：績效持續表現的傾向；資產最近呈現上漲或下跌走勢，短期未來通常會繼續呈現相同方向的走勢。

- **Moving average**（移動平均）：從一大組資料中選取部分子集合，並隨著時間經過調整子集合的選取範圍，然後計算出一系列子集合的平均數；通常利用移動平均而讓短期價格波動得以平滑化，藉此凸顯較長期趨勢。

- **Noise**（雜訊）：不可預期、不會重複的型態，代表任意而不確定；雜訊不是資訊，但經常被誤為資訊。

- **Nominal return**（名目報酬）：沒有經過通貨膨脹調整的表面報酬率。

- **Nonparametric**（非參數的）：沒有性質結構；機率分佈不定。

- **Normal distribution**（常態分佈）：對稱而連續的機率分佈，呈現鐘鈴狀；具備很多方便的性質，適合做統計推論。

- **Out-of-sample**（樣本外）：在策略最佳化或建構模型時，沒有運用過的全新資料。

- **Overconfidence**（過度自信）：主觀認定自己的判斷力高於實際程度；絕大部分人都認為自己優於一般人；這種偏差會導致投資人對於新資訊的反應不足。

- **Overfitting bias**（過度套入偏差）：統計模型建構得太複雜，模型描述的隨機誤差和雜訊超過根本關係；具有這種偏差的模型，預測績效不佳。

- **Overreaction**（過度反應）：對於新資訊的反應程度太過激烈；導致過去的贏家價格過高，過去的輸家價格過低。

- **Overspecification**（超標規範）：請參考 Overfitting bias（過度套入偏差）。

- **Passive investment management**（被動型投資管理）：預先決定的策略，試圖追蹤某特定對照基準的表現；又稱為買進 - 持有方法。

- **Private equity**（私募基金）：資本直接投資於沒有公開掛牌的私有企業。

- **Prospect theory**（展望理論）：觀察人們如何感受期望結果，藉以解釋個人所擬定的決策，為何會偏離理性決策：人們評估獲利的態度不同於虧損，偏好根據所感受的獲利來擬定決策，而不是所感受的虧損。

- **Quartiles**（四分位）：將資料分為四等分。

- **Quintiles**（五分位）：將資料分為五等分。

- **Random walk**（隨機漫步）：運用於金融市場，是指股票價格獨立而不可預測；符合效率市場理論的主張。

- **Rational expectation**（理性預期）：當人們根據既有資訊與經驗擬定抉擇時，預期等於期望值，相關誤差是隨機的，而不是系統性的。

- **Real return**（實質報酬）：投資報酬根據通貨膨脹做過調整。

- **Regression**（迴歸）：藉由某方程式描述兩種或多種變數之間的關係，包含衡量該關係之精確性的各種衡量值。

- **Relative momentum**（相對動能）：運用某資產相對於其他資產的過去表現，藉以預測該資產的未來表現。

- **Relative strength**（相對強度）：衡量某資產相對於另一種東西之表現的強度。

- **Representativeness**（代表性）：根據事件類似於其母體程度而決定該事件的主觀機率；經常發現事件彼此之間存在很多類似性，而這些類似性並非來自於資料點太少而推論過快。

- **Residual**（殘差）：迴歸方程式套入數值與實際觀察值之間的差異。

- **Reward-to-variability ratio**：參考 Sharpe ratio（夏普率）。

- **Risk-adjusted return**（風險調整後報酬）：獲利根據所承受之風險做過調整的水準；夏普率、資訊比率與阿爾法都是風險調整後報酬的例子。

- **Risk aversion**（厭惡風險）：厭惡接受不確定的報酬，寧可接受確定而較低的報酬；衡量投資人接受額外風險所需要得到的報酬彌補。

- **Risk-free rate**（無風險報酬率）：無風險投資所提供的報酬率；通常是指美國短期國庫券利率。

- **Risk parity**（風險平價）：投資組合管理方法之一，資產配置調整到相同的價格波動；經常藉由信用擴張手段，提升期望報酬較低而配置較多的固定收益組合。

- **Risk premium**（風險溢價）：超過無風險報酬的報酬，做為承擔額外風險的彌補。

- **Robust**（穩健）：即使市況發生變化，仍得以繼續展現優異績效的性質。

- **Roll yield**（展延收益）：把短期期貨契約展延為長期契約，因而產生的報酬。

- **Selection bias**（選擇性偏差）：非隨機或非一致性地挑選資料；這也適用於挑選資料起始日期。

- **Self-attribution bias**（歸因偏差）：忽略負面回饋，不重視自身失敗與錯誤的傾向；成功則歸因於自己的技巧，失敗則歸因於運氣，而實際上並非如此。

- **Separation theorem**（分離定理）：把投資組合的決策與可接受風險的決策分開處理；換言之，根據這個定理，投資人可以對於某單一最佳投資組合，根據其風險偏好而透過信用借貸手段建構投資組合。

- **Serial correlation**（序列相關）：參考 Autocorrelation（自身相關）。

- **Sharpe ratio**（夏普率）：超額報酬除以該報酬的標準差，衡量每單位風險換來的報酬數量；夏普率＝（報酬 - 無風險報酬）／報酬的標準差。

- **Skewness**（偏態）：衡量機率分佈的對稱性；如果左側尾部更明顯，代表分佈的偏態為負；反之，偏態為正數。

- **Standard deviation**（標準差）：衡量偏離平均數的程度，可顯示報酬隨著時間經過而變動的情況；標準差愈大，預測價格的區間也愈大，價格波動愈劇烈。

- **Stationary distribution**（穩定分佈）：不會隨著時間經過而改變的機率分佈。

- **Stochastic**（隨機）：不確定的，或隨機決定的。

- **Stochastic dominance**（隨機優勢）：對於第二階的隨機優勢來說，厭惡風險的投資人寧可選擇平均報酬至少相同而更可預測的投資。

- **Survivorship bias**（存活者偏差）：比較注意存活者，而忽略了被淘汰者；績效研究經常忽略了已經倒閉的企業。

- **Systematic risk**（系統性風險）：屬於整體市場的風險，也就是不可分散的風險（undiversifiable risk）。

- **Tail risk**（尾部風險）：目前價格發生超過 3 個標準差的風險。

- **Technical analysis**（技術分析）：藉由分析市場資料本身，預測市場行為的方法。

- **Time-series momentum**（時間序列動能）：參考 Absolute momentum（絕對動能）。

- **Tracking error**（追蹤誤差）：衡量投資組合偏離對照基準的程度。

- **Trend following**（順勢操作）：一種操作方法，根據過去價格決定市場大致發展方向的計算或技巧。

- **t-Statistic**（t 統計量）：這種統計量能夠用以決定兩組資料是否顯著不同；經常運用於假設檢定或計算信賴區間。

- **Value investing**（價值型投資）：一種投資策略，試圖按照低於內含價值的價格買進；常用的價值投資衡量方式包括：本益比與股價 - 帳面價值比率等。

- **Volatility**（價格波動率）：衡量資料數列的移動的狀況；請參考 Standard deviation（標準差）。

參考書目

- Ahn, Dong-Hyu, Jennifer Conrad, and Robert Dittmar (2003), "Risk Adjustment and Trading Strategies," Review of Financial Studies 16(2), 459–485.

- Akemann, Charles A., and Werner E. Keller (1977), "Relative Strength Does Persist!" Journal of Portfolio Management 4(1), 38–45.

- Amenc, Noël, Felix Goltz, and Véronique Le Sourd (2009), "The Performance of Characteristics-Based Indices," European Financial Management 15(2), 241–278.

- Ang, Andrew (2012), "Mean Variance Investing," working paper.

- Antonacci, Gary (2011), "Optimal Momentum: A Global Cross Asset Approach," Portfolio Management Consultants.

- Antonacci, Gary (2012), "Risk Premia Harvesting Through Dual Momentum," Portfolio Management Consultants.

- Antonacci, Gary (2013), "Absolute Momentum: A Universal Trend-Following Overlay," Portfolio Management Consultants.

- Ariely, Dan (2009), Predictably Irrational, New York: HarperCollins Publishers.

- lAsness, Clifford S., Andrea Frazzini, Ronen Israel, and Tobias J. Moskowitz (2014), "Fact, Fiction, and Momentum Investing," working paper.

- Asness, Clifford S., John Liew, and Ross Stevens (1997), "Parallels Between the Cross-Sectional Predictability of Stock and Country Returns," Journal of Portfolio Management, 23(3), 79–87.

- Asness, Clifford S., Tobias J. Moskowitz, and Lasse J. Pedersen (2013), "Value and Momentum Everywhere," Journal of Finance, 68(3), 929–985.

- Asness, Clifford S., R. Burt Porter, and Ross L. Stevens (2000), "Predicting Stock Returns Using Industry-Relative Firm Characteristics," working paper.

- Avramov, Doron, and Tarun Chordia (2006), "Asset Pricing Models and Financial Market Anomalies," Review of Financial Studies 19(3), 1001–1040.

- Bachelier, Louis (2006), Louis Bachelier's Theory of Speculation: The Origins of Modern Finance, Princeton NJ: Princeton University Press.

- Bacon, Carl (2013), Practical Risk-Adjusted Performance Measurement, West Sussex, UK: John Wiley & Sons Ltd.

- Bailey, David H., Jonathan M. Borwein, Marcos López de Prado, and Qiji Jim (2014), "Pseudo Mathematics and Financial Charlatanism: The Effects of Backtest Overfitting on Out-of-Sample Performance," Notices of the American Mathematical Society 61(5), 458–474.

- Bajgrowicz, Pierre, and Olivier Scaillet (2012), "Technical Trading Revisited: False Discoveries, Persistence Tests, and Transaction Costs," Journal of Financial Economics 106(3), 473–491.

- Baker, Kent H., and Victor Ricciardi (2014), Investor Behavior: The Psychology of Financial Planning and Investing, Hoboken: NJ: John Wiley & Sons, Inc.

- Baltas, Akindynos-Nikolaos, and Robert Kosowski (2012), "Improving Time-Series Momentum Strategies: The Role of Trading Signals and Volatility Estimators," working paper.

- Bansal, Ravi, Robert F. Dittmar, and Christian T. Lundblad (2005), "Consumption, Dividends, and the Cross Section of Equity Returns," Journal of Finance 60(4), 1639–1672.

- Barber, Brad M., and Terrance Odean (2000), "Trading Is Hazardous to Your Wealth: The Common Stock Investment Performance of Individual Investors," Journal of Finance 55(2), 773–806.

- Barber, Brad M., and Guojun Wang (2011), "Do (Some) University Endowments Earn Alpha?" Financial Analysts Journal 69(5), 26–44.

- Barberis, Nicholas, Andrei Shleifer, and Robert Vishny (1998), "A Model of Investor Sentiment," Journal of Financial Economics 49(3), 307–343.

- Barberis, Nicholas, and Richard H. Thaler (2002), "A Survey of Behavioral Finance," National Bureau of Economic Research Working Paper No. 9222.

- Barras, Laurent, Olivier Scaillet, and Russ Wermers (2010), "False Discoveries in Mutual Fund Performance: Measuring Luck in Estimated Alphas," Journal of Finance 65(1), 179–216.

- Benjamini, Yoav, Abba M. Krieger, and Daniel Yekutieli (2006), "Adaptive Linear Step-Up Procedures That Control the False Discovery Rate," Biometrika 93(3), 491–507.

- Beracha, Eli, and Hilla Skiba (2011), "Momentum in Residential Real Estate," Journal of Real Estate Finance and Economics 43(3), 299–320.

- Bernartzi, Shlomo, and Richard H. Thaler (1995), "Myopic Loss-Aversion and the Equity Premium Puzzle," Quarterly Journal of Economics 110(1), 73–92.

- Bhardwaj, Geetesh, Gary B. Gorton, and K. Geert Rouwenhorst (2013), "Fooling Some of the People All of the Time: The Inefficient Performance and Persistence of Commodity Trading Advisors," working paper.

- Bhojraj, Sanjeev, and Bhaskaran Swaminathan (2006), "Macromomentum: Returns Predictability in International Equity Indices," Journal of Business 79(1), 429–451.

- Bikhchandani, Sushil, David Hirshleifer, and Ivo Welch (1992), "A Theory of Fads, Fashion, Custom, and Cultural Change as Informational Cascades," Journal of Political Economy 100(5), 992–1026.

- Blake, Christopher R., Edwin J. Elton, and Martin J. Gruber (1993), "The Performance of Bond Mutual Funds," Journal of Business 66(3), 370–403.

- Blitz, David, and Wilma De Groot (2014), "Strategic Allocation to Commodity Factor Premiums," Journal of Alternative Investments, forthcoming.

- Blitz, David C., and Pim Van Vliet (2008), "Global Tactical Cross-Asset Allocation: Applying Value and Momentum Across Asset Classes," Journal of Portfolio Management 35(1), 23–38.

- Bohan, James (1981), "Relative Strength: Further Positive Evidence," Journal of Portfolio Management 8(1), 36–39.

- Booth, David, and Eugene Fama (1992), "Diversification Returns and Asset Contributions," Financial Analysts Journal 48(3), 26–32.

- Brock, William, Josef Lakonishok, and Blake LeBaron (1992), "Simple Technical Trading Rules and the Stochastic Properties of Stock Returns," Journal of Finance 47(5), 1731–1764.

- Brown, David P., and Robert H, Jennings (1989), "On Technical Analysis," Review of Financial Studies 2(4),

- Brush, John S., and Keith E. Bowles (1983), "The Predictive Power in Relative Strength and CAPM," Journal of Portfolio Management 9(4), 20–23.

- Busse, Jeffrey A., Amit Goyal, and Sunil Wahal (2010), "Performance and Persistence in Institutional Investment Management," Journal of Finance 65(2), 765–790.

- Carhart, Mark M. (1997), "On Persistence in Mutual Fund Performance," Journal of Finance 52(1), 57–82.

- Chabot, Benjamin R., Eric Ghysels, and Ravi Jagannathan (2009), "Price Momentum in Stocks: Insights from Victorian Age Data," National Bureau of Economic Research Working Paper No 14500.

- Chan, Kalok, Allaudeen Hameed, and Wilson H. S. Tong (2000), "Profitability of Momentum Strategies in International Equity Markets," Journal of Financial and Quantitative Analysis 35(2), 153–175.

- Chan, Louis K. C., Narasimhan Jegadeesh, and Josef Lokonishok (2012), "Momentum Strategies," Journal of Finance 51(5), 1681–1713.

- Chancellor, Edward (1999), Devil Take the Hindmost: A History of Financial Speculation, New York: Plume Books.

- Chen, Hong-Yi, Sheng-Syan Chen, Chin-Wen Hsin, and Cheng-Few Lee (2014), "Does Revenue Momentum Drive or Ride Earnings or Price Momentum?" Journal of Banking and Finance 38, 166–185.

- Chen, Li-Wen, and Hsin-Yi Yu (2013), "Investor Attention, Visual Price Pattern, and Momentum Investing," working paper.

- Chen, Long, Ohad Kadan, and Engin Kose (2009), "Fresh Momentum," working paper.

- Chestnutt, George A. (1961), Stock Market Analysis: Facts and Principles, Larchmont, NY: American Investors Service.

- Chordia, Tarun and Lakshmanan Shivakumar (2002), "Momentum, Business Cycle, and Time Varying Expected Returns," Journal of Finance 57(2), 985–1019.

- Chordia, Tarun, Avanidhar Subrahmanyam, and Qing Tong (2013), "Trends in Capital Market Anomalies," working paper.

- Chow, Tzee-man, Jason Hsu, Vitali Kalesnik, and Bryce Little (2011), "A Survey of Alternative Equity Index Strategies," Financial Analysts Journal 67(5), 37–57.

- Conrad, Jennifer, and Gautam Kaul (1998), "An Anatomy of Trading Strategies," Review of Financial Studies 11(3), 489–519.

- Cooper, Tony (2014), "Simulation as a Stock Market Backtesting Tool," working paper.

- Covel, Michael W. (2007), The Complete Turtle Trader: How 23 Novice Investors Became Overnight Millionaires, New York: HarperCollins Publishers.

- Cowles, Alfred III, and Herbert E. Jones (1937), "Some A Posteriori Probabilities in Stock Market Criteria," Econometrica 5(3), 280–294.

- Daniel, Kent, David Hirshleifer, and Avanidhar Subrahmanyam (1998), "Investor Psychology and Security Market Under- and Overreactions," Journal of Finance 53(6), 1839–1886,

- Darvas, Nicolas (1960), How I Made $2,000,000 in the Stock Market, Larchmont, NY: American Research Council.

- Daskalaki, Charoula, and George S. Skiadopoulus (2011), "Should Investors Include Commodities in Their Portfolios After All? New Evidence," Journal of Banking and Finance 35(10), 2606–2626.

- De Bondt, Werner F. M., and Richard Thaler, "Does the Stock Market Overreact?" Journal of Finance 40(3), 793–805.

- DeLong Bradford J., Andrei Shleifer, Lawrence H Summers, and Robert J, Waldmann (1990), "Positive Feedback Investment Strategies and Destabilizing Rational Speculation," Journal of Finance 45(2), 375–395.

- DeMiguel, Victor, Lorenzo Garlappi, and Raman Uppal, (2009), "Optimal Versus Naïve Diversification: How Inefficient Is the 1/N Portfolio Strategy?" Review of Financial Studies 22(5), 1915–1953.

- Dewaele, Benoit, Hughues Pirotte, Nils Tuchschmid, and Erik Wallerstein (2011), "Assessing the Performance of Funds of Hedge Funds," working paper.

- Dichev, Ilia D., and Gwen Yu (2009), "Higher Risk, Lower Returns: What Hedge Funds Really Earn," Journal of Financial Economics 100(2), 248–263.

- Dickson, Joel M., Sachin Padmawar, and Sarah Hammer (2012), "Joined at the Hip: ETF and Index Development," The Vanguard Group, Inc.

- Dimson, Elroy, Paul Marsh, and Mike Staunton (2014), Credit Suisse Global Investment Returns Yearbook 2014, Zurich: Credit Suisse AG, 8–10.

- Docherty, Paul, and Gareth Hurst (2014), "Trend Salience, Investor Behaviors, and Momentum Profitability," working paper.

- Duffie, Darrell (2010), "Asset Price Dynamics with Slow-Moving Capital," Journal of Finance 65(4), 1238–1268.

- Erb, Claude B., and Campbell R. Harvey (2006), "The Strategic and Practical Value of Commodity Futures," Financial Analysts Journal 62(2), 69–97.

- Evans, Dylan (2012), Risk Intelligence: How to Live with Uncertainty, New York: Free Press.

- Faber, Mebane T. (2007), "A Quantitative Approach to Tactical Asset Allocation," Journal of Wealth Management 9(4), 69–79.

- Faber, Mebane T., and Eric W. Richardson (2009), The Ivy Portfolio: How to Invest Like the Top Endowments and Avoid Bear Market Losses, Hoboken, NJ: John Wiley & Sons Inc.

- Fama, Eugene F. (1998), "Market Efficiency, Long-Term Returns, and Behavioral Finance," Journal of Financial Economics 49(3), 283–306.

- Fama, Eugene, and Kenneth French (1988), "Dividend Yields and Expected Stock Returns," Journal of Financial Economics 22(1), 3–25.

- Fama, Eugene, and Kenneth French (1992), "The Cross-Section of Expected Stock Returns," Journal of Finance 47(2), 427–465.

- Fama, Eugene F., and Kenneth French (1993), "Common Risk Factors in the Returns on Stocks and Bonds," Journal of Financial Economics 33(1), 3–56.

- Fama, Eugene, and Kenneth French (2004), "The Capital Asset Pricing Model: Theory and Practice," Journal of Economic Perspective 18(3), 25–46.

- Fama, Eugene, and Kenneth French (2007), "Smart Talk: Fama and French," Journal of Indexes 8(4), 10–12.

- Fama, Eugene, and Kenneth French (2008), "Dissecting Anomalies," Journal of Finance 63(4), 1653–1678.

- Fama, Eugene, and Kenneth French (2010), "Luck Versus Skill in the Cross-Section of Mutual Fund Returns," Journal of Finance 65(5), 1915–1947.

- Fama, Eugene F., and Kenneth R. French (2014), "A Five-Factor Asset Pricing Model," working paper.

- Fang, Jiali, Ben Jacobsen, and Yafeng Qin (2013), "Predictability of the Simple Technical Trading Rules: An Out-of-Sample Test," Review of Financial Economics 23(1), 30–45.

- Fang, Jiali, Yafeng Qin, and Ben Jacobsen (2014), "Technical Market Indicators: An Overview," working paper.

- Feifei, Li, Vitali Kalesnik, and Jason Hsu (2012), "An Investor's Guide to Smart Beta Strategies," AAII Journal, American Association of Individual Investors, December 2012.

- Fox, Justin (2009), The Myth of the Rational Market, New York: HarperCollins Publishers.

- Frazzini, Andrea (2006), "The Disposition Effect and Underreaction to News," Journal of Finance 61(4), 2017–2046.

- Friesen, Geoffrey C., Paul Weller, and Lee Dunham (2009), "Price Trends and Patterns in Technical Analysis: A Theoretical and Empirical Examination," Journal of Banking and Finance 33(6), 1089–1100.

- Galbraith, John Kenneth (1990), A Short History of Financial Euphoria, New York: Penguin Books.

- Gârleanu, Nicolae, and Lasse Heje Pedersen (2007), "Liquidity and Risk Management," American Economic Review 97(2), 193–197.

- Gartley, H. M. (1935), Profits in the Stock Market, Pomeroy, WA: Lambert Gann Publishing.

- Gartley, H. M. (1945), "Relative Velocity Statistics: Their Application in Portfolio Analysis," Financial Analysts Journal, 51(1), 18–20.

- Geczy, Christopher, and Mikhail Samonov (2012), "212 Years of Price Momentum (The World's Longest Backtest 1801–2012)," working paper.

- George, Thomas J., and Chuan-Yang Hwang (2004), "The 52-Week High and Momentum Investing," Journal of Finance 59(5), 2145–2176.

- Gennaioli, Nicola, Andrei Shleifer, and Robert W. Vishny (2012), "Money Doctors," National Bureau of Economic Research Working Paper No. 18077.

- Goetzmann, William N., and Alok Kumar (2008), "Equity Portfolio Diversification," Review of Finance 12(3), 433–463.

- Gordon, William (1968), The Stock Market Indicators, Palisades Park, NJ: Investors' Press.

- Gorton, Gary, and K. Geert Rouwenhorst (2006), "Facts and Fantasies about Commodity Futures," Financial Analysts Journal 62(2), 57–68.

- Graham, Benjamin, and David L. Dodd (1951), Security Analysis: Principles and Techniques, New York: McGraw-Hill.

- Graham, John (1999), "Herding Among Investment Newsletters: Theory and Evidence," Journal of Finance 54(1), 237–268.

- Gray, Wesley, and Tobias Carlisle (2013), Quantitative Value: A Practitioner's Guide to Automating Intelligent Investment and Eliminating Behavioral Errors, Hoboken, NJ: John Wiley & Sons Inc.

- Gray, Wesley, and Jack Vogel (2013), "Using Maximum Drawdown to Capture Tail Risk," working paper.

- Griffin, John, Xiuqing Ji, and J. Spencer Martin (2003), "Momentum Investing and Business Credit Risk: Evidence from Pole to Pole," Journal of Finance 58(6), 2515–2547.

- Griffin, John, Xiuqing Ji, and J. Spencer Martin (2005), "Global Momentum Strategies: A Portfolio Perspective," Journal of Portfolio Management 31(2), 23–39.

- Griffin, John M., and Jim Xu (2009), "How Smart Are the Smart Guys? A Unique View from Hedge Fund Stock Holdings," Review of Financial Studies 22(7), 2531–2570.

- Grinblatt, Mark, and Brian Han (2005), "Prospect Theory, Mental Accounting, and Momentum," Journal of Financial Economics 78(2), 311–339.

- Grinblatt, Mark, Sheridan Titman, and Russ Wermers (1995), "Momentum Investment Strategies, Portfolio Performance, and Herding: A Study of Mutual Fund Behavior," American Economic Review 85(5), 1088–1105.

- Grove, William M., David H. Zald, Boyd S. Lebow, Beth E. Snitz, and Chad Nelson (2000), "Clinical Versus Mechanical Prediction: A Meta-Analysis," Psychological Assessment 12(1), 19–30.

- Grundy, Bruce D., and J. Spencer Martin (2001), "Understanding the Nature of the Risks and the Sources of the Rewards to Momentum Investing," Review of Financial Studies 14(1), 29–78.

- Hader, Josef, and William R. Russell (1969), "Rules for Ordering Uncertain Prospects," The American Economic Review 59(1), 25–34.

- Haller, Gilbert (1965), The Haller Theory of Stock Market Trends, West Palm Beach, FL: Gilbert Haller.

- Han, Yufeng, Ke Yang, and Guofu Zhou (2011), "A New Anomaly: The Cross-Sectional Profitability of Technical Analysis," working paper.

- Han, Yufeng, and Guofu Zhou (2013), "Trend Factor: A New Determinant of Cross-Section Stock Returns," working paper.

- Harris, Robert S., Tim Jenkinson, and Steven N. Kaplan (2013), "Private Equity Performance: What Do We Know?" Journal of Finance, forthcoming.

- Harvey, Campbell R., Yan Liu, and Heqing Zhu (2013), " ⋯ And the Cross-Section of Expected Returns," working paper.

- Haugen, Robert A. (2010), The New Finance: Overreaction, Complexity, and Uniqueness, Upper Saddle River, NJ: Prentice Hall, Inc.

- Haugen, Robert A., and Nardin L. Baker (1991), "The Efficient Market Inefficiency of Capitalization-Weighted Stock Portfolios," Journal of Portfolio Management 17(3), 35–40.

- Higson, Chris, and Rüdiger Stucke (2012), "The Performance of Private Equity," working paper.

- Hong, Harrison, and Jeremy Stein (1999), "A Unified Theory of Underreaction, Momentum Trading, and Overreaction in Asset Markets," Journal of Finance 54(6), 2143–2184.

- Hurst, Brian, Yao Hua Ooi, and Lasse H. Pedersen (2012), "A Century of Evidence on Trend-Following Investing," AQR Capital Management, LLC.

- Hurst, Brian, Yao Hua Ooi, and Lasse H. Pedersen (2014), "Demystifying Managed Futures," Journal of Investment Management, forthcoming.

- Ilmanen, Antti (2011), Expected Returns: An Investor's Guide to Harvesting Market Rewards, West Sussex, UK: John Wiley & Sons Ltd.

- Inker, Ben (2010), "The Hidden Risks of Risk Parity Portfolios," GMO White Paper, March 2010.

- Israel, Ronen, and Tobias J. Moskowitz (2013), "The Role of Shorting, Firm Size, and Time on Market Anomalies," Journal of Financial Economics 108(2), 275–301.

- Jacobs, Heiko, Sebastian Müller, and Martin Weber (2014), "How Should Individual Investors Diversify? An Empirical Evaluation of Alternative Asset Allocation Policies," Journal of Financial Markets 19, 62–85.

- Jegadeesh, Narasimhan (1990), "Evidence of Predictable Behavior of Security Returns," Journal of Finance 45(3), 881–898.

- Jegadeesh, Narasimhan, and Sheridan Titman (1993), "Returns to Buying Winners and Selling Losers: Implications for Stock Market Efficiency," Journal of Finance 48(1), 65–91.

- Jegadeesh, Narasimhan, and Sheridan Titman (2001), "Profitability of Momentum Strategies: An Evolution of Alternative Explanations," Journal of Finance 56(2), 699–720.

- Jensen, Michael C. (1968), "The Performance of Mutual Funds in the Period 1945–1964," Journal of Finance 23(2), 389–416.

- Johnson, Timothy (2002), "Rational Momentum Effects," Journal of Finance 57(2), 585–608.

- Jostova, Gergana, Stanislova Nikolova, Alexander Philipov, and Christof W Stahel (2013), "Momentum in Corporate Bond Returns," Review of Financial Studies 26(7), 1649–1693.

- Kahneman, Daniel (2011), Thinking, Fast and Slow, New York: Farrar, Straus and Giroux.

- Kahneman, Daniel, and Amos Tversky (1979), "Prospect Theory: An Analysis of Decision Under Risk," Econometrica 47(2), 263–292.

- Kandasamy, Narayan, Ben Hardy, Loinel Page, Markus Schaffner, Johann Gaggaber, Andrew S. Powlson, Paul C. Fletcher, Mark Gurnell, and John Coates (2014), "Cortisol Shifts Financial Risk Preferences," Proceedings of the National Academy of Sciences 111(9), 3608–3613.

- Keim, Donald B., and Robert F. Stambaugh (1986), "Predicting Returns in Stock and Bond Markets," Journal of Finance 17(2), 357–390.

- Kindleberger, Charles P., and Robert Z. Aliber (2011), Manias, Panics, and Crashes: A History of Financial Crises, New York: Palgrave MacMillan.

- King, Matthew, Oscar Silver, and Binbin Guo (2002), "Passive Momentum Asset Allocation," Journal of Wealth Management 5(3), 34–41.

- Klein, Donald B., and Robert F. Stambaugh (1986), "Predicting Returns in Stocks and Bond Markets," Journal of Financial Economics 17(2), 357–390.

- Knight, Timothy (2014), Panic, Prosperity, and Progress: Five Centuries of History and the Markets, Hoboken, NJ: John Wiley & Sons, Inc.

- Kothari, S. P., Jay Shanken, and Richard G. Sloan (1995), "Another Look at the Cross-Section of Expected Returns," Journal of Finance 50(1), 185–224.

- Kumar, Alok (2009), "Who Gambles in the Stock Market?" Journal of Finance 64(4), 1889–1933.

- Lack, Simon A. (2012), The Hedge Fund Mirage: The Illusion of Big Money and Why It's Too Good to Be True, Hoboken, NJ: John Wiley & Sons Inc.

- Lefèvre, Edwin (2010), Reminiscences of a Stock Operator: With New Commentary and Insights on the Life and Times of Jesse Livermore, Hoboken, NJ: John Wiley & Sons Inc.

- Lemperiere, Y., C. Deremble, P. Seager, M. Potters, and J. P. Bouchad (2014), "Two Centuries of Trend Following," working paper.

- Levy, Robert A. (1967), "Relative Strength as a Criterion for Investment Selection," Journal of Finance 22(4), 595–610.

- Levy, Robert A. (1968), The Relative Strength Concept of Common Stock Price Forecasting, Larchmont, NY: Investors Intelligence, Inc.

- Li, Xiaoming, Bing Zhang, and Zhijie Du (2011), "Correlation in Commodity Futures and Equity Markets Around the World: Long-Run Trend and Short-Run Fluctuation," working paper.

- Liu, Laura Xiaolei, and Lu Zhang (2008), "Momentum Profits, Factor Pricing, and Macroeconomic Risk," Review of Financial Studies 21(6), 2417–2448.

- Lo, Andrew W. (2012), "Why Buy and Hold Doesn't Work Anymore," Money magazine, March issue.

- Lo, Andrew W., and A. Craig MacKinlay (1988), "Stock Market Prices Do Not Follow Random Walks: Evidence from a Simple Specification Test," The Review of Financial Studies 1(1), 41–66.

- Lo, Andrew W., and A. Craig MacKinlay (1999), A Non-Random Walk Down Wall Street, Princeton: NJ, Princeton University Press.

- Lo, Andrew W., Harry Mamaysky, and Jiang Wang (2000), "Foundations of Technical Analysis: Computational Algorithms, Statistical Inference, and Empirical Implementation," Journal of Finance 55(4), 1705–1770.

- Lombardi, Marco J., and Francesco Ravazzolo (2013), "On the Correlation Between Commodity and Equity Returns: Implications for Portfolio Allocation," Bank for International Settlements Working Paper No. 420.

- López de Prado, Marcos (2013), "What to Look for in a Backtest," Hass Energy Trading Corp.

- Lowenstein, Roger (2000), When Genius Failed: The Rise and Fall of Long-Term Capital Management, New York: Random House.

- MacKenzie, Donald (2006), An Engine, Not a Camera: How Financial Models Shape Markets, Cambridge, MA: MIT Press.

- Malkiel, Burton G. (1995), "Returns from Investing in Equity Mutual Funds," Journal of Finance 50(2), 549–572.

- Mandelbrot, Benoit, and Richard L Hudson (2004), The Misbehavior of Markets: A Fractal View of Financial Turbulence, New York: Basic Books.

- Marshall, Ben R., Rochester H. Cahan, Jared M. Cahan (2008), "Can Commodity Futures Be Profitably Traded with Quantitative Market Timing Strategies?" Journal of Banking and Finance 32(9), 1810–1819.

- McLean, R. David, and Jeffrey Pontiff(2013), "Does Academic Research Destroy Stock Return Predictability?" working paper.

- Menkoff, Lukas, Lucio Sarno, Maik Schmeling, and Andreas Schrimpf(2011), "Currency Momentum Strategies," working paper.

- Meub, Lukas, and Till Proeger (2014), "An Experimental Study on Social Anchoring," working paper.

- Meucci, Attilo (2009), Risk and Asset Allocation, New York: Springer Finance.

- Miffre, Joelle, and Georgios Rallis (2007), "Momentum Strategies in Commodity Futures Markets," Journal of Banking and Finance 31(6), 1863–1886.

- Mitchell, Mark, Lasse Heje Pedersen, and Todd Pulvino (2007), "Slow Moving Capital," American Economic Review 97(2), 215–220.

- Moskowitz, Tobias J., and Mark Grinblatt (1999), "Do Industries Explain Momentum?" Journal of Finance 54(4), 1249–1290.

- Moskowitz, Tobias J., Yao Hua Ooi, and Lasse Heje Pedersen (2012), "Time Series Momentum," Journal of Financial Economics 104(2), 228–250.

- Mou, Yiqun (2011), "Limits to Arbitrage and Commodity Index Investment: Front-Running the Goldman Yield," working paper.

- Mouboussin, Michael J. (2008), More Than You Know: Finding Financial Wisdom in Unconventional Places, New York: Columbia University Press.

- Newey, Whitney K., and Kenneth D. West (1987), "A Simple, Positive Semi-Definite, Heteroskedasticity and Autocorrelation Consistent Covariance Matrix," Econometrica 55(3), 703–708.

- Nofsinger, John R. (2013), Psychology of Investing, 5th ed., Upper Saddle River, NJ: Prentice Hall.

- Odean, Terrance (1998), "Are Investors Reluctant to Realize Their Losses?" Journal of Finance 53(5), 1775–1798.

- Okunev, John, and Derek White (2000), "Do Momentum Based Strategies Still Work in Foreign Currency Markets?" Journal of Financial and Quantitative Markets 38(2), 425–447.

- O'Neil, William J. (2009), How to Make Money in Stocks: A Winning System in Good Times and Bad Times, New York: McGraw-Hill.

- Park, Cheol-Ho, and Scott H. Irwin (2007), "What Do We Know About the Profitability of Technical Analysis?" Journal of Economic Surveys 21(4), 786–826.

- Pastor, Lubos, and Robert F. Stambaugh (2003), "Liquidity Risk and Expected Stock Returns," Journal of Political Economy 111(3), 642–685.

- Perold, André (2007), "Perspectives: Fundamentally Flawed Indexing," Financial Analysts Journal 63(6), 31–37.

- Pirrong, Craig (2005), "Momentum in Futures Markets," working paper.

- Rapach, David, Jack K. Strauss, and Guofu Zhou (2013), "International Stock Market Return Predictability: What Is the Role of the United States?" Journal of Finance 68(4).

- Rhea, Robert (1932), The Dow Theory, New York: Barron's.

- Ricciardi, Victor, and Helen K. Simon (2000), "What Is Behavioral Finance?" Business, Education, and Technology Journal 2(2), 1–9.

- Rouwenhorst, K. Geert (1998), "International Momentum Strategies," Journal of Finance 53(1), 267–284.

- Rouwenhorst, K. Geert (1999), "Local Return Factors and Turnover in Emerging Stock Markets," Journal of Finance 54(4), 1439–1464.

- Sagi, Jacob, and Mark Seasholes (2007), "Firm-Specific Attributes and the Cross-Section of Momentum," Journal of Financial Economics 84(2), 389–434.

- Samuelson, Paul A. (1974), "Challenge to Judgment," Journal of Portfolio Management 1(1), 17–19.

- Schwager, Jack D. (2008), The New Market Wizards: Conversations with America's Top Traders, Hoboken, NJ: John Wiley & Sons Inc.

- Schwager, Jack D. (2012), Market Wizards: Interviews with Top Traders, Hoboken, NJ: John Wiley & Sons Inc.

- Schwert, G. William (2002), "Anomalies and Market Efficiency," National Bureau of Economic Research Working Paper No. 9277.

- Seamans, George (1939), The Seven Pillars of Stock Market Success, Brightwaters, NY: Windsor Books.

- Sewell, Martin (2011), History of the Efficient Market Hypothesis, UCL Department of Computer Science.

- Sharpe, William F. (1994), "The Sharpe Ratio," Journal of Portfolio Management 21(10), 49–58.

- Shefrin, Hersh, and Meir Statman (1985), "The Disposition to Sell Winners Too Early and Ride Losers Too Long: Theory and Evidence," Journal of Finance 40(3), 777–790.

- Shiller, Robert J. (1981), "Do Stock Prices Move Too Much to Be Justified by Subsequent Changes in Dividends?" American Economic Review 71(3), 421–436.

- Shiller, Robert J. (1992), Market Volatility, Cambridge, MA: MIT Press.

- Shiller, Robert J. (2003), "From Efficient Markets Theory to Behavioral Finance," Journal of Economic Perspectives 17(1), 83–100.

- Shiller, Robert J. (2006), Irrational Exuberance, 2d ed., New York: Crown Books.

- Shleifer, Andrei (2000), Inefficient Markets: An Introduction to Behavioral Finance, New York: Oxford University Press.

- Shumway, Tyler, and Vincent A. Warther (1999), "The Delisting Bias in CRSP's NASDAQ Data and Its implications for Interpretation of the Size Effect," Journal of Finance 54(6), 2361–2379.

- Siegel, Jeremy (2014), Stocks for the Long Run: The Definitive Guide to Financial Market Returns and Long-Term Investment Strategies, New York: McGraw-Hill.

- Soros, George (2003), The Alchemy of Finance, Hoboken, NJ: John Wiley & Sons, Inc.

- Tang, Ke, and Wei Xiong (2012), "Index Investment and Financialization of Commodities," Financial Analysts Journal 68(6), 54–74.

- Tanous, Peter J. (1999), Investment Gurus: A Road Map to Wealth from the World's Best Investment Managers, New York: Prentice Hall Direct.

- Tetlock, Philip E. (2005), Expert Political Judgment: How Good Is It? How Can We Know?, Princeton, NJ: Princeton University Press.

- Thaler, Richard T. (1994), The Winner's Curse: Paradoxes and Anomalies of Economic Life, Princeton NJ: Princeton University Press.

- Thorp, Edward O., and Sheen T. Kassouf (1967), Beat the Market: A Scientific Stock Market System, New York: Random House.

- Tversky, Amos, and Daniel Kahneman (1974), "Judgment Under Uncertainty: Heuristics and Biases," Science 185, 1124–1131.

- Wason, P. C. (1960), "On the Failure to Eliminate Hypotheses in a Conceptual Task," Quarterly Journal of Experimental Psychology 12(3), 129–140.

- Weatherall, James Owen (2013), The Physics of Wall Street: A Brief History of Predicting the Unpredictable, New York: Houghton Mifflin Harcourt Publishing.

- Weber, Joachim, Steffen Meyer, Benjamin Loas, and Andreas Hackenthal (2014), "Which Investment Behaviors Really Matter for Individual Investors?" working paper.

- Welch, Ivo (2000), "Herding Among Security Analysts," Journal of Financial Economics 58(3), 369–396.

- West, John, and Ryan Larson (2014), "Slugging It Out in the Equity Arena," Fundamentals, April issue, Research Affiliates, LLC.

- Wyckoff, Richard D. (1924), How I Trade in Stocks and Bonds: Being Some Methods Evolved and Adapted During My Thirty-Three Years' Experience in Wall Street, New York: Magazine of Wall Street.

- Xiao, Zhijie (2014), "Right Tail Information in Financial Markets," Econometric Theory 30(1), 94–126.

- Zakamouline, Valeri, and Steen Koekebakker (2009), "Portfolio Performance Evaluation with Generalized Sharpe Ratios: Beyond the Mean and Variance," Journal of Banking and Finance 33(7), 1242–1254.

- Zaremba, Adam (2013), "Implications of Financialization for Commodity Investors: The Case of Roll Yields," working paper.

- Zhou, Guofu, and Yingzi Zhu (2014), "A Theory of Technical Trading Using Moving Averages," working paper.

- Zhu, Yingzi, and Guofu Zhou (2009), "Technical Analysis: An Asset Allocation Perspective on the Use of Moving Averages," Journal of Financial Economics 92(3), 519–544.

- Zweig, Jason (2007), Your Money and Your Brain: How the New Science of Neuroeconomics Can Help Make You Rich, New York: Simon & Schuster.

推薦讀物

人貴自知。

—— 蘇格拉底

　　讀者如果想更深入瞭解相對動能與絕對動能，請閱讀參考書目的相關論文與著作。只要上網搜尋標題或作者，大部分資料應該都可以找到。其中有很多可以取自社會科學研究網站（SSRN）：

http://papers.ssrn.com/sol3/DisplayAbstractSearch.cfm

　　如同喬治・桑塔亞那（George Santayana）告訴我們的，沒辦法從歷史中學習的人，將註定重蹈覆轍。容我引用華倫・巴菲特的精神導師班哲明・葛拉罕（Benjamin Graham）的一句話和大家共勉勵：「投資人的主要問題或甚至最致命的敵人，可能就是他自己。」以下書籍主要討論投資心理學、行為金融學與金融市場發展史。這些書應該可以協助各位擬定更明智的投資決策。

- Ariely, Dan (2009), Predictably Irrational, New York: HarperCollins Publishers.

- Baker, Kent H., and Victor Ricciardi (2014), Investor Behavior: The Psychology of Financial Planning and Investing, Hoboken: NJ: John Wiley & Sons, Inc.

- Chancellor, Edward (1999), Devil Take the Hindmost: A History of Financial Speculation, New York: Plume Books.

- Galbraith, John Kenneth (1990), A Short History of Financial Euphoria, New York: Penguin Books.

- Evans, Dylan (2012), Risk Intelligence: How to Live with Uncertainty, New York: Free Press.

- Fox, Justin (2009), The Myth of the Rational Market, New York: HarperCollins Publishers.

- Ilmanen, Antti (2011), Expected Returns: An Investor's Guide to Harvesting Market Rewards, West Sussex, UK: John Wiley & Sons Ltd.

- Kahneman, Daniel (2011), Thinking, Fast and Slow, New York: Farrar, Straus and Giroux.

- Kindleberger, Charles P., and Robert Z. Aliber (2011), Manias, Panics, and Crashes: A History of Financial Crises, New York: Palgrave MacMillan.

- Knight, Timothy (2014), Panic, Prosperity, and Progress: Five Centuries of History and the Markets, Hoboken, NJ: John Wiley & Sons, Inc.

- Mauboussin, Michael J. (2008), More Than You Know: Finding Financial Wisdom in Unconventional Places, New York: Columbia University Press.

- Nofsinger, John R. (2013), The Psychology of Investing, 5th ed., Upper Saddle River, NJ: Prentice Hall.

- Shiller, Robert J. (2006), Irrational Exuberance, 2d ed., New York: Crown Books.

- Shleifer, Andrei (2001), Inefficient Markets: An Introduction to Behavioral Finance, New York: Oxford University Press.

- Thaler, Richard T. (1994), The Winner's Curse: Paradoxes and Anomalies of Economic Life, Princeton, NJ: Princeton University Press.

- Weatherall, James Owen (2013), The Physics of Wall Street: A Brief History of Predicting the Unpredictable, New York: Houghton Mifflin Harcourt Publishing.

寰宇圖書分類

智 慧 投 資

分類號	書 名	書號	定價	分類號	書 名	書號	定價
1	股市大亨	F013	280	31	華爾街怪傑巴魯克傳	F292	500
2	新股市大亨	F014	280	32	交易者的101堂心理訓練課	F294	500
3	新金融怪傑（上）	F022	280	33	兩岸股市大探索（上）	F301	450
4	新金融怪傑（下）	F023	280	34	兩岸股市大探索（下）	F302	350
5	金融煉金術	F032	600	35	專業投機原理Ⅰ	F303	480
6	智慧型股票投資人	F046	500	36	專業投機原理Ⅱ	F304	400
7	瘋狂、恐慌與崩盤	F056	450	37	探金實戰・李佛摩手稿解密（系列3）	F308	480
8	股票作手回憶錄（經典版）	F062	380	38	證券分析第六增訂版（上冊）	F316	700
9	超級強勢股	F076	420	39	證券分析第六增訂版（下冊）	F317	700
10	非常潛力股	F099	360	40	探金實戰・李佛摩資金情緒管理（系列4）	F319	350
11	約翰・奈夫談設資	F144	400	41	探金實戰・李佛摩18堂課（系列5）	F325	250
12	與操盤贏家共舞	F174	300	42	交易贏家的21週全紀錄	F330	460
13	掌握股票群眾心理	F184	350	43	量子盤感	F339	480
14	掌握巴菲特選股絕技	F189	390	44	探金實戰・作手談股市內幕（系列6）	F345	380
15	高勝算操盤（上）	F196	320	45	柏格頭投資指南	F346	500
16	高勝算操盤（下）	F197	270	46	股票作手回憶錄-註解版（上冊）	F349	600
17	透視避險基金	F209	440	47	股票作手回憶錄-註解版（下冊）	F350	600
18	倪德厚夫的投機術（上）	F239	300	48	探金實戰・作手從錯中學習	F354	380
19	倪德厚夫的投機術（下）	F240	300	49	趨勢誡律	F355	420
20	圖風勢──股票交易心法	F242	300	50	投資悍客	F356	400
21	從躺椅上操作：交易心理學	F247	550	51	王力群談股市心理學	F358	420
22	華爾街傳奇：我的生存之道	F248	280	52	新世紀金融怪傑（上冊）	F359	450
23	金融投資理論史	F252	600	53	新世紀金融怪傑（下冊）	F360	450
24	華爾街一九〇一	F264	300	54	金融怪傑（全新修訂版）（上冊）	F371	350
25	費雪・布萊克回憶錄	F265	480	55	金融怪傑（全新修訂版）（下冊）	F372	350
26	歐尼爾投資的24堂課	F268	300	56	股票作手回憶錄（完整版）	F374	650
27	探金實戰・李佛摩投機技巧（系列2）	F274	320	57	超越大盤的獲利公式	F380	300
28	金融風暴求勝術	F278	400				
29	交易・創造自己的聖盃（第二版）	F282	600				
30	索羅斯傳奇	F290	450				

共 同 基 金

分類號	書 名	書號	定價	分類號	書 名	書號	定價
1	柏格談共同基金	F178	420	4	理財贏家16問	F318	280
2	基金趨勢戰略	F272	300	5	共同基金必勝法則-十年典藏版（上）	F326	420
3	定期定值投資策略	F279	350	6	共同基金必勝法則-十年典藏版（下）	F327	380

投　資　策　略

分類號	書　　名	書號	定價	分類號	書　　名	書號	定價
1	經濟指標圖解	F025	300	25	智慧型資產配置	F250	350
2	史瓦格期貨基本分析（上）	F103	480	26	SRI 社會責任投資	F251	450
3	史瓦格期貨基本分析（下）	F104	480	27	混沌操作法新解	F270	400
4	操作心經：全球頂尖交易員提供的操作建議	F139	360	28	在家投資致富術	F289	420
5	攻守四大戰技	F140	360	29	看經濟大環境決定投資	F293	380
6	股票期貨操盤技巧指南	F167	250	30	高勝算交易策略	F296	450
7	金融特殊投資策略	F177	500	31	散戶升級的必修課	F297	400
8	回歸基本面	F180	450	32	他們如何超越歐尼爾	F329	500
9	華爾街財神	F181	370	33	交易，趨勢雲	F335	380
10	股票成交量操作戰術	F182	420	34	沒人教你的基本面投資術	F338	420
11	股票短線致富術	F183	350	35	隨波逐流～台灣50平衡比例投資法	F341	380
12	交易，簡單最好！	F192	320	36	李佛摩操盤術詳解	F344	400
13	股價走勢圖精論	F198	250	37	用賭場思維交易就對了	F347	460
14	價值投資五大關鍵	F200	360	38	企業評價與選股秘訣	F352	520
15	計量技術操盤策略（上）	F201	300	39	超級績效─金融怪傑交易之道	F370	450
16	計量技術操盤策略（下）	F202	270	40	你也可以成為股市天才	F378	350
17	震盪盤操作策略	F205	490	41	順勢操作-多元化管理的期貨交易策略	F382	550
18	透視避險基金	F209	440	42	陷阱分析法	F384	480
19	看準市場脈動投機術	F211	420	43	全面交易─掌握當沖與波段獲利	F386	650
20	巨波投資法	F216	480				
21	股海奇兵	F219	350				
22	混沌操作法 II	F220	450				
23	傑西・李佛摩股市操盤術 (完整版)	F235	380				
24	股市獲利倍增術 (增訂版)	F236	430				

程　式　交　易

分類號	書　　名	書號	定價	分類號	書　　名	書號	定價
1	高勝算操盤（上）	F196	320	9	交易策略評估與最佳化（第二版）	F299	500
2	高勝算操盤（下）	F197	270	10	全民貨幣戰爭首部曲	F307	450
3	狙擊手操作法	F199	380	11	HSP計量操盤策略	F309	400
4	計量技術操盤策略（上）	F201	300	12	MultiCharts快易通	F312	280
5	計量技術操盤策略（下）	F202	270	13	計量交易	F322	380
6	《交易大師》操盤密碼	F208	380	14	策略大師談程式密碼	F336	450
7	TS程式交易全攻略	F275	430	15	分析師關鍵報告2-張林忠教你程式交易	F364	580
8	PowerLanguage 程式交易語法大全	F298	480				

期　　　　　　貨

分類號	書　　名	書號	定價	分類號	書　　名	書號	定價
1	高績效期貨操作	F141	580	5	雷達導航期股技術（期貨篇）	F267	420
2	征服日經225期貨及選擇權	F230	450	6	期指格鬥法	F295	350
3	期貨賽局（上）	F231	460	7	分析師關鍵報告（期貨交易篇）	F328	450
4	期貨賽局（下）	F232	520	8	期貨交易策略	F381	360

選　　擇　　權

分類號	書　　名	書號	定價	分類號	書　　名	書號	定價
1	技術分析＆選擇權策略	F097	380	6	選擇權交易總覽（第二版）	F320	480
2	交易，選擇權	F210	480	7	選擇權安心賺	F340	420
3	選擇權策略王	F217	330	8	選擇權36計	F357	360
4	征服日經225期貨及選擇權	F230	450	9	技術指標帶你進入選擇權交易	F385	500
5	活用數學‧交易選擇權	F246	600				

債　　券　貨　　幣

分類號	書　　名	書號	定價	分類號	書　　名	書號	定價
1	賺遍全球：貨幣投資全攻略	F260	300	3	外匯套利 ①	F311	450
2	外匯交易精論	F281	300				

財　務　教　育

分類號	書　名	書號	定價	分類號	書　名	書號	定價
1	點時成金	F237	260	6	就是要好運	F288	350
2	蘇黎士投機定律	F280	250	7	黑風暗潮	F324	450
3	投資心理學（漫畫版）	F284	200	8	財報編製與財報分析	F331	320
4	歐尼爾成長型股票投資課（漫畫版）	F285	200	9	交易駭客任務	F365	600
5	貴族・騙子・華爾街	F287	250				

財　務　工　程

分類號	書　名	書號	定價	分類號	書　名	書號	定價
1	固定收益商品	F226	850	3	可轉換套利交易策略	F238	520
2	信用性衍生性&結構性商品	F234	520	4	我如何成為華爾街計量金融家	F259	500

國家圖書館出版品預行編目資料

雙動能投資：高報酬低風險策略 / Gary Antonacci 著；黃嘉斌
　　譯. – 初版. -- 臺北市：麥格羅希爾，寰宇, 2016. 03
　　　面；　公分. -- (寰宇技術分析；387)
　　譯自：Dual momentum investing : an innovative strategy for
higher returns with lower risk
　　　ISBN 978-986-341-252-6(平裝)

　1. 投資管理　2.投資分析

563. 5　　　　　　　　　　　　　　　　　　　105003239

寰宇技術分析 387

雙動能投資：高報酬低風險策略

作　　　者　Gary Antonacci
譯　　　者　黃嘉斌
主　　　編　藍子軒
美　　　編　富春全球股份有限公司
封 面 設 計　鼎豐整合行銷
發　行　人　江聰亮
合 作 出 版　美商麥格羅希爾國際股份有限公司台灣分公司
暨 發 行 所　台北市10044中正區博愛路53號7樓
　　　　　　TEL: (02) 2383-6000　FAX: (02) 2388-8822
　　　　　　寰宇出版股份有限公司
　　　　　　台北市106大安區仁愛路四段109號13樓
　　　　　　TEL: (02) 2721-8138　FAX: (02) 2711-3270
　　　　　　E-mail: service@ipci.com.tw
　　　　　　http://www.ipci.com.tw
總 經 銷　寰宇出版股份有限公司
劃 撥 帳 號　1146743-9
出 版 日 期　西元 2016 年 3 月 初版一刷
印　　　刷　普賢王印刷有限公司
定　　　價　新台幣 360 元

ISBN：978-986-341-252-6